btb
Aus Freude am Lesen

btb

Buch

Jari Lehikoinen hat es geschafft: Er verfügt über einen akademischen Grad, einen guten Job, eine repräsentative Wohnung, eine schöne Ehefrau und zwei Autos. Dödö und Anttu hingegen sind Verlierer. Der eine arbeitet als Nachtwächter und ist von Offenbarungseid und Räumungsklage bedroht, der andere trägt frühmorgens mit einem alten Fahrrad Zeitungen aus. Aber die beiden haben Visionen, Tagträume. Und sie sind voller Verbitterung. Nur ein paar Anrufe, und schon wird fuhrenweise Sand und Schutt auf dem Grundstück des erfolgreichen Lehikoinen abgeladen und zwanzig Parkettleger stehen vor der Tür. Der Phantasie sind kaum Grenzen gesetzt. Keine der Maßnahmen ist für sich allein genommen über die Maßen schrecklich. Aber in der ununterbrochenen, dichten Abfolge und in der Summierung machen sie die Betroffenen wahnsinnig. Die Lehikoinens verlieren allmählich den Boden unter den Füßen, denn sie wissen nie, was sie erwartet, wenn sie nach Hause kommen. Sie werden zermürbt. Private und berufliche Probleme folgen auf dem Fuß. Entnervt bitten sie die Polizei um Hilfe – und setzen damit das Karussell der Zerstörung erst richtig in Schwung.

Autor

Matti Yrjänä Joensuu wurde 1948 geboren. Nach entsprechender Ausbildung arbeitete er bei der Kriminalpolizei in der Abteilung für Gewaltverbrechen, später als Journalist bei einer Abendzeitung, kehrte dann jedoch in den Polizeidienst zurück, wo er heute noch tätig ist. Für seine ungewöhnlichen Kriminalromane wurde er mehrfach preisgekrönt, u. a. mit dem Finnischen Staatspreis für Literatur, dem Preis der Finnischen Krimigesellschaft und dem großen Preis der Schwedischen Krimiakademie.

Bei btb bereits erschienen

Der einsame Mörder. Roman (72752)

Matti Y. Joensuu

Blinder Neid

Roman

Aus dem Finnischen
von Stefan Moster

btb

Die finnische Originalausgabe erschien 1993 unter dem Titel
»Harjunpää ja kiusantekijät« bei Otava, Helsinki

Umwelthinweis:
Alle bedruckten Materialien dieses Taschenbuches
sind chlorfrei und umweltschonend.

btb Taschenbücher erscheinen im Goldmann Verlag,
einem Unternehmen der Verlagsgruppe Random House

2. Auflage
Deutsche Erstveröffentlichung März 2002

Umschlaggestaltung: Design Team München
Umschlagfoto: W. Huber (NORWY 377)
Satz: Uhl + Massopust, Aalen
RK · Herstellung: Augustin Wiesbeck
Made in Germany
ISBN 3-442-72856-8
www.btb-verlag.de

FÜR MEINEN VATER

KAPITEL 1

Dunkelrotes Féline

Harjunpää war sich sicher, dass es in der Wohnung keine Katze gab. Er wusste bereits, was los war, sagte es dem Nachbarn aber nicht, diesem Mann mit den dunklen Augenbrauen, der nach Bier roch. Ausdruckslos hörte er sich dessen Beteuerungen an und verfolgte dabei gleichzeitig, was in der Wohnung hinter ihm geschah (Thurman ging an seine Tasche, die Schnalle knackte, Onerva diktierte den Bericht auf Band). Gleichzeitig hörte er den Lärm im Treppenhaus, der entstand, weil Leute Türen aufmachten, um auszukundschaften, was vor sich ging, und bei all dem gelang es ihm auch noch, auf die Mitteilungen des rauschenden Funkgeräts in seiner Brusttasche zu achten, doch es rief ihn niemand. Er musste sich gerade geirrt haben.

»... aus reiner Menschlichkeit, damit sie nicht vor Hunger schreit. Und wie ich schon gesagt habe, ich könnte sie wenigstens vorübergehend nehmen.«

»Nun hören Sie schon auf«, sagte Harjunpää. »Das ist schlicht und einfach nicht möglich ...«

Er hatte das Angebot als unnötig abgelehnt, zweimal schon, und wartete eigentlich nur noch darauf, von unten Stimmen zu hören, die nach ihm verlangten. Er stand nicht zuletzt deshalb in der Tür, damit niemand in die Wohnung eindrang, denn die Tür stand einen Spalt weit offen, sodass der Durchzug den schlimmsten Gestank aus dem Fenster trieb und es drinnen leichter auszuhalten war.

»Es gibt hier wirklich keine Katze und auch sonst kein Tier. Aber trotzdem vielen Dank. Und falls ich noch Fragen habe, läute ich bestimmt bei Ihnen.«

Er sah dem Mann scharf in die Augen. Seine Kinder Pauliina und Valpuri wären bei dem Anblick weggelaufen und hätten sich beschwert: »Jetzt hat er wieder die Polypenaugen«, aber der Mann kam nicht auf die Idee zu gehen, sondern wandte sich den anderen zu. In der Treppenwindung waren eine Frau im Bademantel und ein schnauzbärtiger Mann aufgetaucht, und aus der Wohnung gegenüber spähte jemand durch den Türspalt, dessen Gesicht ebenso grau war wie die Wände im Flur.

»Hier wird anscheinend behauptet, dass unsereiner lügt«, fing der Mann wieder an. Harjunpää seufzte und wischte sich über die Stirn. Es war immer noch heiß, obwohl der Abend so weit fortgeschritten war, dass irgendwo schon die Erkennungsmelodie der Nachrichten ertönte. Es war schwülwarm, wie wenn die Erde nach einem Gewitterregen dampft oder wie in einer schlaflosen Nacht, in der die üblen Gedanken erwachen und zu wachsen beginnen und irgendwo zu Taten werden …

»… sich selbst nur Buttermilch und trockenes Brot, das zum halben Preis, aber für sein Lakritze-Peterchen hat er immer Féline genommen, das in der dunkelroten Dose, das war angeblich das Beste«, erklärte der Mann, und Harjunpää wurde klar, dass er die Sache falsch angegangen war. Er hätte sagen sollen, die Katze sei tot. Aber auf die Schnelle war ihm das nicht eingefallen. Er wusste auch, dass der Mann die anderen schnell auf seine Seite bekäme, selbst wenn sie sich vorerst noch scheuten, irgendwo hineingezogen zu werden. Der Mann würde sie auf die gleiche Art aufstacheln wie die Boulevardblätter ihre Leser, wenn sie hemmungslos titelten: »ENTSETZLICHER FUND AUF DER MÜLLKIPPE – kleines Hündchen eine Woche lang in einer Tüte!«

»Sie hat sich eben versteckt. Aber warten Sie mal, bis es

Nacht wird, dann fängt sie todsicher an. Und wenn eine Katze einen Schock hat und so richtig maunzt, dann ist das, als ob ein Kind jammert ...«

»... nimmt die Richtung auf. Und hört jemand von der Gewalt?«

Harjunpää griff nach dem schwarzen Ende der Antenne und zog das Funkgerät heraus.

»Gewalt hört ...«

Er stellte den Empfang lauter und zog sich hinter die Tür zurück.

»Wir sind immer noch in der Vaasankatu. Was ist das Problem?«

»Die Feuerwehr meldet, dass sie einen Rettungswagen zur Kreuzung Koivuniementie und Niittyranta geschickt hat«, teilte der Diensthabende in der Zentrale mit. »Aber sie wissen nicht genau, was dort los ist. Sie haben nämlich zwei Anrufe erhalten – in dem einen war von einem überfahrenen Fußgänger die Rede, in dem anderen von einem Tötungsversuch ... Die Fünf-Fünf-Eins ist in die Richtung unterwegs. Euch sag ich das, damit ihr versucht, mitzuhören, für alle Fälle.«

»Wir brauchen hier noch eine Viertelstunde. Aber wir versuchen es.«

»Ende.«

Harjunpää versenkte das Funkgerät wieder in die Tasche und dachte über die Adresse nach. Sie kam ihm irgendwie bekannt vor, er merkte, dass er plötzlich ein bisschen peinlich berührt war, als hätte er etwas versäumt. Allerdings kam er nicht dazu, sich Klarheit zu verschaffen, was es war, denn Thurman rief ihn, und fast im selben Moment waren auf den Treppen rasch näher kommende Schritte zu hören, und ab und zu ertönte auch das Scheppern der Bahre, die irgendwo anschlug, daher blieb er noch kurz stehen. Die Frau im Bademantel trat auf ihn zu.

»Wir müssen erfahren, was mit ihr passiert«, sagte die Frau. »Ich bin nämlich auch bereit, ihr ein Zuhause zu geben ...«

»Hat sie jemand von Ihnen denn überhaupt je gesehen?«, fragte Harjunpää in die Runde, mit einem Mal irgendwie nervös. »Na?«

Die Leute schwiegen. Der mit den dunklen Augenbrauen entgegnete:

»Es war ja nie jemand drin. Aber sie muss schwarz-weiß sein und Lakritz-Peterchen heißen.«

»Sie muss. Aber niemand hat sie je gesehen, weil sie schlicht und einfach nicht existiert, die ganze Katze ist ein Hirngespinst«, sagte Harjunpää, dem das genau in diesem Moment einfiel. »Und jetzt können Sie alle beruhigt wieder gehen.«

»Nein, verdammt«, fuhr ihn der mit den dunklen Augenbrauen an. »Wenn ein Mensch wenig Geld hat, warum, zum Teufel ...«

Harjunpää ließ ihn nicht ausreden, sondern wies ihn auf die Seite, denn die Männer vom Bestattungsinstitut hatten die Etage erreicht. Vorne ging Lahtinen, ein rotgesichtiger, korpulenter Mann, und hinten ging auch ein Lahtinen, der dünne Lahtinen, der vom Körperumfang eigentlich normal war, und auf beiden Gesichtern glänzte der Schweiß, obwohl auf der Bahre vorerst nichts anderes lag als eine Kunststoffplane und eine graue Filzdecke. Sie nickten und gingen hinein, Harjunpää zog die Tür zu und folgte ihnen.

Der alte Mann hatte sich mit seinem Gürtel am Griff des Geschirrschranks aufgehängt. Erstaunlicherweise hatte die Tür gehalten. Was heißt erstaunlich: Der Alte war dünn, wog bestenfalls an die fünfzig Kilo. Das sah man an seinen Gliedmaßen. Das Runde von Bauch und Gesicht täuschte, es war nichts als die Anschwellung durch die Verwesung.

»Heulen die immer noch wegen der Katze?«

»Ja.«

»Hättest du ihnen doch ...«

»Immerhin machen sie sich ernsthaft Sorgen.«

»Hör bloß auf.« Thurman holte Atem, und die Lahtinens

stellten die Bahre neben den Füßen des Alten ab, wobei sie darauf achteten, nicht in die Lache zu treten, und falteten den Kunststoff auf. »Die machen sich immer ernsthaft Sorgen, wenn sie irgendwo eine einäugige Taube oder eine hinkende Ente oder einen einsam kläffenden Köter sehen. Dann wird gleich die Polizei geholt. Am besten noch per Notruf. Ich finde, Nipa hat das bei der Geschichte mit dem Kampfläufer ganz richtig gemacht. Oder was für ein Piepmatz das war ...«

»Ich habe keinerlei Abschiedsbrief gefunden«, sagte Onerva. Ihr Gesicht war blass, und die Augen waren müde. Harjunpää dachte, er hätte doch in der Wohnung bleiben und stattdessen Onerva zur Befragung der Nachbarn schicken sollen, trotz ihres Widerspruchs.

»Und auch nichts, womit man die Angehörigen ausfindig machen könnte.«

»Der hatte niemand ... Seine Frau ist vor mehr als zehn Jahren gestorben, und der einzige Sohn, der noch lebt, befindet sich als unheilbar krank in Lapinlahti. Die Frau des Hausmeisters ist die Einzige, die ein bisschen was über ihn weiß. Er hatte niemand zum Abschiednehmen.«

»Dieser Nipa hatte in der Zentrale Dienst«, sagte Thurman zu Lahtinen, klappte sein Messer auf und griff zum Gürtel. »Und irgendwann im Frühling kamen zur besten Stoßzeit mindestens zehn Meldungen, dass beim Busbahnhof ein Kampfläufer abgestürzt ist, so ein Vogel. Schließlich musste er eine Streife hinschicken, und die haben Nipa dann gefragt, was sie da sollen. Er hat gesagt, er nimmt Verbindung mit dem Dienst habenden Ornithologen des Polizeireviers auf. Er holte sich eine Tasse Kaffee, und als er zum Funk zurückkam, sagte er, der Ornithologe hat befohlen, den Kampfläufer hochzuheben und ihm hinten reinzublasen. Die Männer von der Streife waren noch frisch und kannten Nipa nicht. Sie haben den Befehl befolgt. Und zwar vor allen Leuten. Und dieser verdammte Vogel hat einmal gekräht und ist dann glatt davon ... Das Volk hat applaudiert. Aber Nipa ist aus der Zentrale geflogen, weil einer der Herrschaften zufällig den Funk anhatte ...«

Thurman schnitt den Gürtel mit einem Zug durch, gekonnt, nichts riss, und die Lahtinens verschlossen den Kunststoff mit Tapes; bald sah man von dem Alten nur noch den grauhaarigen Kopf, und dann auch den nicht mehr. Thurman ging die Wohnungstür öffnen, und man hörte ihn im Flur murmeln: »... einen Tag weniger als zwei Wochen. Und es hat ihn noch niemand vermisst, die Leute eine Etage tiefer sind bloß unruhig geworden, weil an ihrer frisch gestrichenen Decke Flecken aufgetaucht sind. Hier sind die Zwischendecken aus Holz ... Aber nehmt die Kampfläufer ernst, Jungs, wenn ihr auf welche trefft.«

»Im Frühjahr hat ihn das Hausmeisterehepaar gedrängt, seine Angelegenheiten in Ordnung zu bringen. Und er hat sich tatsächlich auf den Weg gemacht. Aber offensichtlich hat er den Tag nur irgendwo verbummelt ... Am Abend hat er dann erklärt, dass er sich nicht ins Altersheim abtransportieren lässt. Häusliche Pflege hat er auch abgeschlagen, weil er doch noch so gut auf den Beinen war. Sie vermuten, dass er nicht das richtige Amt gefunden hatte.«

»Oder er hatte vor jedem Papierkrieg Angst«, sagte Onerva. »Formulare habe ich nämlich jede Menge gefunden, alle leer. Und Quittungen. Denen zufolge hat er tausendfünfhundertdreißig Finnmark bekommen und davon knapp achthundert an Miete gezahlt ...« Sie blickte auf eine Weise auf den Tisch, dass auch Harjunpää genau hinsah. Und alles war so, wie er es hinterlassen hatte: Die Buttermilch war zu bloßen Streifen im Glas eingetrocknet, eine halb aufgegessene Brotscheibe war hart geworden und bog sich an den Rändern nach oben, auch die braune Paste, mit der sie bestrichen war, war eingetrocknet, sodass sie kaum noch vom Brot selbst zu unterscheiden war; ein Messer stand in einer offenen Konservenbüchse, und auf der Büchse war ein Aufkleber: »Sonderangebot – 6.90«.

»Eine Dose Rindfleisch in derselben Größe kostet an die dreißig.«

»Gehen wir«, seufzte Harjunpää. »Es gibt auch schon einen neuen Job.«

»Und die Leute von der Desinfektion?«, fragte Thurman und griff nach der Schranktür. Er fing an, den Griff loszuschrauben, denn er wollte auch den Knoten mitnehmen.

»Der Hausmeister lässt sie rein. Sie müssen nur klingeln. Gehen wir …«

»Nicht so schnell …«

Thurman stieß die Konservendose an, als hätte er sie erst jetzt bemerkt – oder zumindest erst jetzt begriffen. Er stieß sie so an, dass die Aufschrift besser zu sehen war, und las:

»Über siebzig Prozent vollwertiges Fleisch. Enthält frisches Hühner- und Schweinefleisch sowie andere tierische …«

»Lass uns endlich gehen, verdammt …«

»Die wertvollen Proteine des Fleisches werden ergänzt durch Weizenfuttermehl, Milchpulver und Karotten sowie einer Mineralien- und Vitaminmischung aus Calcium, Phosphor, Vitamin A, Vitamin D3, Vitamin E, Vitamin H… Eine Jury aus verschiedenrassigen Katzen hat diese Fleischmahlzeit als besonders schmackhaft bewertet … Das ist zu viel. Gehen wir …«

Im Treppenhaus war niemand mehr, und das war auch gut so. Die Männer vom Bestattungsinstitut hatten offenbar die Haustür offen gelassen, denn die einbrechende Nacht war intensiv zu spüren, und das war noch besser – sie atmeten tief durch, und der Luftstrom strich ihnen über Gesicht und Hände, sodass sie sich allmählich kühler und sauberer anfühlten.

»Was für ein Job ist das?«

»Warte.«

Harjunpää zog das Funkgerät heraus. Er hatte nicht daran gedacht, die Mitteilungen zu verfolgen, und es zu allem Überfluss auch noch so leise gedreht, dass er es gar nicht gehört hätte, wenn er gerufen worden wäre.

»Auf jeden Fall ist es bei Koivuniementie und Niittyranta irgendwo ...«

»In Marjaniemi«, warf Thurman ein, und da erinnerte sich Harjunpää wieder. Er blickte kurz auf Onerva; auch bei ihr bildeten sich Falten auf der Stirn, und ihre Miene wirkte beunruhigt.

»Dort wohnen doch unsere Lehikoinens ...«

»Na klar ...«

Harjunpää griff schnell nach dem Funkgerät.

»Gewalt auf der Drei an Zentrale. Hört ihr mich?«

»Zentrale hört. Und hat schon gewartet. Macht euch auf den Weg nach Marjaniemi. Es ist nicht direkt an der Kreuzung, sondern ein Stück weiter, vor einem der Einfamilienhäuser am Niittyranta. Es ist da jemand überfahren worden – ein junger Kerl mit Fahrrad. Darum kümmert sich die Verkehrsstreife, aber dort ist noch mehr los, und deswegen will die Hausherrin euch dort haben – ausdrücklich Harjunpää und Nykänen.«

»Heißt sie Lehikoinen?«

»Moment ...«

Man hörte, wie der Diensthabende auf der Computertastatur tippte, den Fall suchte, und Harjunpää erinnerte sich, dass Lehikoinen einen Jogginganzug getragen und einen Fahrradschlüssel in der Hand gehalten hatte, als er die Anzeige erstattete; er war schlank und stattlich, jünger als Harjunpää, und sein Aussehen veranlasste Onerva später zu der Feststellung: »Ein süßer Junge.« Und trotz allem war er ruhig gewesen, gelassen, wie es nur ein Mensch sein kann, der sich seiner selbst und seiner Entscheidungen sicher ist, und seinen Worten war zu entnehmen gewesen, dass ihn das Ganze eigentlich amüsierte, dass er die Strafanzeige für eine reine Formsache hielt, von der er sich keinerlei Nutzen versprach und die er nicht einmal in Anspruch zu nehmen gezwungen war. Harjunpää spürte eine kurze Regung im Magen, so ähnlich wie wenn man in einen eiskalten See watet, dann sagte der Diensthabende:

»Richtig, Lehikoinen ist es.«

»Ende.«

Sie setzten sich mit eiligen Schritten wieder in Bewegung.

»Was sind das für Leute?«

»Wir haben in einer Sache, die sie angezeigt haben, mit ihnen zu tun, schon seit Mai. Heißen sie nicht Jari und Sanna? Jedenfalls sind wir kein bisschen vorwärts gekommen. Das heißt, wir sind eigentlich gar nicht dazu gekommen, die Sache in Gang zu bringen. Es handelt sich im Wesentlichen um Hausfriedensbruch und Sachbeschädigung. Jemand terrorisiert sie …«

»Das muss irgendein Verrückter sein. Aber ich hätte trotzdem nicht … Fährt dieser Jari nicht gern Fahrrad?«

»Oh, Mann.«

Sie kamen nach draußen, und der Abend war noch kein bisschen abgekühlt. Die Dunkelheit setzte langsam ein, so wie immer um diese Zeit im August; die Straßenlampen brannten schon, und die Reklamelichter sahen heller aus als vorhin. Thurman suchte in seiner Tasche nach dem Schlüssel zum Kleinbus.

KAPITEL 2

Wie das Problem lautet

Sobald sie von der Meripellontie abgebogen waren, hatte Thurman die Sirene ausgeschaltet, und als er jetzt auch das Blaulicht abschaltete und die elektrischen Zuckungen aufhörten, waren die Bäume wieder einfach nur Bäume und wirkten nicht mehr wie bedrohliche Algen, die um den Taucher herumwogten, der sich zu tief hinabgewagt hatte. In dichter Folge huschten sie vorbei, bildeten Bögen über den Straßenlaternen und machten den Lichtern Nester, und genau auf der Höhe der Autofenster zog das Band der sauber geschnittenen Heckenzäune vorbei. Dort, wo die Gartentore waren, konnte man kurz auch die Häuser erahnen – oder eigentlich nur die hinter Ziersträuchern und wildem Wein aufblinkenden Lichter.

»Hier links!«

»Noch nicht. An der nächsten.«

»Dann hier …«

»Wo auch immer. Habt ihr auch keinen Krankenwagen gesehen?«

»Ist wahrscheinlich schon weg oder anders herumgefahren.«

»Kommt drauf an, wohin sie ihn bringen, was genau passiert ist.«

Im Scheinwerferlicht blitzte ein Straßenschild auf.

»Niittyranta …«

Thurman trat auf die Bremse und schwenkte so scharf nach

links ein, dass die Reifen quietschten. Die Straße war schmaler als die vorige, und die Laternenpfähle und Hecken rauschten noch schneller vorbei; nach kurzer Zeit erreichten sie eine weitere Biegung, wo der Kleinbus nach rechts schwenkte. Nach einer Kurve öffnete sich eine Gerade, und sie waren am Ziel.

Der Streifenwagen vom Ostzentrum stand mit eingeschaltetem Standlicht am Straßenrand, die Blinker flackerten nicht mehr. Die Schaulustigen hatten bereits genug, nur ein paar Jungen und eine Frau, die zwei Dänische Doggen ausführte, waren noch da. Thurman hielt an. Harjunpää griff zum Mikrofon.

»Die Acht-Neun-Eins ist vor Ort.«

»Zentrale hat verstanden.«

Sie stiegen aus. In der Luft war das nahe Meer und das Schilf zu riechen. Die Straße war schmal, sie ließ sich mit wenigen Schritten überqueren. Harjunpää durchzuckte kurz der Gedanke, es sei gar nichts passiert, es handelte sich um einen Irrtum oder sogar um einen Streich, aber dann bemerkte er das Fahrrad und gleich darauf die Kreidelinien auf dem Asphalt.

Das Rad war im Schatten einer Berberitzenhecke neben dem Streifenwagen abgestellt worden. Es war ein Jugendrad: langer Sattel und hoher Lenker. Nun wirkte es seltsam verkrüppelt, verbogen, wenn man es anschaute, wusste man, wie es geknirscht hatte, als alles passiert war. Und dann die Linien. Sie waren gezogen worden, als noch jemand dagelegen hatte, aber jetzt war nur noch Leere, wo dieser Jemand hätte sein sollen.

»Mit so was fährt der nicht«, sagte Onerva schnell. »Und auch die Linien – das muss … das muss fast noch ein Kind gewesen sein.«

Einen flüchtigen Moment lang verspürte Harjunpää Erleichterung und gleich darauf eine neue Sorge, aber er kam nicht dazu, etwas zu sagen, denn Thurman brummte:

»Hier kommt man nicht durch. Jedenfalls nicht auf normal menschliche Art.«

Ein Geländewagen verstopfte die Einfahrt zum Grundstück. Sein Heck ragte bis auf die Fahrbahn; das Auto sah so aus, als sei es dort vergessen worden. Es war ein Chevrolet oder ein Dodge oder etwas anderes Chromglänzendes, sein Zweck bestand nicht darin, auf Feldern, im Wald oder anderswo schmutzig gemacht zu werden, doch jetzt stand es auf einem Kohlenhaufen, und der Haufen verstopfte die Zufahrt noch mehr als der Wagen. Er war hoch und breit und begrub einen Teil des Heckenzauns unter sich, um sich als dunkler Berg bis zwischen die Gartenbäume fortzusetzen.

»Anthrazit«, stellte Thurman fest. »Die billigste Art zu heizen, aber verdammt mühsam. Komisch, dass die sich mit so was …«

Onerva warf einen Blick auf Harjunpää. Und Harjunpää wusste, was sie meinte, er dachte genau dasselbe, nickte und bog neben dem Geländewagen die Hecke zur Seite und zwängte sich durch die Lücke. Diesen Weg hatten schon andere genommen, denn es waren Zweige abgebrochen, und auf der Erde war bereits eine erkennbare Spur in den Rasen getrampelt worden. Die anderen folgten ihm raschelnd. Von dem Auto ging ein Geruch aus, als wäre der Motor vor kurzem noch gelaufen.

Das Haus aus rotem Backstein war eigenartig verwinkelt, auf den ersten Blick sah es aus, als setzte es sich aus mehreren, einander stützenden Einzelteilen zusammen. Und es schien, als sei ein Fest im Gange, denn die Fenster erstrahlten hell, ebenso die im Dach eingelassenen Scheiben, und entlang des Gartenweges waren Kerzen entzündet worden. Auf dem Rasen standen eine Sonnenuhr und eine kleine Statue, ein Amor oder etwas Ähnliches, Harjunpää hatte nicht die Geduld, näher hinzusehen.

»Einen BMW als Zweitwagen im Schuppen«, sagte Thurman gedämpft. »Nicht gerade arme Leute.«

»Nein. Und dabei ist er noch jung. So ein IT-Typ.«

»Projektleiter. Oder hieß es Planungschef? Seine Frau ist in der Modebranche tätig.«

Die Haustür stand sperrangelweit auf. Am Türpfosten lehnte Mannelin, einer der Männer von der Streife. Der andere stand in der Eingangshalle und sprach zu jemandem, aber dieser Jemand – von ihm war nur der Schatten an der Wand zu erkennen – konnte oder mochte nicht zuhören, sondern bewegte sich unruhig, sodass der Schatten sich ständig ausdehnte und zusammenzog.

»Hallo ...«

Mannelin stellte sich gerade hin und zog sein Notizbuch hervor.

»Und herzlichen Glückwunsch. Da habt ihr euch schöne Klienten ausgesucht ...«

»Was ist hier eigentlich los?«

»Also ...«

»Das Fahrrad stammt doch nicht aus diesem Haus?«

»Und was war das für ein Gerede von versuchter Tötung?«

»Moment ...«

Mannelin hob die Hände, als wollte er sich ergeben.

»Fangt ihr nicht auch noch an. Hier hat's schon mehr als genug Durcheinander gegeben. Obwohl das aus unserer Sicht ein klarer Fall ist. Und der Junge gehört auch nicht ihnen. Er heißt ... Niiranen, Marko Petri Tapio. Ein fünfzehnjähriger Schüler, wohnt im Viertel Vartioharju in der Raitamäentie. Aber das wird euch kaum sonderlich interessieren. Es ist ihm auch nicht viel passiert. Ein Schlüsselbein ist gebrochen, und an der Backe und am Knie hat er Schürfwunden. Der Schuldige stammt allerdings aus diesem Haus ...«

»Einen Moment ...«

Das war Jari Lehikoinen. Er war hinter Mannelins Rücken auf der Schwelle erschienen. Der Schatten hüpfte nicht mehr über die Wand.

»Wen meinen Sie mit dem Schuldigen?«

»Sie«, sagte Mannelin, ohne sich umzudrehen.

Jari gab sich Mühe, zu lachen, bekam aber nur einen hohlen Laut zu Stande. Er suchte den Blickkontakt mit Mannelin, wobei in seinen Augen eine Beunruhigung lag, als wollte er den anderen geradezu anflehen, zu sagen, dass er gerade einen Witz gemacht hatte, dass ein reines Unglück passiert war, an dem keiner Schuld hatte.

»Doch, ich meine Sie«, sagte Mannelin ruhig und wandte sich um, und Jari bewegte die Hände, als sei ihrem Griff gerade etwas entwunden worden.

»Es scheint mir doch einigermaßen infam, das jetzt schon zu entscheiden«, sagte er und schluckte. »Dass ich der Schuldige bin … Dabei ist die eigentliche Ermittlung noch gar nicht durchgeführt worden. Ganz zu schweigen davon, dass sich ein Richter mit dem Fall befasst hätte …«

»Gut. Ich korrigiere mich. Sie sind der Tatverdächtige. Okay?«

»Okay. Aber versuchen Sie auch daran zu denken, wenn die Anzeige gemacht wird? Auch daran, dass das Fahrrad nicht über die gesetzlich vorgeschriebene Beleuchtung verfügte? Die anderen Umstände nicht zu vergessen, die ganzen Hintergrundfaktoren, die ich Ihnen erläutert habe.«

Jari machte eine Bewegung, als befürchte er, Mannelin hätte ihn nicht verstanden, oder als habe er überhaupt Angst vor Mannelin, vor der ganzen merkwürdigen Situation, davor, dass alles einen Verlauf nahm, auf den er nicht so Einfluss nehmen konnte, wie er das gewohnt war.

»Wir werden es versuchen«, beruhigte ihn Mannelin. »Und außerdem werden Sie die Gelegenheit haben, in der Vernehmung alles noch einmal zu erzählen. Und vor Gericht auch, falls Sie das wollen.«

Jari drehte sich um und schien Harjunpää erst jetzt zu bemerken. Sie fixierten sich einen Moment lang gegenseitig, und nun sah Harjunpää, wie nervös Jari tatsächlich war; mehr als nur nervös, er sah gepeinigt aus, leidend, als könne er sich nur noch mit Mühe beherrschen, als würde ihn schon eine Kleinigkeit zusammenbrechen, oder, im Gegenteil, explodieren lassen.

»Haben Sie sich also doch dazu herabgelassen, zu kommen …«

In der Stimme schwang Bitterkeit mit und eine Art Anklage. Harjunpää fand das in gewissem Maße berechtigt, sagte aber nichts, sondern beschränkte sich darauf, zu nicken.

»Wahrscheinlich ist es zwecklos zu fragen, ob Sie, was den Schuldigen anbelangt, eben solches Glück haben wie Ihr Kollege … Den Kohlenhaufen haben Sie doch gesehen?«

»Der ist nicht zu übersehen.«

»Nein, wirklich nicht. Und falls Sie denken …«

Jari unterbrach sich. Er drückte die Fingerspitzen an die Stirn und holte zweimal tief Luft, bevor er fortfuhr: »Sie werden ja wohl einsehen, welche Kosten es allein verursacht, die Spuren zu beseitigen? Der Heckenzaun muss über mehrere Meter neu gemacht werden, und vom Rasen mindestens auch zehn Quadratmeter. Und dann der Zugang – wie Sie bestimmt bemerkt haben, ist er mit hellem Schotter angelegt. Es dürfte nicht schwer sein, sich vorzustellen, wie der aussehen wird.«

»Nein, zum Teufel.«

Thurman hatte schon bedeutungsvoll gehustet, jetzt trat er näher und schob seine uralte Baskenmütze weit nach hinten.

»Hier ist ein Junge ernsthaft verletzt worden. Und so viel wir wissen, hat man auch noch versucht, jemand anderen zu töten. Und wir stehen hier rum und trauern über irgendwelches Gebüsch … Unglaublich. Nächstes Mal markieren Sie die Stellen, damit die Leute wissen, wo sie ihre Last hinkippen sollen. Und wenn Sie jetzt vielleicht mal zur Sache kommen wollen …«

Jari stand reglos da. Dann wandte er sich mit einem Ruck ab und verschwand im Haus. Dort hörte man ihn mit erstickter Stimme sagen: »Mein Gott. Da muss man sich nicht wundern, wirklich nicht …«

»Die Party wird immer besser«, gab Mannelin von sich, und Harjunpää knurrte: »Mensch, Thurman. Wir haben doch gesagt, dass sie von irgendjemandem terrorisiert werden. Jemand bestellt in ihrem Namen alles mögliche Zeug. Mit einem Haufen Mist hat es angefangen. Aber zu dem Zeitpunkt, als sie Anzeige erstatteten, waren bereits zehn Kubikmeter Schotter und hundert gebrauchte Eisenbahnschwellen aufgetaucht …«

»Herrgott noch mal. Niemand hat gesagt, wie sie terrorisiert werden. Aber ich steh zu dem, was ich sage. Und so einem jungen Gockel tut es nur gut, wenn man ihm …«

Mannelin blickte zur Tür, nickte und ging in Richtung Hof, und Harjunpää folgte ihm dicht hinter Onerva. Sie blieben am Rand des Lichtkreises neben einer Zirbelkiefer stehen. Irgendwo in der Nähe zirpte eine Grille.

»Kurz gesagt ist es so, dass Lehikoinen um fünf von der Arbeit kam und natürlich die Kohle bemerkte«, fing Mannelin an. »Er hat sofort im Präsidium angerufen und gehört, dass ihr Dienst habt. Die Zentrale hat euch nur nicht erreicht …«

»Wir waren wahrscheinlich in der Klinik. Um sechs kam ein Patient herunter …«

»Genau. Dann beschloss er, so zu tun, als gäbe es den Haufen gar nicht. Bei ihnen sollte eine Party stattfinden, ein ›Insidering‹, wie er sich ausgedrückt hat. Aber bevor die Gäste kamen, ist alles Mögliche andere passiert …«

Mannelin blickte auf sein Notizbuch.

»Um halb sieben kam der erste Fernsehinstallateur. Und danach kamen sie im Abstand von einer Viertelstunde. Und alle behaupteten, er selbst habe sie bestellt, und verlangten auch noch, an der ausgemachten Zeit festzuhalten, weil sie noch andere Kunden hätten …«

Auf Mannelins Gesicht zeichnete sich ein feines Lächeln ab.

»Nun bestand natürlich Erklärungsbedarf … Zumal da gerade die ersten Insider begrüßt wurden … Aber wie auch immer. Mit den Fernsehleuten war es um acht vorbei. Danach kamen die Prediger. Zuerst zwei von den Heiligen der Letzten Tage …«

»Und?«

»Er rief dich wieder an, erreichte dich aber immer noch nicht. Seinen eigenen Worten zufolge fing er an zu glauben, dass du ihm absichtlich aus dem Weg gehst. Und von den Predigern kamen immer mehr. Da ist ihm endgültig die Hutschnur gerissen, und er hat beschlossen, selbst zum Präsidium nach Pasila zu fahren. Er ist in seinen Karren gesprungen, in diesen Dodge, ist rückwärts raus, den Spuren nach ziemlich flott. Der Kohlenhaufen hat ihm die Sicht versperrt, und da ist zufällig der Junge auf seinem Fahrrad vorbeigekommen, und peng!«

»Verdammt …«

Harjunpää holte seine Zigaretten heraus, bot den anderen davon an, gab Feuer und hörte sich mit einem leichten Unterton von Verteidigung sagen:

»Aber was hätte es genützt, wenn wir rechtzeitig hier gewesen wären? Hätten wir uns das Klingeln an der Tür anhören sollen? Und außerdem hatten wir mit ihm vereinbart, wie und wann er uns informiert, wenn es neue Vorfälle gibt.«

»Die Anwesenheit der Gäste hat bestimmt etwas ausgemacht. Er hat sich sozusagen beim Heimspiel blamiert … Das Alkometer hat übrigens null angezeigt. Angeblich trinkt er überhaupt keinen Alkohol, weil das die Gehirnzellen zerstört. Aber ob er nun alle Zellen beisammen hat oder nicht, er wird wegen grober Fahrlässigkeit und Körperverletzung angeklagt werden.«

»Und der Tötungsversuch?«

»Nur dummes Gerede. Das waren die Gäste. Die glaubten zuerst, Lehikoinen selbst wäre überfahren worden und schlussfolgerten, dass der Haufen extra dafür hergeschafft worden war. Die übelsten Krakeeler habe ich in ein Taxi gesteckt. Und kurz bevor ihr gekommen seid, habe ich den letzten Prediger abgewimmelt. Er hat dasselbe gesagt wie die Installateure.«

Mannelin blickte unruhig auf die Uhr.

»Aber jetzt gehen wir. Kirjonen und ich sind in dieser Gegend die einzige Streife der A-Klasse. Viel Erfolg…«

»Gleichfalls.«

Sie blieben so lange stehen, wie der Kies unter den Füßen der Männer knirschte, und für einen Moment war Harjunpää erleichtert, weil er sich geirrt hatte und den Lehikoinens nichts zugestoßen war. Aber gleich darauf kam ihm in den Sinn, dass es bei dem ihm unbekannten Marko Petri Tapio Nüranen anders war: dass dieser Marko noch ein Kind war, dass er Eltern hatte, deren Telefon sehr bald läuten würde, und dass man ihnen in absehbarer Zeit ein demoliertes Fahrrad bringen würde.

»Mist aber auch…«

Seine Selbstvorwürfe wurden immer stärker. Die ungeschönte Wahrheit war, dass er die Geschichte der Lehikoinens nicht ernst genug genommen hatte. Zumindest ein paar Wochen lang hatte er in keinerlei Kontakt mit ihnen gestanden. Und im Grunde hatte er auch darauf gebaut, dass der Quälgeist, der sie terrorisierte, irgendwann von selbst aufhören würde (er hatte sogar schon geglaubt, dies wäre bereits der Fall), oder dass die Lehikoinens selbst darauf kommen würden, wer hinter allem steckte.

»Gehen wir jetzt, uns ausschimpfen zu lassen?«, fragte Onerva. »Und erklären, wie viel Arbeit wir haben?«

»Etwas anderes haben wir hier wohl nicht mehr zu tun…«

»Mir gefällt's hier«, erklärte Thurman von den Johannisbeersträuchern her. »Die schwarzen sind noch ein bisschen unreif, aber bei den roten muss man sich beeilen, bevor sich die Amseln alle holen…«

Das Wohnzimmer fing unmittelbar in der Eingangshalle an. Allerdings lag es etwas niedriger, raffiniert, es war wie ein mit Birkenbrettern verkleidetes Becken, das zur entspannten

Muße einlud. Im hinteren Teil verwandelte es sich in einen verglasten Wintergarten, unter dessen mannshohen Palmen ein kerzenbeschienener, gedeckter Tisch stand. Der sah allerdings unberührt aus, und in der Luft lag ein Hauch von Dill.

Von den Gästen waren nur noch zwei übrig, eine junge Frau und ein Mann. Sie standen mit Lehikoinen bei der Sitzgruppe im vorderen Teil des Zimmers nah beisammen, als suchten sie Halt aneinander. Nur Sanna Lehikoinen saß – zumindest nahm Harjunpää an, dass es Sanna war. Sie war auf dieselbe Art schön, wie ihr Mann gut aussehend war, so wie Menschen auf Reklamefotos, aber jetzt war ihr Gesicht verweint und tränenverschmiert. Jari bemerkte die Eintretenden und ging forsch auf die Eingangshalle zu, und der andere Mann sagte ihm mit gesenkter Stimme etwas hinterher.

»Es genügt, wenn Sie mir zwei Fragen beantworten«, begann Jari. Mittlerweile hatte er sich beruhigt, zumindest spielte er vor den anderen den Ruhigen und suchte Zuflucht in entschlossener Härte. »Punkt A. Welche Art von Schutzmaßnahmen beabsichtigen Sie für unser Haus zu veranlassen und wann wird damit begonnen? Punkt B…«

»Seien Sie nicht kindisch«, sagte Harjunpää leise und blickte Jari dabei unverwandt in die Augen. Der schloss die seinen, wie es nur ein äußerst müder oder verzweifelter Mensch tut. Auch die Schultern ließ er hängen. Er war eine ganze Weile still, bis er flüsterte: »Sorry. Suchen wir uns einen ruhigeren Ort.«

Er ging in den Flur und dort nach links, schnell, als fliehe er vor den Blicken und den Ohren seiner Frau und seiner Gäste. Erst vor der letzten Tür blieb er stehen und machte auf. Dort befand sich das Arbeitszimmer, eher ein kleines Büro. Auf dem Tisch stand ein Computer, die Möbel waren schwarz, ihre Beine aus glänzendem Stahl. Harjunpää schloss fast lautlos die Tür hinter sich.

»Ich habe nicht umsonst von Schutzmaßnahmen gesprochen…«

»Es ist trotzdem unmöglich. Die Polizei kann nicht anfangen, Privatgrundstücke zu bewachen.«

»Und in diesem Fall würde eine Bewachung auch gar nicht so nützen, wie sie es sollte«, sagte Onerva. »Natürlich könnte sie die Schäden und den Ärger verringern, aber den tatsächlichen Schuldigen würde man damit nicht erwischen.«

»Vielleicht. Wir haben nur allmählich das Gefühl, als behielte er uns im Auge, als würde er dort draußen irgendwo herumschleichen. Und so muss es ja auch sein. Er will doch sehen, was das alles für Folgen hat ...«

Jari schaute sie an, als suchte er nach Bestätigung für seine Spekulation, fuhr sich durchs Haar und sagte rasch, wie zur Begründung: »Falls Sie überhaupt begreifen, was das hier bedeutet. Eines Tages standen auf der Terrasse fünf neue Gefriertruhen, jede aus einem anderen Geschäft. Am nächsten Tag lagen dreitausend Backsteine vor dem Tor. Oder eine riesige Menge Sand. Oder habe ich vielleicht zehn verschiedene Autos gemietet, die dann hierher gebracht wurden? Oder es kann sein, dass an einem einzigen Abend ein halbes Dutzend Fensterputzer oder Masseure an der Tür erscheinen. Oder vielleicht ...« Er krümmte die Finger, als ob er etwas festhalten wollte, mit dessen Hilfe er die anderen dazu gebracht hätte, zu verstehen, er stöhnte und gab auf und fing an, zwischen Tisch und Bücherregal hin- und herzugehen.

»Und jede verdammte Bestellung muss rückgängig gemacht werden, man muss zusehen, dass alles wieder abgeholt wird. Und dennoch regnet es bei uns Rechnungen, um die man dann tagelang streiten muss. Und einige davon gelangen trotzdem in ein Inkassobüro. Mein Kredit ... obwohl ich immer pünktlich ... Und können Sie sich vorstellen, was das für ein Gefühl ist, wenn man bei jedem Läuten Angst hat? Bei jedem Auto, das vor dem Haus hält? Oder raten Sie mal, wie es ist, wenn man sich nicht einmal mehr traut, die eigene Post in die Hand zu nehmen. Und ... Und das gerade jetzt, wo man sich auch ein Kind leisten könnte ...«

»Sie haben uns nicht mal die Hälfte von all dem mitgeteilt.«

»Es kam mir so sinnlos vor! Alles ging trotzdem weiter wie zuvor. Und telefoniert werden muss sowieso die ganze Zeit mehr als genug.«

Jari blieb stehen, und es wurde still im Raum. Nur sein wimmerndes Atmen war zu hören.

»Vermutlich haben Sie über die Dinge nachgedacht, über die wir gesprochen haben«, sagte Harjunpää vorsichtig. »Hinter Telefonterror steckt nämlich in den meisten Fällen eine bekannte Person.«

»Ob wir nachgedacht haben?«, lachte Jari, und sein Lachen hatte etwas Wildes, drängte danach laut auszubrechen, aber er bändigte es. »Wir haben so gut wie nichts anderes getan. Und das hat zu einem verdammten Misstrauen geführt. Es sieht so aus, als gingen sämtliche Beziehungen dabei kaputt. Zu Nachbarn, Verwandten, Freunden... Es kommt einem so vor, als gingen alle davon aus, dass wir ausgerechnet sie verdächtigen, auch wenn wir das Ganze gar nicht ansprechen. Auch diese Party heute, mitten in der Woche. Heute ist Sannas Geburtstag. Wir haben uns zu einer kleinen Feier entschlossen, um dabei auch die Beziehungen zu kitten... Aber Sie haben ja wohl gesehen, wie entsetzt alle waren. Und wo sind sie jetzt? Haben sich aus dem Staub gemacht...«

»Und die Möglichkeit der Eifersucht?«

»Nein. Das kommt nicht in Betracht«, sagte Jari und wandte ihnen dabei den Rücken zu, und Harjunpää dachte, dass die Verneinung zu schnell kam und zu sicher war; er warf Onerva einen Blick zu. Ihre Augen waren schmale Striche.

»Okay. Es geht hier um Ihre Interessen...«

»Ich weiß es und spüre es am eigenen Leib!«, fuhr Jari auf. »Und ich weiß auch, dass Sie sonst mit Morden und Messerstechereien zu tun haben und... und... Und wenn wir annehmen, dass ich damals im Mai mit dem Messer angegriffen worden wäre? Okay. Die Sache wäre erledigt, vor Gericht behandelt. Und ich hätte alles womöglich schon vergessen. Aber jetzt ... Niemand hilft einem, niemand kann etwas unternehmen. Es ist so, als würden wir gar nicht mehr zur Gesellschaft gehören, als überließe sie uns vollkommen unserem eigenen Schicksal. Und zwischendurch ... zwischendurch ist mir sogar schon der Verdacht gekommen ... dass ich die Bestellungen vielleicht doch selbst aufgegeben habe ...«

Seine Stimme wurde gedämpfter und sein Blick nachdenklich, es sah aus, als hätte er wirklich diese Möglichkeit in Betracht gezogen und ein aufsteigendes Grauen verspürt, aber dann riss er sich von der Vorstellung los und ballte die Hände, und seine Fäuste waren wie weiße Steine, voller Hass.

»Am Anfang glaubt man noch, man kann es übergehen«, sagte er. »Jetzt glaubt man gar nichts mehr. Jetzt kommt es einem so vor, als könne man nur noch kapitulieren, sich bestrafen lassen für irgendeine Schuld ... Und dabei habe ich doch niemandem etwas getan! Ich habe von niemandem etwas gewollt! Ich habe nichts gewollt, was nicht akzeptabel und für jedermann erreichbar wäre ... bestimmte Güter, bestimmte Annehmlichkeiten, das, was alle wollen. Ich will nichts, als leben zu dürfen, wie ich es will, ich will daheim ungestört sein, innerhalb meines Zauns! Und doch dringt die Welt mit Gewalt hier ein, wie ein ... ein merkwürdiger, gesichtsloser Dämon.«

»Beruhigen Sie sich.«

»Okay, okay. Entschuldigung. Aber ich sage Ihnen ganz offen, wenn ich den Kerl erwische, dann gnade ihm Gott! Ich könnte ... Und ab und zu haben schon alle diese Reparateure und Installateure und Sektierer denselben Wunsch in mir geweckt ... Sie sollen sich alle zum Teufel scheren!«

»Wissen Sie, wie es dem Jungen ergangen ist?«, fragte Harjunpää scharf und unvermittelt, und Jari zuckte zusammen. Er ließ sich auf den nächsten Stuhl sinken und vergrub das Gesicht in den Händen.

Harjunpää schaute auf Onerva. Ihr Gesicht war ausdruckslos. Harjunpää blickte auf die Uhr, es war bereits nach halb zehn.

»Er wird schon wieder auf die Beine kommen«, sagte er etwas weicher. »Ist sogar möglich, dass er sofort nach dem Gipsen nach Hause darf.«

»Gott sei Dank! Ich dachte schon… Wie soll so ein Krüppel im Leben zurechtkommen… Aber so ist es auch schon schlimm genug. Wenn das an die Öffentlichkeit kommt, in die Zeitungen. Schon allein im Hinblick auf meine Karriere…«

»Tatsache ist, dass wir in Ihrem Fall noch kein bisschen vorangekommen sind«, unterbrach ihn Harjunpää. »Und es lässt sich auch nicht leugnen, dass uns mehrere andere Fälle dazwischengekommen sind. Aber wir haben alles versucht, was möglich war. Wir haben uns mit sämtlichen Firmen in Verbindung gesetzt, von denen Sie etwas erhalten haben. Aber die Bestellungen waren jedes Mal telefonisch aufgegeben worden, auf Ihren Namen. Und die Angaben waren so selbstverständlich gekommen, da bestand kein Grund zum Zweifel.«

»Dieser Mann redet genau und sicher«, fügte Onerva hinzu. »Und er fragt Dinge, die zeigen, dass er weiß, was er will. An seiner Stimme ist nichts Außergewöhnliches, sie ist gut zu verstehen, wie bei einem Ortsgespräch üblich. Niemandem sind besondere Hintergrundgeräusche aufgefallen…«

»Von drei Zeitungen ist es uns gelungen, die Bestellcoupons zu bekommen. Fingerabdrücke sind darauf kaum festzustellen, aber sie sind alle mit derselben Schreibmaschine ausgefüllt worden. Ein ziemlich altes Modell, offenbar eine Adler. Fällt Ihnen dazu etwas ein?«

Jari blickte nicht auf, er massierte sich nur die Schläfen, als versuche er, sich zu konzentrieren. Schließlich schüttelte er den Kopf.

Harjunpää richtete sich auf.

»Okay. Im Moment sitzt uns kein besonders übler Fall im Nacken«, sagte er. »Wir werden versuchen, uns hauptsächlich hierauf zu konzentrieren.« Er wusste selbst nicht genau, was er damit meinte, vielleicht wollte er Jari nur beruhigen. Was sie bislang unternommen hatten, war an sich nicht viel, aber dennoch hatten sie getan, was zu tun war.

»Wenn es Ihnen irgendwie möglich sein sollte, dann versuchen Sie nicht an dem Eindruck festzuhalten, niemand wolle Ihnen helfen, alle ließen Sie im Stich.«

»Onerva! Timppa!«

Der Rufer war Thurman. Er war in die Eingangshalle gekommen. Sie wussten sofort, was das bedeutete, Onerva öffnete die Tür, und Harjunpää wandte sich zum Gehen, er vermied es, Jari anzuschauen, sah ihn aber doch irgendwie, seinen hilflosen Gesichtsausdruck, den irritierten Blick, die zusammengesunkene Haltung; Harjunpää musste auf der Schwelle innehalten und eine Handbewegung machen, als hätte das irgendetwas erklärt oder gutgemacht.

»Ein Wohnungsbrand«, sagte Thurman ein Stück weiter weg zu Onerva. »Ein Wohnblock in der Caloniuksenkatu. Es gibt Verletzte …«

Dann hörte man schon den Gartenweg unter Thurmans und Onervas Schritten knirschen, und Harjunpää ging los. Da trat ihm Sanna Lehikoinen in den Weg und hielt ihn an der Hand fest.

»Gehen Sie nicht! Lassen Sie uns nicht …«

»Ich muss.«

Er wollte eine Bewegung machen, um seine Hand frei zu bekommen, ließ es dann aber bleiben. Aus der Nähe betrachtet war Sannas Gesicht das eines Kindes, voller kindlicher Not, und ihr krampfhafter Griff, ihr ganzes Wesen war ein einziges Flehen.

»Lassen Sie uns nicht allein … Er schleicht hier irgendwo herum … Oh, bitte, bitte, bitte …«

»Seien Sie nicht albern! Hier kann Ihnen nichts passieren.«

Sanna lockerte den Griff um Harjunpääs Hand. Und für einen kurzen Moment schien es Harjunpää, als blitzte in ihren Augen etwas Hartes auf, als verwandelte sich ihr Gesicht in das einer Erwachsenen, aber er konnte sich auch irren, denn er hatte sich schon halb abgewandt. Mit großen Schritten lief er über die Veranda auf den Gartenweg und hatte schon den Kohlenhaufen, den Dodge und den Heckenzaun vor sich, er hörte, wie auf der Straße die Türen des Kleinbusses zugezogen wurden und der Motor ansprang. Er zwängte sich durch die Zweige auf die Straße, blieb stehen und hob einen Zettel von der Erde auf, kam aber nicht dazu, ihn zu lesen, denn Thurman vollführte mit dem Wagen eine enge Wendung, hielt vor ihm an und schaltete das Blaulicht an. Für den Bruchteil einer Sekunde sahen sie wie starre blaue Lampen aus, aber dann rotierten sie schnell, das Licht wurde stärker und zerschnitt die Nacht, es schmerzte in den Augen, wenn man so dicht davor stand.

»Willst du hier bleiben, oder was?«

Harjunpää kletterte auf den Sitz neben Onerva. Thurman schaltete die Sirene ein. Sie gab einen langsam abfallenden Ton von sich, klagte zu Ende, was auf der Herfahrt unterbrochen worden war, und fing dann abgehackt an: »Wou-wou-wou!«

»Aber eine verdammt prächtige Flinte hat der!«, rief Thurman über das Heulen hinweg. »In der Eingangshalle an der Wand. Voller Gravuren. Würde sich gar nicht lohnen, die hier zu verkaufen, da müsste man nach England fahren oder so …«

Harjunpää nickte, obwohl ihm kein Gewehr aufgefallen war, und warf einen Blick auf den Zettel, den er gefunden hatte. »JESUS«, stand darauf, sonst nichts. Er drehte das Stück Papier um. Dort stand in kleinen Buchstaben: »Verzeih mir.«

KAPITEL 3

Das Syndikat

»Papier- und Schreibwaren ...«

»Nein.«

»Papierver ... Papierveredelung.«

»Nein.«

»Papprohre.«

»Nein!«

»Par-fü-merie-waren.«

»Bestimmt nicht. Das ist dasselbe wie Kölnischwasser. Du sollst nicht einfach dem Alphabet nach lesen. Du musst mit kreativem Auge gucken. Wie kommst du morgens überhaupt klar, wenn du so langsam liest?«

»Parkettfußböden. Das ist gut, Dödö ... Von denen gibt's viele. Eins, zwei, drei Seiten. Abschleifen und Lackieren von alten, Verlegen von neuen. Das ist gut. Und dann gibt's noch ›Hokus Pokus‹ und ›Baleno‹ und ›Syn ... Syndicate de la Haute‹... das ist schon Partyservice.«

»Scheiß Partyservice ...«

Dödö machte eine Geste, als störe ihn etwas. Er fläzte in dem abgewetzten Veloursssessel, die Kniekehlen über der einen Armlehne, die hinter dem Nacken verschränkten Arme auf der anderen, und das war eine gute Haltung, so war es leicht, an die Decke zu starren, da hatte man das Gefühl, die Gedanken entstünden wie von selbst und verwandelten sich in Bilder. Das Spiel gefiel ihm. Denn jetzt war es für ihn ein Spiel.

»Und Scheißparkett. Du kapierst nicht, was ich meine. Es muss was sein, bei dem man direkt loslegen kann. Die Parkettjungs können das nicht, die muss zuerst jemand reinlassen.«

»Nix, was ich vorschlag, ist recht … Und was meinst du damit, wie ich morgens überhaupt klarkomm? Aus meinem Bezirk hat sich noch nie jemand beschwert und aus den anderen auch nicht, wenn ich mal 'ne andere Runde übernommen hab, einfach so, nach Liste.«

»Sorry, sorry. Ich hab nur gemeint, wenn du jedes verdammte Namensschild so langsam buchstabierst.«

»Das brauch ich nicht, Mann. Ich kann sie auswendig. Ich erkenne die Treppenhäuser am Geruch, da fallen sie mir automatisch ein: Hautala, Gutwerth, Granström. Kosonen, Putti und Mandelin. Loponen überspringen, dann wieder Kivelä, Niemi und Lehtonen. Für alle *Helsingin Sanomat,* für Niemi die *K. U.*«

»Ich glaub's dir. Sorry.«

»Ylitalo, Meller und Karppi …«

»Ich hab mich schon entschuldigt!«

Die beiden Männer schwiegen. Ihre Unstimmigkeit lag in der Luft wie Abgase auf der Straße zur Stoßzeit. Und die Decke war in Dödös Augen diesmal nur eine Decke, es erschienen keinerlei Bilder darauf. Er stöhnte verärgert und starrte nun auf das Moped, das neben dem Sessel stand, dachte, dass es hoffnungsloser Schrott war, genau wie Anttu selbst, aus dem würde nie etwas werden. Und wieder hatte er das Gefühl, von allem genug zu haben, das Ganze hatte keinen Sinn mehr, es war Zeit, damit aufzuhören. Während er das dachte, betrachtete er das verrostete Hinterrad des Mopeds, und je länger er es betrachtete, umso deutlicher erinnerte es ihn an ein menschliches Gesicht, ein lächelndes Gesicht, wie das von Anttu, wenn der sich freute. Langsam bildeten sich in Dödös Augenwinkeln auch Lachfalten, das heißt, eigentlich waren sie immer da, als würde ihn die ganze Welt amüsieren oder als sähe er etwas darin, was die anderen nicht sehen, und schließlich erreichte das Lächeln auch seine Lippen, und er sprang auf. Er war nicht groß, aber robust, und in seinen Bewegungen lag eine Gewandtheit, die an ein Hermelin oder einen Marder denken ließ.

Anttu saß auf einer Kiste. Dünn und eckig saß er dort und drückte die Gelben Seiten auf die Oberschenkel, und jetzt, da er schmollte, sah das irgendwie unbeholfen aus.

»Ich hab's nicht böse gemeint«, sagte Dödö, und seine Stimme war angenehm, wie die eines älteren Mannes, dabei war er nicht einmal fünfundzwanzig. »Ich weiß, dass du in deinem Job unschlagbar bist. Ich hätte da nichts verloren ...«

Aber Anttu ließ sich nicht versöhnen.

»Wer hat uns denn die Bude hier besorgt?«, sagte er. »Wem ist es zu verdanken, dass wir ein – Hauptquartier haben?«

»Dir. Du hast das hier organisiert. Und das war absolut super. Du bist zu der alten Hexe marschiert und hast gesagt: ›Entschuldigung, wenn ich störe, Frau Käyhkö, aber Sie haben doch diesen alten Lagerraum, diese alte Pferdebox, von dem Sie gesprochen haben – falls da Platz ist, wäre es möglich, dass ich dort mein Moped repariere?‹ Und dann hast du noch das da aufgetrieben ...« Dödö deutete mit dem Kinn auf das Moped und senkte vertraulich die Stimme. »Aber das ist nicht bloß ein Moped. Was ist es?«

Anttu antwortete nicht. Er konnte ein verdammter Dickschädel sein. Dumm war er an und für sich nicht – oder vielleicht doch ein bisschen –, er war vor allem viel zu viel allein, er lebte fast wie ein Eremit. Und so einer ist empfindlich, glaubt schnell, dass man ihn auslacht.

Dödö holte Atem und machte seine Jacke weiter auf. Es war eine Jacke nach demselben Muster, wie sie Soldaten und Polizisten trugen, sie hatte sogar Epauletten und auf dem einen Ärmel eine Art Wappen, auf den ersten Blick hätte man ihn sogar für einen Polizisten halten können, besonders im Dunkeln und wenn er zusätzlich das dazugehörige Schiffchen trug. Unter der Jacke kam das Holster mit dem Revolver zum

Vorschein: ein Taurus mit langem Lauf, ein Zweiundzwanziger nur, einer, für den echte Waffennarren nur ein Lächeln übrig gehabt hätten. Aber wenn man wollte, konnte man auch damit einen Menschen umbringen, und zwar mühelos. Dödö zog die Waffe aus dem Holster, ließ die Trommel aufschnappen, schüttelte die Patronen in die Hand, steckte sie in die Tasche und legte die Waffe dann fast zärtlich auf das Telefonbuch in Anttus Schoß. Der warf einen kurzen Blick darauf, strich mit den Fingerspitzen darüber und flüsterte:

»Das ist nur Tarnung. Das mit dem Moped …«

»Genau. Das ist Tarnung. Und das mit dem Parkett ist doch eine astreine Idee. Du weißt ja, wie's läuft … Hören Sie, uns ist da ein bedauerliches Missgeschick unterlaufen, die Pumpe vom Aquarium hat nämlich in der Nacht den Geist aufgegeben, und zu allem Überfluss haben wir ein Fünfhundertliteraquarium … Und das Wasser ist über den Luftschlauch auf den Boden gelaufen … genau, auf den Parkettboden. Und jetzt haben wir uns gedacht, dass wir ihn komplett erneuern lassen, weil demnächst hätten wir ihn sowieso abschleifen und lackieren müssen. Wären Sie so freundlich, mal vorbeizukommen und sich die Sache anzuschauen und dabei gleich einen Kostenvoranschlag zu machen? Also, uns würde es zum Beispiel morgen Abend um siebzehn Uhr dreißig passen …«

Anttu blickte auf. Sein Gesicht war schmal und etwas grau, pickelig, mit spärlichem Bartwuchs, aber jetzt lächelte es, und das Lächeln war dasselbe wie vorhin jenes am Hinterrad des Mopeds.

»Oh Mann, Dödö!«

»Yes.«

»Und alle drei Seiten?«

»Yes. Schreib auf: Parkettkonsultationen.«

»Parkett … Was? Und wenn sie gar kein Aquarium haben?«

Dödö bedeckte sein Gesicht und schien es zu reiben. Im Schutz seiner Hände flüsterte er lautlos: »Oh Gott, bist du arm …«

»Dann notiert nur: Parkett«, sagte er laut. »Ich denk dran. Und das mit dem Aquarium ist egal …«

Anttu fing an zu schreiben, dabei lugte seine Zunge zwischen den Zähnen hervor, als wollte sie überwachen, was auf dem Papier zu Stande kam, und Dödö bewegte sich ungeduldig hin und her. Sogar der Raum machte ihn nervös, engte ihn ein wie ein zu kleines Kleidungsstück, und das war auch kein Wunder, denn es war nicht viel Platz, nicht einmal zehn Quadratmeter, und davon schluckten das meiste die Kartons mit alten Klamotten und anderem Kram, Sachen, von denen die Menschen glauben, sie eines Tages noch einmal zu brauchen, die aber für immer und ewig im Keller oder auf dem Speicher beerdigt bleiben. Und dann war da noch der Sessel, die Kiste und das Moped. Vom blanken Fußboden war nur noch so viel übrig, dass man die zugemauerte Jauchegrube erkennen und zwei Schritte machen konnte, die aber nicht sein mussten. Anttu bekam seine Notiz fertig, und Dödö sagte: »Es ist bloß so, dass sie bei Parkettverlegern und Sektierern zu billig davonkommen. Denk mal nach – die brauchen nur zu sagen, verpisst euch, und die Tür zuzumachen. Das muss anders laufen. So, dass …« Er fing an, mit den Armen in der Luft zu fuchteln, als versuchte er, aus dem Nichts die passenden Worte für seine Gedanken zu finden, blickte auf Anttu und sah, dass er überhaupt nichts kapierte, sondern ihn nur anglotzte, als wartete er darauf, dass in seinen Händen plötzlich ein Kaninchen oder eine weiße Taube zum Vorschein käme.

»Versuch doch zu verstehen. Das muss sein wie … So als ob eine echte Krise kommt. Eine große Krise. Du kennst das doch. Wie wenn sich der letzte Staub legt. Oder wie wenn der Welt der Strom ausgeht! Ratzfatz gibt es ihn eines Morgens nicht mehr! Alles, worauf die Menschen ihre Sachen gebaut haben, ist nicht mehr da. Nichts läuft mehr, nichts hält mehr stand. Alles, wovon sie glauben, es sei für sie da, ist plötzlich für niemanden mehr da. Die Menschen sind in

Panik! Die ganze Gesellschaft im Chaos! Und es gibt keine Hilfe …«

»Alles ist eine einzige Hölle …«

»Genau! Es muss sein wie ein Hauch aus der Hölle! Und was hilft dem Menschen dann ein Mikrowellenherd? Oder ein Parkettboden? Nichts, Mann. Dann sieht man, wer wirklich Mumm hat, wer sich selbst helfen kann. Katzen und Hunde – die werden dann getötet, die werden gegessen. Und Ratten. Aber glaub ja nicht, dass alle Kreditkartentypen dazu im Stande sind, nein … Und in so eine Situation müssen wir sie kriegen!«

Dödö verstummte. Er war in Fahrt gekommen, aber nicht genug, um zu sehen, wie das alles geschehen könnte. Zu viele Dinge beunruhigten ihn, störten ihn, hielten ihn wie fordernde Hände umklammert, aber Anttu hatte er mitgerissen. Dessen Augen erinnerten an die Kugeln auf Deorollern, fast genauso matt. Und in seinem Gesicht regte sich nichts, aber seine Finger – ohnehin merkwürdige Finger, knochig, aber flink, schienen sie sich in jede beliebige Richtung biegen zu können, und die Fingerspitzen waren seltsam platt, die Nägel wie darin eingelassene Geldmünzen – seine Finger bewegten sich, betasteten den Revolver, als würden sie mit ihm Liebe machen oder als spürten sie auf wundersame Weise, wie er schmeckte.

»Dann sieht man, wer durchkommt«, sagte Dödö, jetzt schon wieder ruhiger und ein wenig müde. »Und du und ich, wir kommen durch. Und weißt du auch, warum? Weil wir jetzt schon durchkommen, obwohl wir nur solche … Ich schlage mir die verdammten Nächte um die Ohren und pass auf, dass nicht irgendein elender Idiot irgendwo reinkommt, wo ihn ein anderer Idiot nicht haben will, du rennst herum und trägst ihnen ihre komische Zeitung aus, während die noch auf dem Hintern liegen … Und was machen sie mit ihren Zeitungen? Sie lesen, was sie heute wieder alles haben müssen und wie elend es bei anderen zugeht, genau wie bei dir und bei mir. Und es ist egal, ob uns ein LKW überfährt, immer sind Neue zur Stelle …«

Wieder legte er die Hände vors Gesicht, aber diesmal massierte er es tatsächlich, und zwar kräftig, sodass die Augäpfel ein Geräusch von sich gaben.

»Und diese Nächte«, stöhnte er zwischen seinen Händen. »Der Mensch ist für so was nicht gemacht … Das wird sich noch rächen. Ich hab schon jetzt das Gefühl, manchmal nicht mehr richtig unterscheiden zu können, welche Nacht das jetzt gerade ist, diese oder die letzte oder eine noch frühere. Und wenn ich dann hundemüde heimkomm und versuch zu pennen, dann kann ich nicht. Und dann ist es schon wieder Abend, und ich muss zur Arbeit …«

Dödö ließ seine Hand schlaff herabfallen und sah, dass Anttu kein Wort von dem verstanden hatte, was er gesagt hatte. Er saß exakt in derselben Haltung da wie vorher und lächelte, sodass seine kaputten Zähnen zu sehen waren.

»Die sind jetzt schon fertig«, sagte er leise und leckte sich über die Lippen, dass sie glänzten. »Vor allem die Frau … Sie hält sich die Ohren zu und kreischt. Und weil sie so eine kleine Dunkle ist, hat sie auch kleine Titten, und die zittern nur so ein bisschen …«

»Du bist mir einer …«

»Aber wenn sie so eine Große, Blonde ist, dann macht sie weiter, als hätte sie nix gehört, hält die Hand vor den Mund und versucht, das Kichern zu unterdrücken. Sie liegt nackt auf dem Bett und winselt … den Arsch hochgestreckt wie ein weißer Sack … und sie guckt mich an …«

»Oh Mann«, seufzte Dödö, lächelte aber dennoch – weil Anttu lächelte, weil er endlich einmal glücklich aussah. Aber dann bemerkte er, wie spät es schon war, schon fast Mitternacht, und sein Lächeln erstarb, er bekam Angst, erwischt zu werden, und hatte es plötzlich eilig. Er schlug die Hände zusammen, schnappte sich den Revolver, und Anttu schrak hoch, als sei er aus einem Traum erwacht.

»Könnten wir nicht mal hingehn?«, fragte er atemlos.

»Nein.«

»Uns ein bisschen umsehen. Dann wäre es bestimmt einfacher, sich was auszudenken.«

»Wir fahren da nicht hin. Und ich müsste schon längst weg sein. Gib mir die Liste, bitte.«

»Kann ich das nicht erledigen? Diesmal.«

»Nein. Dir würde man nicht glauben.«

»Dann eben nicht.«

Dödö lud die Waffe und beobachtete dabei Anttu. Der nahm als Erstes das Heft mit der Aufschrift »Kriegstagebuch« zur Hand und dann das Telefonbuch, den Block und den Stift, und legt alles in die Kiste. Auf der Kiste breitete er Werkzeug aus. Er tat das alles sonderbar demütig, als hätte ihm das eben gar nichts ausgemacht, aber auch so, als ginge noch etwas anderes in ihm vor.

»Übrigens war es gut, dass du das längere Streichholz gezogen hast«, sagte er, nachdem er geprüft hatte, ob auch alles verstaut war. »Hätte ich gewonnen, hätte ich bestimmt die falschen Leute ausgesucht. Vielleicht solche, die in einem Mietshaus wohnen. Denen hätte man keinen Pferdemist und nichts bestellen können. Schon allein deshalb würde ich gern mal sehn, wen du ausgesucht hast.«

»Vergiss es. Ich hab es dir doch gesagt. Außerdem solltest du jetzt noch ein bisschen schlafen. Du hast nicht mehr viele Stunden.«

»Ich hab tagsüber auf Vorrat geschlafen. Deswegen müsste es also nicht ...«

Dödö entgegnete nichts, er knöpfte seine Jacke zu und setzte das Schiffchen auf. Dann nahm er die Taschenlampe und warf einen letzten Blick auf Anttu. Dieser hatte schon die Hand auf dem Lichtschalter und glotzte zurück, fast bettelnd, aber Dödö tat so, als bemerke er es nicht, sondern knipste die Taschenlampe an, und Anttu seufzte. Er schaltete das Licht im Lagerraum aus und öffnete die Tür.

Der Gang sah in beiden Richtungen gleich aus: breite Holztüren folgten aufeinander und an der Decke verliefen dicke Balken. Das Gebäude war ein alter Stall, in dem einst dutzende von Pferden gestanden hatten. Damals hatte es nach Heu und Leder und Mist und Schweiß gerochen, und Gelächter, Flüche und Hufgeräusche hatten die Räume erfüllt. Jetzt roch es nur nach Staub und Leere, niemand lief hier durch, höchstens die Alte, die eine Tüte in den zum Lagerraum umgewandelten Verschlag trug, an ein paar Abenden in der Woche Dödö und Anttu, hauptsächlich aber die Ratten, die gegen Gift schon immun waren.

»Dödö«, flüsterte Anttu – er schien auf der Hut zu sein – und blieb stehen. »Weißt du … Es wär verdammt stark, wenn wir einen Namen hätten.«

»Was für einen Namen?«

»Na ja, so wie die Mafia Mafia heißt … Wenn wir einen Namen hätten, dann wären wir nicht bloß wir zwei. Dann hätte man das Gefühl, man gehört irgendwo dazu … Das mit dem Syndicate de la … wie war das noch? Das war gut.«

In Dödös Augen regte sich der Überdruss. Er richtete den Lichtkegel auf Anttus Gesicht, musterte ihn eine Weile, lächelte dann wieder und sagte beinahe zärtlich: »Dann nennen wir uns Das Syndikat. Bloß Syndikat, ohne de la. Und du bist der Hauptquartierchef und ich der Bezirkskommandant. Okay?«

»Oh Mann! Hauptquartiermeister Antero Nyyssönen vom Syndikat …«

Die Männer setzten sich wieder in Bewegung, der Gang wurde schmaler, machte eine jähe Biegung und führte auf die eine Etage tiefer liegende Außentür zu. Dödö ergriff das Schloss und spähte auf den Hof. In einigen Fenstern brannte noch Licht, durch die Hofeinfahrt hörte man ein Auto auf der Punavuorenkatu vorbeirauschen.

»Jetzt hab ich das Gefühl, ich kann sie wieder hassen«, flüsterte Anttu.

»Hassen? Warum, verdammt? Ich hab sie noch keinen Moment lang gehasst. Denk doch mal an die ganzen Ärzte und Wissenschaftler, die hassen auch nicht die Kaninchen und Ratten, mit denen sie experimentieren.«

»Am Anfang hast du gesagt …«

»Na ja, das war spontan, weil mir da aufgegangen ist, dass der Typ schuld ist und nicht ich …«

Dödö blickte Anttu an. Dessen Gesicht war seltsam verzogen, als traue er ihm nicht.

»Und so war's ja auch. Ich hab ihm mehrere Abende aufgelauert, obwohl ich die Firma schon verloren hatte. Und am Montag drauf, kurz nach elf, kommt der Kerl mit einer Tussi im Arm aus der Kneipe. Geschäftsessen, das hat man gesehn, fast gerochen … Und dann hat er die Tür so verflucht sorgfältig zugemacht, dass sie wissen mussten, es war ihr Fehler. Sie sind ins Auto, und ich hab mir die Nummer aufgeschrieben und sie sogar verfolgt. Die Tussi hat er zuerst in Pihlajamäki abgesetzt, dann ist er heim nach Marjaniemi gefahrn. Damals hab ich ihn gehasst und den Misthaufen bestellt, aber jetzt nicht mehr. Aber jetzt muss ich – tschau!«

Dödö stieß die Tür auf, und sie traten auf den Hof. Während Dödö rasch auf die Hofeinfahrt zuging, sah er aus den Augenwinkeln Anttu unwillig auf den C-Eingang zuschlurfen. Dort war sein Untermietzimmer. Eigentlich war es kein Zimmer, sondern nur ein Alkoven, der von der Küche der alten Käyhkö abgetrennt worden war. Dödö öffnete die im Hoftor eingelassene Tür, trat auf die nächtliche Straße und ging auf den kleinen Datsun mit der Aufschrift »Kontka-Wachdienst GmbH« zu, aber er kam keine zehn Meter weit, als er schon schwere Schritte hinter sich hörte. Er blieb stehen, holte Atem und drehte sich langsam um.

»Könnten wir nicht doch mal hinfahren?«, fragte Anttu, und jetzt ähnelte sein Gesicht dem eines bettelnden Hundes. »Ich könnte mit dir kommen … Dann würde ich schon mal was lernen, falls mich der Kontkanen nimmt. Und du könntest mich dann direkt zum Austragen bringen …«

»Bei dir braucht man vielleicht Nerven …«

Dödö nickte nicht direkt, aber die Art, wie er den Autoschlüssel aus der Tasche zog, ließ Anttu hoffnungsvoll die Augenbrauen heben.

KAPITEL 4

Ein Schuss im Schilf

Seit es die Kriminalpolizei gab, seit fast einem Jahrhundert, stand den Diensthabenden ein Ruheraum zur Verfügung. Früher, noch in der Aleksanterinkatu, war das nur eine Ecke gewesen, voll gestopft mit einigen Etagenbetten, aber nach dem Umzug nach Pasila gab es sage und schreibe zehn, vom Architekten eigens dafür vorgesehene Doppelzimmer. Und die waren zweifellos notwendig. Man kam wieder zu sich, wenn man die Gelegenheit hatte, sich innerhalb einer Sechzehnstundenschicht wenigstens zwanzig Minuten hinzulegen.

Aber in jenem Sommer wurde eine schockierende Beobachtung gemacht: Die Betten am Arbeitsplatz ermöglichten es, während der Arbeitszeit zu schlafen. Und das war Verschwendung von Steuergeldern. Also fuhr ein Lastwagen vor und lud die nach neuem Holz riechenden Liegen auf, wodurch sich die Ruheräume in bloße Räume zurückverwandelten, für die man auf die Schnelle keine andere Verwendung fand, aber das konnte sich in Zukunft ja ändern.

Anfang des Sommers hatten die Ermittler einen erstaunlichen Widerstandsgeist an den Tag gelegt: Einer wagte es, mit der Luftmatratze unter dem Arm zum Dienst zu erscheinen, ein anderer hing einen Zettel ans Schwarze Brett: »Glück ist ein eigenes Bett.« Aber die Chefetage hatte zurückgeschlagen, die Kommissare mit Taschenlampen ausgerüstet und ihnen befohlen, nachts die Korridore und Kammern des Präsidiums zu überprüfen, und als auch noch die Bänke in den Warteräumen durch Stühle ersetzt worden waren, hatte man die Situation unter Kontrolle. Jetzt, im August, hatte sich die Lage komplett beruhigt. Die Ermittler hatten gelernt, im Sitzen vor der Schreibmaschine ein Nickerchen zu machen oder in Seitenstraßen in ihren Einsatzfahrzeugen, und das alles hatte auch noch den Vorteil, dass man jetzt auch Frauen erlauben konnte, Nachtdienst zu machen, denn nun konnten keine staatlichen Betten mehr zu moralisch zweifelhaften Umtrieben verleiten.

Der Lada stand mit ausgeschaltetem Motor zwischen einem Anhänger und einem flachen Sportwagen am Straßenrand.

Onerva schlief. Zumindest hatte es den Anschein. Sie lehnte den Kopf ans Seitenfenster und die blonden Locken fielen auf Wange und Hals, ihre Brust hob und senkte sich gleichmäßig, und die Hände hielt sie im Schoß, als achte sie auch noch im Schlaf darauf, dass der Rocksaum nicht zu weit nach oben rutschte. Das Licht des Funkgeräts fiel auf ihre Knie und glänzte darauf. Sie hatte schöne Knie, rund, sie wären angenehm anzufassen, allein um ihrer selbst willen, aber auch um Onervas willen, um ihr ins Bewusstsein zu bringen, dass sie in einem anderen Menschen etwas wecken könnte, dass sie nicht ewig allein sein müsste.

Harjunpää wandte den Blick träge wieder nach draußen. Er gähnte und roch den Rauch in seinen Kleidern und dachte wieder an den Wohnungsbrand, an die schreckliche Kraft des Feuers. Die Zweizimmerwohnung in der Caloniuksenkatu war bloß noch ein schwarzes Loch gewesen, als sie ankamen. Sie war vollständig zerstört, nicht die Mauern, aber die Einrichtung, alles, was die Familie besessen, worum sie ihr Leben aufgebaut hatte. Und doch hatte es nur einen einzigen Brandherd gegeben, neben dem Sofa im Wohnzimmer, wo der Vater mit einer Zigarette in der Hand Wein getrunken hatte. Den Rest hatte die Hitze zerstört. Und das musste passiert sein, als die Mutter und die beiden Kinder auf den Balkon geflohen waren, denn dadurch war Luft in die Wohnung gelangt, die Brandgase waren aufgeflammt, hatten die alles versengende Hitze entstehen lassen, und übrig geblieben war nur ein Miniaturmodell dessen, was Angst, die sich zum Wahnsinn steigerte, dem ganzen Planeten antun konnte. Mit der Hebebühne hatte die übrige Familie gerettet werden können, aber den Vater hatten erst die Rauchtaucher gefunden. Er war noch am Leben, lag auf der Intensivstation, und den Ärzten zufolge hatte sich die Rauchvergiftung schlimmer ausgewirkt als die Brandwunden. Er hatte gute Überlebenschancen und würde wohl wegen fahrlässiger Brandstiftung angeklagt werden.

Die Uhr am Armaturenbrett zeigte vier nach zwei. Harjunpää warf noch einmal einen Blick auf das Haus der Lehikoinens – und jetzt hatte sich etwas verändert. Etwas war anders als zuvor. Er griff zum Lenkrad und zog sich hoch. Die Hoflichter brannten wie bisher, und hinter dem Haus schimmerte vom Meer her ein leicht grünliches Licht. Aber da war noch etwas, was er zunächst noch nicht erkannte. Er drückte das Gesicht fast an die Windschutzscheibe, kam aber immer noch nicht darauf, was es war.

»Nicht nervös werden«, sagte Onerva, die nun gar nicht mehr schlafend aussah. »Jemand hat nur im rechten Hausflügel Licht gemacht. Du kannst es kaum sehen, man kann gerade so einen gelben Strich erkennen.«

»Ach so. Das fällt auf diese kleine Birke. Was treiben die noch um diese Zeit?«

»Volle Blase.«

»Kann sein … Ist dir eben der Datsun aufgefallen? Vor zehn Minuten. Ich fand, er hat abgebremst, als hätte er vorgehabt, anzuhalten.«

»Das Auto von diesem Wachdienst? Vielleicht haben sie uns bemerkt und sich gewundert … Ist wohl in die Marjaniementie abgebogen. Zumindest habe ich in der Richtung Lichter aufleuchten sehen.«

Sie schwiegen und starrten hinaus. Leichter Wind war aufgekommen und die Birkenäste, die sich über dem Wagen wölbten, gerieten ab und zu in Bewegung. Am Armaturenbrett tickte die Uhr, ihre Zeiger bewegten sich gleichmäßig vorwärts.

»Du …«

»Ich weiß – ziemlich große Blase.«

»Exakt. Und ich habe das Gefühl …«

»Ich weiß. Aber was nützt das? Sie sind schließlich diejenigen, die Anzeige erstattet haben, nicht die Verdächtigen.«

»Na …«

Harjunpää hob die Schultern.

»Vielleicht würde uns ein bisschen Sauerstoff und Bewegung nicht schaden …«

»Uns? Also im Plural? Wäre es nicht besser …«

Es war zu spät, zu korrigieren, zu erklären, dass einer besser im Wagen bliebe, damit sie das Haus und die Straße zugleich im Auge behalten konnten. Onerva hielt schon das Mikrofon vor den Mund und den Daumen auf dem Knopf.

»Wir sind jetzt zu Fuß in Marjaniemi unterwegs und hören ungefähr eine Viertelstunde nicht mit«, teilte sie mit. »Falls etwas Besonderes passiert, stellt auf Selektiv. Hier ist Zwei-Drei-Drei.«

»Zentrale hat verstanden.«

Harjunpää machte die Tür auf, stieg aber noch nicht aus, sondern tastete nach seinem Gürtel. Nicht weil er etwas befürchtet hätte, sondern eher aus der im Lauf der Jahre entwickelten Routine heraus. Der Revolver war da, auch der Druckknopf an dem Lederriemen, der ihn hielt, auch die Handschellen waren an ihrem Platz, weit hinten, fast auf dem Rücken, und er zog sie ein Stück nach vorne, um sie schneller griffbereit zu haben. Dann blickte er auf den Gummiknüppel, der aus dem Kartenfach in der Tür ragte, ließ ihn aber dort stecken und begnügte sich damit, die Handlampe zwischen den Vordersitzen hervorzuholen. Onerva hatte bereits ihre Handtasche überprüft und den Reißverschluss zugezogen.

»Gehen wir.«

Die Luft war mit dem Einbruch der Nacht abgekühlt, aber kalt war es nicht. Man konnte riechen, wie sich der Sommer dem Ende zuneigte, wie alles reif war, auch die Äpfel, die sich in einem Garten in der Nähe befinden mussten, und das Meer war noch stärker zu spüren als am Abend, auch das Schilf und der Schachtelhalm und der Schlick am Ufer. Von Vuosaari her wurde das Dröhnen eines schweren Motors herübergetragen, irgendwo in der Nähe jammerte eine aus dem Schlaf geweckte Möwe, lang und klagend wie eine Katze, die sich nach einem Gefährten sehnt, aber von den Gärten und den umliegenden Straßen her war kein Geräusch zu hören. Nur ihre Schuhe auf dem Asphalt, Harjunpääs ein wenig schwerer, Onervas in einem leichten Klippitiklapp.

Zwanzig Meter vor dem Tor der Lehikoinens blieben sie stehen. Hier verlief die Grundstücksgrenze. Auf der Seite der Lehikoinens stand ein offenbar neuer Bretterzaun, der in der Dunkelheit verschwand, sich aber vermutlich bis zum Ufer fortsetzte. Das Nachbargrundstück war unbebaut. Dort wucherten Erlen und Weiden, und zwischen hoch aufgeschlossenen Weidenröschen schlängelte sich ein Pfad, den Mopeds holprig gemacht hatten.

»Von da aus hätte ein Schadenfroher gute Aussicht …«

»Stimmt. Aber hör mal …«

Onerva brach ihren Satz ab, als wäre ihr plötzlich etwas eingefallen. Das Licht der Straßenlampe ließ ihre Augen eher grün als blau erscheinen, und die braunen Ringe um die Iris hob sich stärker ab, als mit Filzstift auf Papier gezeichnet.

»Ja?«

»Kann sein, dass ich übertreibe … Aber du erinnerst dich doch, wie nervös die Lehikoinens waren, vor allem Jari?«

»Ja …«

»Wie klug ist es dann von uns, bei ihnen herumzuschleichen? Sie besitzen zumindest eine Waffe, das Gewehr, von dem Thurman so begeistert war …«

Sie blickten auf das Haus und musterten sich anschließend gegenseitig.

»Er war ziemlich durch den Wind«, sagte Harjunpää schließlich. »Aber wie ein Wahnsinniger hat er auf mich nicht gewirkt. Zumindest nicht wie einer, der ohne zu fragen losballert … Andererseits weiß ich nicht, was das jetzt bringt, aber ich habe mir nun mal eingebildet, dass doch jemand übers Gelände schleicht. Und wenn wir ein bisschen Glück haben … Wenn wir versuchen, den Fall mit den üblichen Mitteln zu regeln, kann der Quälgeist für alle Zeiten so weitermachen.«

»Stimmt schon. Ich habe auch nicht gemeint, wir sollten da nicht reingehen … Aber lass uns trotzdem … ein bisschen auf der Hut sein.«

»Okay.«

Sie schlichen weiter und hielten sich dabei dicht an der Hecke. Erst am Eingang zum Grundstück blieben sie wieder stehen. Sie sahen sich kurz um wie Einbrecher: Es waren immer noch keine Passanten zu sehen, und auch bei den Lehikoinens war keinerlei Bewegung festzustellen. Der Geländewagen stand jetzt neben dem BMW unter dem Dach. Der Kohlenhaufen war immer noch da, aber die Kreidestriche nicht mehr. An ihrer Stelle war der Asphalt feucht.

»Weggewaschen …«

»Konnten den Anblick natürlich nicht ertragen. Kein Wunder.«

Unwillkürlich hatten sie angefangen zu flüstern.

»Nicht über den Weg, der knirscht. Wir gehen an den Autos vorbei und halten Abstand von den Lampen. Lass uns einmal ums ganze Haus herumgehen und die Ohren aufsperren …«

Sie schlüpften aufs Grundstück. Der Heckenzaun blieb wie eine Mauer hinter ihnen zurück, die Kronen der Birken verdeckten den Himmel und schluckten das Licht von der Straße, es war, als wären sie in etwas eingedrungen, das vollkommen abgeschlossen war von der übrigen Welt.

Im Dunkeln wirkte das Haus noch größer und labyrinthischer. Harjunpää behielt die Fenster im Auge, ließ den Blick von Scheibe zu Scheibe springen, wusste nicht genau, was er erwartete – vielleicht die Regung eines Vorhangs, vielleicht einen Schrei, ein plötzlich zersplitterndes Glas. Er war unruhig, weil Onerva bei ihm war. Er verlangsamte den Schritt, bis sie so dicht hinter ihm ging, dass er ihren Atem spürte und den zarten Duft ihres Parfüms wahrnahm, und so war es etwas besser. Sie schritten geradewegs auf die Hauswand zu und hielten hinter einem Himbeerstrauch inne.

Über der Haustür brannte eine Lampe, um die Nachtfalter wie kleine Samtstücke flatterten. Auf der Veranda standen Gummistiefel, eine Gießkanne und lauter kleine Dinge, die Harjunpää beim ersten Besuch nicht bemerkt hatte. Die Tür war fest zu und zweifellos ebenso fest abgeschlossen.

»Für das Gewehr dürfte es kaum noch Patronen geben. Hat Thurman nicht behauptet, die müssten eine Zündkapsel mit Dorn haben?«

»Woher soll man das wissen«, flüsterte Onerva zurück. »Du hast doch oft genug an Tatorten gesehen, was sich in den Ecken der Leute alles findet … Das Licht brennt übrigens dort hinten.«

Sie gingen lautlos auf die Ecke zu. Dahinter fiel das Grundstück ab, es wurde zu einem Hang, und Harjunpää verstand erst jetzt, warum das Wohnzimmer so viel niedriger liegen konnte als die Eingangshalle.

Das Licht kam aus einem schmalen Fenster. Es befand sich in einer Wandnische, möglicherweise war es ein Badfenster, oder es lag am Ende des Flurs, ein Vorhang war davor, und außerdem war es so weit oben, dass Harjunpää gerade so mit der Hand hinreichte.

»Ist da ein Spalt?«

Er gab Onerva die Lampe und tastete mit den Fingern nach

dem Fensterbrett. Mit den Schuhen suchte er Halt auf dem Sockel, aber noch bevor er richtig stand, zischte ihm Onerva zu: »Timo!«

Harjunpää löste den Griff und ließ sich herabfallen. Onerva war in der Hocke und fuhr mit den Fingern die Wand entlang. Sie hatte die Lampe angemacht und so gegen das Bein gedrückt, dass nur ein schmaler Keil dorthin fiel, wo ihre Hand war.

»Jemand hat hier dasselbe schon mal versucht«, sagte sie mit bebender Stimme, und ihre Worte waren kaum lauter als ihr Atem. »Und zwar gerade eben erst ... Da ist Erde, verwischt, als wäre ein Fuß ausgerutscht ...«

Harjunpää blickte auf die Stelle, auf die er gerade seinen eigenen Fuß gesetzt hatte. Die Spur war die Gleiche. Onerva neigte die Lampe etwas mehr, sodass Licht auf die Erde fiel. Auf dem Rasen waren ihre Spuren als deutliche Abdrücke zu erkennen, in denen sich die Grashalme langsam wieder aufrichteten. Aber da waren auch die Spuren eines Dritten. Sie kamen von der ein paar Meter entfernt stehenden Birke, von der, auf die das Licht fiel, dieselbe, die Harjunpää vom Wagen aus gesehen hatte.

Onerva machte die Lampe aus. Sie hielten den Atem an und lauschten. Der Wind säuselte in den Birken. Irgendwo am Ende der Straße fing ein Hund an zu kläffen. Dann hörte man ein gedämpftes Surren, als Onerva den Reißverschluss ihrer Handtasche öffnete. Auch Harjunpää führte die Hand zum Gürtel und knöpfte das Holster auf.

»Das kann nur ein paar Minuten her sein«, sagte er und hielt dabei die Lippen dicht an Onervas Ohr. Ihre Haare kitzelten ihn im Gesicht. »Und er muss von der Birke gekommen sein. Wäre er dorthin gegangen, hätten wir ihn von oben sehen müssen.«

»Dann ...«

Sie drehten sich gleichzeitig um und schauten in Richtung Ufer. Dort leuchtete immer noch das grünliche Licht, aber es war keinerlei Regung zu erkennen, nicht einmal ein schnelles Huschen oder ein Schatten. Harjunpää nahm die Lampe an sich. Er bedeckte das Glas mit der Hand und ließ sie kurz aufleuchten. Der Schleicher war eindeutig zum Ufer verschwunden. Die Spuren waren kaum zu erkennen, denn das Gelände wurde uneben, und hier und da ragten auch Steine aus dem Rasen.

Sie standen aus der Hocke auf und gingen den Hang hinunter, ganz langsam jetzt, bei jedem Schritt tastend, und Harjunpää hielt den Daumen auf dem Schalter der Lampe bereit und die andere Hand am Holzgriff des Revolvers. Sie erreichten die Ecke und wären beinahe gegen eine Glaswand gestoßen. Das Licht dahinter kam aus dem Wintergarten, gefiltert durch die Zweige, und die Palmen, die Ficusbäume und der Efeu bildeten mit den draußen wuchernden Schneebeerensträuchern einen zusammenhängenden Mantel. Onerva packte Harjunpää am Handgelenk.

»Pst.«

»Was?«

»Da redet jemand.« Onerva formte die Worte lautlos mit den Lippen. »Aber undeutlich. Es kommt von drinnen.«

Das Gebüsch war zu dicht, man konnte nicht hineinsehen. Onerva lockerte ihren Griff und begann vorsichtig, Zweige zur Seite zu biegen. Harjunpää starrte in den Garten. Er war hier kleiner als auf der anderen Seite, nur ein gleichmäßig geschnittenes Rasenstück. In der Mitte standen eine Schaukel, Stühle und ein Grill, und am weißen Tisch lehnte ein ebenso weißes Surfbrett. Schilf umgab den Garten wie eine Mauer. Oder eher wie ein Wald. Darin konnte man sich leicht verstecken und die Bewohner des Hauses im Auge behalten, ohne dass die etwas geahnt hätten. Und hinter dem Schilf war das Meer, dunkel jetzt, fast schwarz, und links schimmerte die Brücke von Vuosaari mit ihren Lichtern und ein Teil der Stege des Bootshafens Maarlahti.

Onerva ließ die Zweige los und zog sich von der Wand

zurück – Harjunpää erkannte das nur an den leisen Geräuschen, er ließ den Garten nicht aus den Augen. Er hatte das unangenehme Gefühl, beobachtet zu werden, aus unmittelbarer Nähe, aber er konnte sich auch täuschen, es sich nur einbilden, weil er wusste, dass kurz zuvor jemand hier gewesen war.

»Das sind Sanna und Jari«, flüsterte Onerva in Harjunpääs Ohr. »Sie streiten, die Armen. Es geht um die Untreue von einem der beiden. Sie sollten lieber zusammenhalten, damit sie das alles ertragen ... Von hier aus sieht man es.«

»Behalt den Garten im Auge. Das Schilf ist verflucht ...«

»Pass auf, dass dir die Augen nicht aus dem Kopf fallen ...«

Harjunpää nahm Onervas Platz ein, auf Zehenspitzen, wie ein Spanner. Er musste erst einmal Zweige zur Seite biegen und den Hals in die eine und andere Richtung recken, bis er die passende Lücke gefunden hatte.

Die Lehikoinens hielten sich auch jetzt bei ihrer Sitzgruppe auf. Jari saß auf einem Sessel, Sanna stand. Sie waren eindeutig schon im Bett gewesen, aber noch einmal aufgestanden, denn Jari hatte lediglich eine Pyjamahose an und Sanna einen Slip und eine vorne offen stehende Strickjacke. Sie hatte sicher den unteren Garten genutzt und sich nahtlos bräunen lassen. Was sie sagten, war gerade so zu verstehen.

»... dass jeder seine Freiheit behält«, erklärte Jari, und seine Stimme klang nicht nur wütend, sondern auch beleidigt. »Haben wir das so vereinbart, oder nicht?«

»Ich weiß, was wir vereinbart haben, verdammt, aber darum geht es jetzt nicht.«

»Doch, genau darum! Und schieb nicht alles mir in die Schuhe! Ich habe nichts anderes getan, als meine Rechte wahrgenommen ...«

»Deine Rechte, oh Gott!«

Sanna trat unmittelbar vor Jari und stampfte mit dem Fuß auf, dass der Oberschenkel und die runden Pobacken erzitterten.

»Und mein Recht? Kapierst du nicht, was die vorhat? Ich musste schon die Unterwäsche absagen … Wie könnte ich das in dem Zustand auch machen? Und Ende der Woche kommen die Badeanzüge …«

»Hör auf, verdammt … Genauso gut könnte ich behaupten, dass es einer von deinen Hochglanztypen ist.«

»Aha. Sieh an … ich …«

Sanna warf sich mit dem Bauch auf die Couch und fing an zu weinen. Jari saß lange da und sah sie an.

»Lass uns für eine Weile aus dieser Hölle abhauen«, sagte er schließlich müde. »Nach Kreta zum Beispiel …«

»Du weißt genau, dass das nicht geht … Alle Jobs … Und außerdem habe ich noch den Kurs in kreativem Ausdruck …«

Harjunpää ließ die Zweige los und drehte sich halb um, da bemerkte er den anderen. Der Mann stand genau wie er im Gebüsch, nur auf der anderen Seite des Wintergartens, vielleicht zehn, fünfzehn Meter entfernt. Eigentlich sah er nur dessen Gesicht: Es war beinahe gegen die Scheibe gedrückt und leuchtete durch das Licht von drinnen in unnatürlichen Farben, und obwohl an sich keinerlei Gesichtsausdruck zu erkennen war, sah es auf eine bestimmte Art verzaubert aus. Dann bemerkte er die rhythmische Bewegung und wusste, was der Mann tat.

Harjunpää hielt den Atem an, spürte, wie ihm ein kurzer Schauder über den Rücken lief, begriff, dass selbst ein minimales Geräusch den Mann aufschrecken konnte. Langsam zog er den Revolver aus dem Holster, Zentimeter für Zentimeter, und schätzte noch einmal den Abstand. Ihm war klar, ein direkter Angriff würde nicht gelingen, da war zu viel Gebüsch, es war unmöglich, schnell genug hindurchzukommen. Er drehte sich weiter um und schob sich seitlich unter den Zweigen heraus, und Onerva hatte bereits erfasst, dass er etwas bemerkt hatte, sie stand regungslos, mit fragender Miene da, mit gezogener Waffe und dem Daumen auf dem Bolzen.

Harjunpää legte den Finger auf die Lippen und nickte in Richtung des Mannes. Da hörte er ein Rascheln, nein, er ahnte es eher, und rannte los.

»Anders rum!«, schrie er Onerva zu. »Schneid ihm den Weg ab!« Er knipste seine Lampe an, bekam den Mann sofort in den Lichtkegel. Der Abstand betrug höchstens zwanzig Meter, der Mann hatte es noch nicht einmal bis zur Hausecke geschafft. Harjunpää spürte ein heißes Pochen in der Brust, er wusste, er würde den anderen erwischen.

»Stehen bleiben! Polizei!«

Der Mann zögerte nicht, blickte sich nicht einmal um, sondern verschwand hinter der Ecke. Harjunpää setzte ihm nach, nahm in der Luft Schweißgeruch wahr. Und jetzt lief der Mann auf das Licht im oberen Garten zu, dunkel und groß zeichnete sich seine Silhouette ab.

»Stehen bleiben!«, rief Harjunpää noch einmal, und ihm fiel das merkwürdig Ruckartige in der Bewegung des anderen auf, es hatte etwas Beschädigtes, Krankes. Oben tauchte Onerva auf, blieb neben einer Lampe stehen und streckte die Arme nach vorn.

»Kriminalpolizei!«, rief sie. Ihre Stimme war hell und scharf und erfüllte für einen Moment die ganze Nacht, und der Mann stürzte sich ohne das Tempo zu verringern nach rechts, Harjunpää hinterher, er hörte bereits das Keuchen des anderen neben seinem eigenen, erkannte im zuckenden Lichtkegel den zerfaserten Saum der Jeans und den schwarzen Schuh. Und dann kam der Bretterzaun. Der Mann hob die Arme, als wollte er darüber hinweg, begriff, dass er es nicht schaffte, gab auf und schlug sich durch das Weidengestrüpp wieder in Richtung Ufer. Harjunpää war kaum noch fünf Meter hinter ihm, er biss die Zähne zusammen, schob den Revolver in seine Jackentasche, er wollte die Hände frei haben, um zupacken zu können. Und nun erreichten sie den Rasen des unteren Gartens.

»Glaub mir endlich, verdammte Scheiße!«

Der Mann heulte auf, als wäre er von etwas getroffen worden, machte fast verzweifelt lange Schritte – und dann sprang er, und das Schilf bog sich nieder und wieder zurück.

»Verdammter Mist…« Harjunpää rutschte einen Meter über den Rasen, bis er zum Stehen kam. Er keuchte, schwankte einen Moment auf der Stelle. Das Schilf war höher als er, es erhob sich vor ihm wie eine Wand. Aber es raschelte darin, dort, wo sich der Mann bewegte. Er holte Atem, als wollte er tauchen, machte einen Schritt nach vorn und fiel sogleich nach unten. Das Schilf stand tiefer als der Garten, das hatte er nicht bemerkt, er war fast einen Meter tief gefallen und auf den Knien gelandet. Sofort rappelte er sich auf und riss die Waffe heraus. Er spürte eine kurze Panik, dieselbe wie damals als Kind, als er vom Steg gefallen und unter die Wasseroberfläche geraten war. Im Kegel der Lampe sah er rundum bloß Grün, als sei er umgeben von Wasser. Das Schilf wuchs dicht, Halm neben Halm, frische grüne und alte braune, und die Blätter begannen erst auf der Höhe seines Gesichts, und irgendwo hoch über seinem Kopf schwangen die staubwedelartigen Blütenstände.

Aber dann entdeckte er die Spur des Flüchtigen, sie lag vor ihm wie ein Tunnel. Er richtete das Licht auf die Öffnung und ging weiter, die Blätter peitschten ihm ins Gesicht und gegen die Hände, und die Schicht der trockenen Stängel knisterte unter seinen Füßen wie brennendes Wacholdergesträuch. Er bekam etwas auf die Lippe, wischte es weg, ein Insekt, eine Spinne oder Ähnliches, durch das Abwischen wurde es zerquetscht und hinterließ einen bitteren Geschmack im Mund. Das Schilf war einfach zu dicht, es blieb an seinen Fesseln und Beinen hängen, ließ ihn immer wieder straucheln, und er konnte die Hand mit der Waffe nicht gerade halten, er war gezwungen, damit Blätter zur Seite zu schieben. Allmählich überkam ihn das Gefühl, schon eine Ewigkeit zwischen den Schilfhalmen zu sein, schon kilometerweit gerannt zu sein, und es tröstete ihn nur ein bisschen, dass es der Quälgeist noch schwerer hatte, denn der hatte vor sich nur vollkommene Finsternis.

Harjunpää blieb abrupt stehen und löschte die Lampe. Erst jetzt begriff er, dass sie ihn verriet, dem Quälgeist genau zeigte, wo er sich befand, wie nahe er war oder wie weit zurück.

»Verflucht …«

Er versuchte im Dunkeln weiterzukommen. Das wurde nichts. Es war etwas anderes, nur in vollem Tempo geradeaus zu laufen, einfach die Flucht zu suchen. Aber wenn das Licht des Verfolgers einmal gesehen wurde – plötzlich war Harjunpää klar, was er an der Stelle des Mannes getan hätte: Er wäre im Kreis gelaufen, zum Anfang zurückgekehrt und hätte einfach abgewartet, bis der Verfolger mit seiner Lampe erschien. Er leckte sich über die Lippen, bekam sie aber nicht feucht. Und er versuchte etwas zu hören, vernahm aber nur das Pochen seines Herzens und sein eigenes Keuchen und das Rauschen des Windes im Schilf – auch der Quälgeist war stehen geblieben. Harjunpää spürte die Schweißtropfen auf seiner Stirn. Er ließ die Lampe aufscheinen, drehte sich schnell um, leuchtete in alle Richtungen, aber überall stieß er nur auf Schilf und auf Insekten. Nirgendwo war ein Gesicht zu erkennen, nirgendwo Hände, Bewegung.

Doch da: Weiter weg raschelte es nun wieder, in der Richtung, in welcher die Spur verlief.

»Jetzt erwische ich dich …«

Er rannte los, machte lange Schritte, knickte die Halme um, hörte, wie es vor ihm auf die gleiche Weise knackte. Und jetzt gab der Boden plötzlich nach, wurde ekelhaft weich unter den Füßen – sie hatten das Meer erreicht. Harjunpää spürte seine Schuhe nass werden, die Strümpfe, an der Spur sah er, dass die Füße des Quälgeistes ebenso eingesunken waren, er hörte es an dem Geräusch im Schlamm und roch den Gestank der Fäulnisgase in der Luft.

Die Spur bog nach links ab: Der Quälgeist strebte dem Ufer

zu. Nun gab auch der Boden nicht mehr nach, sondern trug wieder. Außerdem stieg er an, das Schilf schien kürzer zu werden. Und jetzt zeichnete sich vor dem Himmel etwas Dunkles ab. Das waren Bäume, die Weiden und Erlen am Ufer, und dahinter schimmerten die Lichter des Bootshafens. An die dreihundert Meter Schilf mussten hinter ihm liegen, Harjunpää blickte sich um und sah auf der anderen Seite der Bucht die Lichter im Garten der Lehikoinens. Dann sah er ihn wieder vor sich.

Der andere war knapp fünfzig Meter entfernt, er kletterte gerade einen flachen Steinhaufen hinauf.

»Stehen bleiben!«, rief Harjunpää, er konnte selbst nicht wahrnehmen, ob er mehr als ein Krächzen zu Stande gebracht hatte, und er rannte weiter und streckte die Hand mit der Waffe nach oben, sie zeigte direkt in den Himmel, er neigte sie weiter in Richtung Meer, wusste, dort konnte niemand sein. Und jetzt spürte er den Bolzen rau unter seinem Daumen, er zog ihn nach hinten, fühlte und hörte, wie er einrastete. Der Quälgeist hatte den Steinhaufen erklommen, er war deutlich als Silhouette vor den Lichtern auszumachen, noch besser als die Zielscheibe auf dem Schießstand, dachte Harjunpää noch, dann bog er den Zeigefinger, registrierte den Widerstand, wie er nachließ – und da erzitterte seine Hand, und der Schuss schlug wie ein Donner in der Nacht ein, und in der Luft ging für einen flüchtigen Moment ein Funkenregen auf.

Der Mann blieb mitten im Laufen stehen, war einen Augenblick starr, taumelte dann, als trügen ihn die Beine plötzlich nicht mehr, und sank, ohne einen Laut von sich zu geben, auf der Stelle nieder.

»Jesus …«

Harjunpää zwang sich, weiterzulaufen, er roch das verbrannte Pulver in seiner Waffe, sein Magen krampfte sich zusammen. Und auf einmal kam ihm der alte Spruch in den Sinn, dass ein Warnschuss immer ein gezielter Schuss sein muss, ihm fielen die Fälle ein, wo aus Versehen ein Verfolgter oder ein Außenstehender ums Leben gekommen war. Und dann war er an dem Steinhaufen angelangt, er kletterte hinauf, es ratterte unter seinen Füßen, und Steinbrocken rollten irgendwohin, und in seinem Kopf hämmerte es: Du hast ihn umgebracht, du hast einen Menschen getötet.

Erhitzt und schnaufend kam er oben an. Der Mann lag mit geschlossenen Augen auf dem Rücken, regungslos wie eine Leiche, und sah im Schein der zitternden Handlampe schäbig und schmutzig aus, wie einer von denen, die immer zuerst von den Kugeln getroffen werden.

KAPITEL 5

Schlabberhosen

Valpuri erwartete ihn auf der Treppe. Harjunpää sah sie schon von weitem, von den Schaukeln aus, aber er mochte sich keine Gedanken machen, was los war. Zwar hatte er damit gerechnet, dass ihn die Mädchen spätestens bei den Mülltonnen empfangen würden, denn die anderen Kinder hatten schon an der Haltestelle gestanden. Er sah wieder auf seine Schuhe, die im Takt seiner Schritte aufblinkten, und er blickte zu Boden, auf den Kiesweg, der davonzugleiten schien, unaufhaltsam wie die Zeit.

Auf den Betonplatten blieb er stehen.

»Guten Morgen.«

Valpuri antwortete nicht, sie hielt den Mund ernst verschlossen und drückte die Riemen ihres Schulranzens zwischen den weißen Fäusten zusammen. Ihre Brille war heruntergerutscht bis zur Spitze der kleinen Nase, sie schaute ihren Vater darüber hinweg mit runden, gespannten Augen an, und ihre Rattenschwänzchen standen so vom Kopf ab, dass Harjunpää allein schon daran erkannt hätte, dass Elisa einen schlechten Morgen gehabt hatte.

»Mama ist wütend …«

Harjunpää sagte nichts, versuchte nur lächelnd zu verstehen zu geben, dass kein Grund zur Sorge bestehe, aber es kam ihm vor, als habe man ihm ein entkräftend schweres Kleidungsstück um die Schultern gelegt, und er wusste nicht mehr, wie man ein Lächeln zu Stande brachte.

»Sie ist schrecklich wütend.«

»Das ist nur ein kleiner Kummer ... Warum habt ihr euch denn gestritten?«

»Na, Pauliina hat gesagt, dass ihre Hosen schlabbern. Und Mama hat gesagt, sie soll die Karottenhosen anziehn, aber Pauliina hat gesagt, die sind kindisch. Dabei sind sie bloß schmutzig, und sie hat sie nicht in die Waschmaschine gesteckt, sondern unters Bett geworfen, und Pipsa hat keine Windel angehabt und den Bauch voller Durchfall gehabt, und Pauliina hat gesagt, sie geht nicht in die Schule, und da hat Mama geschrien, was der Zirkus soll ...«

Valpuris Lippen zitterten, und sie fingen an zu blinzeln. Sie ging in die erste Klasse, seit gut einer Woche, und es war schon spät, und es ging nur ein Bus, und der wartete nicht. Harjunpää schob ihr die Brille hoch und drückte seine Tochter kurz an sich. Das fühlte sich gut an, so, als ob es auf der Welt doch etwas gäbe, für das es sich lohnte, zu leben und alles zu ertragen.

»Keine Angst. Papi bringt euch mit dem Auto zur Schule, wenn der Bus schon weg ist.«

Er ging hinein, und er empfand sein Zuhause wie immer nach der Nachtschicht, aber jetzt lag noch der Streit in der Luft, so wie nach einem Blitz die Elektrizität und der Geruch der Angst. Es duftete nicht mehr nach Kaffee. Auf dem Küchentisch lagen die Frühstücksreste der Mädchen und eine Windel, ein Becher war heruntergefallen, und die Dickmilch hatte sich in der Form von gespreizten Fingern auf dem Fußboden ausgebreitet.

Aus dem ersten Stock hörte man Pipsas Weinen und Elisas energische Schritte, und Harjunpää ging die Treppe hinauf. Auf halbem Weg kam ihm Elisa entgegen und erklärt: »Deine älteste Tochter weigert sich, zur Schule zu gehen ...«

Sie brachte Pipsa, die mit nacktem Po auf ihrem Arm saß, in eine bessere Position. Selbst hatte sie es auch noch nicht geschafft, sich fertig anzuziehen, geschweige denn, etwas mit ihren Haaren zu machen, sie waren genauso wild wie sie selbst in ihrem Zorn.

»Jetzt sitzt sie im Kleiderschrank und weigert sich herauszukommen. Sie weigert sich sogar, mit mir zu reden … Von mir aus kann sie den ganzen Tag da sitzen bleiben und sich morgen selbst eine Entschuldigung einfallen lassen.«

Elisa ging eine Stufe weiter hinunter.

»Und du hast natürlich gestern nicht an den Laktophilus gedacht, obwohl ich ihn auf dem Einkaufszettel unterstrichen hatte. Pipsas Magen … Bestimmt haben die Mädchen sie von den Äpfeln abbeißen lassen, obwohl ich gesagt habe, dass die noch nicht reif sind … Was ist denn mit dir passiert, um Himmels willen?«

»Ach, nichts …«

Harjunpää konnte Elisa nicht in die Augen sehen, er ertrug nicht einmal ihre besorgte Miene, wehrte sogar ihre ausgestreckte Hand ab. Er hatte so sehr gehofft, alles wäre gut und Elisa hätte Zeit. Wie ein Märtyrer ging er die Treppe hinauf, obwohl er wusste, dass es Elisa gegenüber falsch war, ein Kummer mehr an diesem ohnehin schon schrecklichen Morgen.

»Timo, nun sag schon. Was ist passiert? Ich bin um halb drei panisch aufgewacht und hatte das Gefühl …«

»Nichts ist passiert! Es war nichts …«

Er ging ins Kinderzimmer, das ihm noch enger vorkam, seit Pipsas Gitterbett dort stand. Und es herrschte ein Durcheinander wie immer, wenn die Mädchen gestritten hatten, überall lagen Kleidungsstücke und Spielsachen und allerlei Krimskrams herum, und am Tisch lehnte jetzt noch der Stamm einer jungen Birke, an dem ein ausgestopfter Strumpf befestigt war, sodass eindeutig ein Pferd zu erkennen war. Er ließ sich auf die Knie nieder, schloss einen Moment die Augen und machte erst dann die Tür des Kleiderschranks auf.

»Pauliina, komm raus da!«

Das Mädchen kauerte hinter den Kleidern, die an der Stange hingen. Harjunpää sah nur ihre Beine, es war wie bei einem

Fohlen, man konnte nicht auf Anhieb erkennen, was Ober- und Unterschenkel war. Aber Pauliina sah ihn bestimmt.

»Was ist denn los mit dir?«

Sie antwortete nicht, sie beherrschte die Kunst des Schmollens, wenn es sein musste, konnte sie einen ganzen Tag lang stumm bleiben, bis sie sagte, was sie bedrückte. Sie war die Tochter ihres Vaters, nicht nur vom Äußeren her. Harjunpää spürte innerlich den Zorn anschwellen, am liebsten hätte er die Kleider heruntergerissen und das Mädchen aus dem Schrank gezerrt, sie angeschrien und zur Bushaltestelle gejagt. Er musste sich zusammennehmen, bevor er einigermaßen normal sagen konnte:

»Ich finde, das sind die besten Hosen, die du hast. Und sie schlabbern auch nicht ... Du wolltest doch selbst, dass sie oben weit sind und erst an den Knöcheln enger werden, und Mama hat sie genauso gemacht, wie du es ihr gesagt hast.«

Pauliina fing an zu schluchzen, brachte aber trotzdem ein paar Worte heraus: »Du wirst ja doch wütend, wenn ich sage ...«

»Nein.«

»Dein Gesicht ist schon wütend.«

»Ich bin nur müde«, sagte Harjunpää verzweifelt, obwohl er das nicht beabsichtigt hatte. »Ich bin wahnsinnig müde. Ich hatte eine schreckliche Nacht.«

Pauliina war einen Moment still, schnäuzte sich und fragte: »Ist mal wieder jemand umgebracht worden?«

»Nein«, sagte Harjunpää schnell. »Wie kommst du denn darauf?«

»Weil ... Dann wärst du wieder erst an Weihnachten nach Hause gekommen.«

»Also wirklich ... Komm jetzt da raus!«

»Das sind gute Hosen, ich weiß, für mich sind sie gut genug.«

Pauliina brach in lautes Weinen aus, vielleicht nicht so sehr wegen ihres eigentlichen Kummers, sondern weil der Streit vorbei war und sie aus dem Schrank herauskonnte, und sie stürzte hervor, dass die Kleiderbügel klapperten, warf sich Harjunpää in die Arme, schlang ihm die Arme um den Hals und schob den Kopf unter sein Kinn.

»Sie nennen mich ›Die selbst genähte Pauliina‹!«, heulte sie. »Und ich darf nie irgendwo mitmachen, weil ich nicht fein genug bin …«

»Ach, du Ärmste. Ich hab doch schon tausendmal gesagt, dass es egal ist, was man für Kleider anhat. Auf das, was innen ist, kommt es an.«

»Aber Susanna hat gemerkt, dass das Markenschild von deiner Krawatte ist! Ihr Papa hat auch so eine … Und dann haben sich alle lustig gemacht, ob du meine Jeans am Hals hast, wo ich doch deine Krawatte an den Beinen hab!«

»Ich werde dir ein paar Jeans kaufen.«

»Bestimmt nicht … Die von Mira haben auch über zweihundert gekostet. Und Mama hat gesagt, wir haben Kredittilgung im September, da werden keine Hosen gekauft …«

»Ach was … Wenn wir kein Geld für eine Jeans auftreiben, dann höre ich eben mit dem Rauchen auf. Glaubst du mir das?«

»Lieber nicht. Dann kriegst du schlechte Laune …«

Harjunpää drückte Pauliina fester an sich und streichelte ihren schmalen Nacken, und allmählich beruhigte sie sich und zog immer seltener die Nase hoch.

»Jetzt riechst du auch nach Rauch, nach Feuer … Oder glaubst du, du kannst aufhören? Das ist nämlich nicht so gesund …«

»Beeil dich jetzt. Wenn ihr lauft und die Abkürzung über den Felsen nehmt, schafft ihr es noch rechtzeitig.«

»Aber Susanna ist ein großes Stück Scheiße.«

»Was hast du gesagt?«

»Du hast mich schon verstanden …«

»Ja, das hab ich. Aber sieh zu, dass dir so was in der Schule nicht rausrutscht. Und auch nicht, wenn Oma und Opa da sind.«

Harjunpää hörte, wie Pauliina nach unten ging und sich fertig machte, wie sie Elisa einen Kuss gab und wieder so freundlich war, als wäre nichts gewesen. Dann ging sie aus dem Haus und warf die Tür genauso zu, wie es Harjunpää verboten hatte, und gleich darauf hörte man vier Beine im Laufschritt. Und dann stand auch schon Elisa auf der Schwelle, mit Pipsa auf dem Arm und das Gesicht voller Fragen.

»Ich dachte, ich hätte einen Menschen erschossen«, sagte Harjunpää, und das kam mühelos und löste endgültig etwas in ihm. »Aber er war nicht mal verletzt, ich hab ihn gar nicht getroffen … Es war ein Warnschuss. In die Luft. Schräg, sodass ich gar nicht hätte treffen können … Aber trotzdem fiel der Mann zu Boden und blieb liegen, als wäre er tot. Er hatte Angst, bekam einen Schock oder so etwas. Er war nicht normal … Er wollte aufstehen, konnte aber nicht und wollte wohl auch nicht, der Boden unter ihm war so sicher und fest. Ich habe ihn angefasst. Er war ganz warm … Und ich dachte, warum habe ich ihn getötet, wegen etwas Materiellem, weil jemand mehr bekommen hat, als er wollte … Und ich hab ihn schon mit einem Zettel am großen Zeh in der Rechtsmedizin liegen sehen und mir vorgestellt, wie sie ihm die Kugel aus den Eingeweiden schneiden … Eine Kugel aus meiner Waffe … Und dann habe ich mich vor Gericht gesehen …«

»Geh schlafen, Timo. Reden wir später …«

»Und als ich ihn angefasst habe, auf der Suche nach dem Einschuss oder nach einem Lebenszeichen … Da hat er plötzlich die Augen aufgemacht. Sind wir im Himmel?, hat er gefragt, sonst nichts … Und später dann, als ihn Onerva verhört hat, ist mir das wieder eingefallen. Sind wir im Himmel? Und ich musste lachen wie ein Geisteskranker, sodass ich davonlaufen musste.«

»Timo. Die Matratze liegt schon bereit.«

»Ja …«

Er fühlte das Lachen wieder in sich aufsteigen. Und auch jetzt konnte er nichts dagegen tun, es kam wie ein Krampf, trieb ihm das Wasser in die Augen und ließ ihn zu Boden plumpsen, und er hörte, wie es Pipsa mit der Angst zu tun bekam und dass sich Elisas Stimme veränderte, und er dachte, dass er aufhören musste, und als ihm das endlich gelang, keuchte er:

»Entschuldige, ehrlich. Ich hätte im Präsidium ein paar Stunden schlafen sollen, aber da sie die Betten abgeholt haben … Ich müsste mir was einfallen lassen, so wie Härkönen, einfach gehen, wie die anderen auch … Und der Mann kann gar nicht unser Quälgeist sein. Es ist ein gewisser Risto Kullervo Kilpua. Onerva kennt ihn, man nennt ihn Glasvisage, ein Spanner, hängt jede Nacht an irgendeinem Fenster …«

»Timo …«

»Ja, ist gut. Ich gehe schon. Stimmt's, Pipsa?«

Er rappelte sich auf, schlurfte in die Waschküche und zerrte sich die Kleider vom Leib. Die Matratze lag unter den Saunapritschen, die Sauna wiederum auf der Seite des Hauses, wo man die Geräusche von draußen nicht so stark hörte wie im Schlafzimmer. Dort konnte man tagsüber gut schlafen. Auch wenn man sich im Traum leicht den Kopf an der Pritsche anstieß und die Glieder steif waren, wenn man aufwachte, denn der Boden war hart. Er hätte gern etwas nachgeben dürfen.

KAPITEL 6

Morgen

In der Merimiehenkatu vierzehn standen zwei Gebäude: ein vierstöckiges aus Stein, das einem auffiel, wenn man den Blick hob, das aber kein bisschen in Erinnerung blieb, denn es war genauso grau wie die anderen Häuser der Straße, es gab eine Hofeinfahrt und verschiedene Treppenaufgänge und Fenster mit Vorhängen, hinter denen Menschen lebten; das andere aber, an das man sich gewiss erinnerte, wenn man es gesehen hatte, war im Hinterhof versteckt, als existierte es gar nicht. Womöglich war es gerade deshalb erhalten geblieben. Es war aus Holz und hatte zwei Etagen, so waren die Häuser zu Beginn des 20. Jahrhunderts, und es war nicht schwer zu erkennen, dass Jahrzehnte vergangen waren, seit das Haus seinem Besitzer etwas bedeutet hatte. Rost hatte sich ins Dach gefressen, trotz des Pechanstrichs, in der Dachrinne lag Mörtel, der vom Schornstein abgeplatzt war, an Wänden und Fensterrahmen löste sich die Farbe, und am Sockel war der Putz an mehreren Stellen abgeblättert, sodass die Backsteine wie blutrotes Fleisch hervorschauten.

In den Wohnungen wohnten ausschließlich Mieter. Die Verträge waren mit Firmen geschlossen worden, derzeit mit einer Offsetdruckerei, mit einer Werft und mit der Kontka-Wachdienst GmbH, und die hatten die Räumlichkeiten an ihre Angestellten weiter vermietet. Zwei Wohnungen standen leer. In der einen befand sich das Büro von »Peto-Bossierung«, aber an der Tür hing Tag und Nacht ein Schloss.

Dödö erwachte auf dem obersten Treppenabsatz im Eingang H und wusste, auch ohne die Augen zu öffnen, wo er war – rundum stank es nach Torf, der zur Isolation verwendet wurde, und nach Fäulnis, die sich irgendwo eingenistet hatte. Außerdem wachte er hier öfter auf als in seinem eigenen Bett. An sich war der Treppenabsatz ein guter Platz, es gab nur zwei belegte Wohnungen, ihre und die von Leppänen. Leppänen war Junggeselle und ging schon früh zur Werft, und Sinikka wiederum, seine Freundin, brachte es fertig, die Kinder fast lautlos raus- und wieder reinzubringen. Außerdem gab es keinen Briefträger mehr, der sich die Mühe gemacht hätte, an die Tür zu kommen, die Post wurde einfach unten in den Hauseingang geworfen. Der Speicher war zum Schlafen ungünstiger, die Sonne brannte aufs Dach, die Tauben gurrten, und draußen wurden ständig Teppiche geklopft. Und im Keller war es feucht.

Er öffnete die Augen. Es war erst zehn, er hatte nicht einmal zwei Stunden geschlafen und war immer noch müde, wusste aber, er würde nicht mehr einschlafen können. Erst in den Stunden nach Mitternacht würde der Schlaf wiederkommen, ungebeten, wenn er ihn nicht gebrauchen konnte, und da half dann nur ein kurzes Nickerchen im Bewachungsobjekt oder im Auto. So ging das schon seit vielen Monaten. Etwas in ihm war kaputtgegangen, ein Regler oder eine innere Uhr, er spürte das. Aber die Erschöpfung stumpfte ihn nicht ab, sondern putschte ihn innerlich auf und brachte ihn auf allerlei seltsame Gedanken, zeitweise lebte er geradezu, was er dachte, dann war es die Wirklichkeit und keine Vorstellung. Auch seine normalen Gedanken liefen derzeit schneller ab und überschlugen sich manchmal. Jetzt gerade dachte er an das Rad.

Das Rad hätte er nicht machen sollen. Das war schlecht gewesen. Sinikka hatte ihm erzählt, dass die Eltern beider Pflegekinder Angst bekommen und im Nachhinein gefragt hatten, ob er betrunken war. Dabei hatte er es nur gut gemeint, hatte zeigen wollen, dass es die Kinder schön bei ihnen hatten. Und zumindest an diesem Morgen hatten sie die Kinder ja auch wieder gebracht, gerade eben erst. Sie steckten in einer Zwickmühle, denn Tagesmütter fand man nicht ohne weiteres. Auch Kontkanen steckte in der Zwickmühle, er konnte ihn nicht rausschmeißen, denn dann könnte er gleich den Laden zumachen. Rale wollte in die Gewerkschaft, Holopainen konnte jederzeit mit ein paar Promille am Steuer erwischt werden, und Suominen war ein Fall für sich, ein fetter Lügner, der auch noch klaute. Möglicherweise musste Kontkanen aber sowieso dichtmachen. Er konnte seinen Kunden weder einen dynamischen 24-Stunden-Notruf noch umfassende Sicherheitspakete anbieten, er hatte nicht mal eine Versicherungsgesellschaft im Rücken und verfügte auch nicht über vierzigjährige Erfahrung. Er hatte nur seine Leute. Und ein jämmerliches Büro im Souterrain. Und drei heruntergekommene Autos, die nicht einmal Funk hatten, nur Antennen. Und wenn er zumachen musste, dann würden sie auch die Wohnung verlieren.

Dödö stöhnte, hob den Kopf und hatte auf einmal Lust auf Alkohol, nicht wie ein Trinker, sondern wie es jeder einmal hat. Das letzte Mal lag schon über einen Monat zurück. Er spürte fast, wie der erste Schluck die Brust wärmte, der zweite das Lächeln weicher machte und der dritte die Gedanken erfasste und sie leicht und sanft kreisen ließ wie Watteballchen. Und er hatte die Ass-Lose: auf dem einen zehn, auf dem anderen fünfzig Mark Gewinn. Er erschlaffte wieder – der Gedanke machte ihm Angst, Alkohol war nichts für ihn. Er wurde nicht aggressiv, aber nach dem kurzen Wohlgefühl war er stets deprimiert. Und wenn er deprimiert war, bekam er üble, verzweifelte Gedanken, und auch wenn sie ihn erschreckten, musste er geradezu mit sich kämpfen, damit er sie nicht in die Tat umsetzte.

Er lag auf dem Rücken und lauschte. Irgendwo raschelten Mäuse. Die Kinder waren auf dem Hof. Ihre Stimmen waren gut zu erkennen, weil sie sich jetzt stritten. Joonas, der Pflegejunge, ärgerte offenbar Ilmari. Sinikka war drinnen, sie putzte, man hörte, wenn die Bürste an die Fußleiste stieß, und man bekam mit, wenn sie Stühle oder etwas anderes verrückte. Dödö schlug die Wolldecke zur Seite. Jetzt überkam ihn der Frauenhunger. Er kam immer, wenn er aufwachte, und war um ein Vielfaches stärker als die Lust auf Alkohol. Es pochte in seinem Magen, als säße das Herz dort und nicht in der Brust.

Er ging auf die Knie und fing an, die unbezogene Schaumstoffmatratze zusammenzurollen, und er verspürte nicht nur Lust, sondern auch starke Verbundenheit und Zuneigung. Sinikka war eine unglaubliche Frau. Nie beklagte sie sich, obwohl sie allen Grund dazu gehabt hätte. Ohne ein Wort zu sagen, verzichtete sie auf Make-up und neue Kleider, sogar auf einen Kühlschrank. Sie kam mit dem aus, was sie hatte. Die meisten Kleider waren vom Flohmarkt, und manchmal schämte er sich sogar für sie und wünschte sich, ihr etwas mitbringen zu können, etwas hinter dem Rücken hervorzuziehen und zu sagen: Schau mal! Anfangs hatten auch die Eltern der Pflegekinder Sinikka ausgiebig gemustert, als befürchteten sie, sie könnte sonderbar sein. Aber das war sie nicht, jedenfalls nicht so wie Anttu. Sie war nur anders, ihre Seele weilte bisweilen in anderen Gefilden. Und darum sprach sie auch nicht viel. Aber schauen konnte sie. Ihre Augen waren wie zum Schauen geschaffen, grün und groß und orientalisch schräg, und so abwegig das auch war, manchmal schien es, als ginge Licht von ihnen aus.

Dödö nahm die Matratzenrolle unter den Arm und hielt sich zum Schutz die Decke vor, denn er war nackt – Sinikka hatte seine Kleider zum Waschen mitgenommen –, die Muskeln an seinen Beinen zeichneten sich elastisch und stark ab, als er die knarrenden Holzstufen hinabstieg, und auf seinem Rücken wuchsen dunkle Borsten. Die Haustür stand offen, der Hof war morgenhell, voller Spatzengetschilpe, und man sah Ulpus Kinderwagen, er schaukelte nicht, daran sah man, dass sie schlief, und die größeren Kinder vertrugen sich wieder und spielten an der Wand des Steinhauses. Dödö war wohler zu Mute, er spürte ganz stark, dass sie zusammengehörten, dass sie ein Zuhause hatten und dass alles in nicht allzu langer Zeit noch besser werden würde.

Die Wohnungstür stand einen Spalt offen. Sinikka wollte mitbekommen, was im Hof passierte. Dödö machte die Tür ganz auf und trat ein. Zuerst kam die Küche, dann die Kammer, mehr gab es nicht, und beide Räume waren so dunkel, dass auch tagsüber die Lampe brennen musste. Die Fenster gingen nicht zum Hof, sondern auf die andere Seite, wo nur die Brandgasse war. Es roch nach frisch gewaschener Wäsche und Nudelauflauf. Sinikka bemerkte ihn und ließ die Bürste fallen.

»Raikas«, sagte sie, sonst nichts, nichts Unnötiges, und selbst das sagte sie leise, wie gehaucht. Sie war die Einzige, die ihn bei seinem richtigen Vornamen nannte. Er ließ die Matratze und die Wolldecke fallen, trat vor sie hin und legte ihr die Hände auf die Schultern, sie fühlten sich besser an, als er in Erinnerung hatte, sie waren rund und weich und viel niedriger als seine, denn Sinikka war klein, und sie war üppig, so wie eine Frau sein musste. Er drückte sie an sich, küsste sie auf die Stirn und auf die Nase und schmeckte ihre Haut, er spürt ihre Brust, und dann drehte er sie um, und sie stützte sich auf die Kommode, er schob das Kleid hoch, und da war nur noch weiße Haut und ein Rücken, der schmeckte wie das Gesicht, und so war es gut, warm, all das war besser als das Leben selbst, er liebte Sinikka, alle Menschen, alle, sogar die Lehikoinens.

Dödö ließ sich auf einen Stuhl fallen, der unter ihm aufseufzte, wie es Stühle tun, die kurz vor dem Auseinanderfallen sind. Sinikka zog ihr Kleid herunter, und erst jetzt fiel ihm auf, dass in ihren Augen eine Sorge lag, sie hatte es nur verborgen gehalten, wollte, dass ihm wohl war, bevor er das Unangenehme erfuhr.

»Was ist?«

»Kontkanen war hier.«

Dödö kniff die Augen zusammen und war noch nicht besorgt. Ihm war sanft zu Mute, als schwämme er in einem Traum oder in der Liebe, in Sinikka.

»Er hat gesagt, er hat dich heute Morgen nicht angetroffen.«

»Nein. Er war nicht rechtzeitig da, hatte wohl einen Kater … Ich hatte keine Lust, auf ihn zu warten.«

»Er wollte dich was fragen wegen einem Objekt in der Annankatu. Er ist angerufen worden, dort waren wieder Diebe. Eine Bohrmaschine ist weggekommen. Und irgendeine Hilti. Das ist doch nichts Ernstes?«

»Nein …«

Doch, das war etwas Ernstes. Denn innerhalb eines Monats war die Baustelle schon dreimal aufgesucht worden. Sie hatten gedroht, den Wachvertrag zu kündigen. Und er war nicht dort gewesen, erst in den frühen Morgenstunden, zuvor war er mit Anttu zusammen gewesen. Und wenn er behauptete, die vereinbarten Runden gedreht zu haben, würden sie ausrechnen, dass für Außenstehende nicht genug Zeit gewesen wäre, und anfangen, ihn zu verdächtigen.

»Außerdem hätte Kontkanen den Falschen gefragt. Die Baustelle gehört nämlich zu Holopainens Gebiet.«

»Er hat böse ausgesehen. Und er hat sich umgeschaut, als würde ihn das hier auch nur Geld kosten … Dabei ist das unser Zuhause.«

»Das ist es. Und wird es auch bleiben. Übrigens … Jetzt, wo es bei ihm besser läuft, wo er neue Kunden hat – ich hab ihm klargemacht, wenn er mich behalten will, dann … Und das hat er verstanden, er hat versprochen, nach einer besseren Unterkunft für uns Ausschau zu halten. Eine mit warmem Wasser und Badewanne und allem. Vielleicht sogar mit kleinem Balkon …«

Und jetzt sahen Sinikkas Augen aus, als würden sie anfangen zu leuchten. Sie schaute ihn lange an, und er sah, dass sie ihn liebte, dass er ein Mensch war und kein faules Stück Scheiße, wie Kontkanen gesagt hatte, und die ganze Welt hätte das auch begreifen und ihm eine Chance geben sollen, denn er verlangte nicht mehr, nur die Chance, etwas zu versuchen, hochzukommen, etwas zu erreichen. Aber plötzlich ertrug er Sinikkas Blick nicht mehr. Er fühlte sich schlecht und matt, und das ließ nicht nach, obwohl er sich klarzumachen versuchte, dass der Mensch Tagträume brauchte, dass sie das Leben leichter machten. Er blickte zu Boden und sagte leise: »Natürlich dauert das, einen Monat oder so. Mietwohnungen sind so schwer zu kriegen, die Leute lassen sie lieber leer stehen ...«

»Ich müsste zur Apotheke gehen.«

Dödö erschrak.

»Was?«

»Ich müsste zur Apotheke gehen.«

»Ach so ...«

Er stand auf und ging zu seiner Dienstuniform, die neben der Tür an einem Nagel hing. »Ich müsste gehen«, sagte Sinikka immer, und das hieß, falls Geld da war, ansonsten nicht. Er fischte seine Geldbörse heraus und fühlte, wie dünn sie war. Wegen seiner Dummheit war sie so dünn, denn am Abend, bevor er zu Anttu gegangen war, hatte er sich plötzlich Ass-Lose rubbeln und dreimal hunderttausend Finnmark zum Vorschein kommen sehen. Also hatte er zwanzig Lose für zweihundert Finnmark gekauft. Und in der Nacht hatte er gerubbelt, eins nach dem anderen, aber natürlich ohne Gewinn, so wie er auch am Leben rubbelte, und am Ende hatte er nur Krümel in den Händen und zwei minimale Trostpreise. Er machte die Geldbörse auf. Es waren noch fünf Hunderter darin und ein paar Zehner, außerdem der Lottozettel und darauf ein verwegenes System von neun Feldern. Seine Übelkeit wurde stärker, er fühlte sich widerlich. Aber dann dachte er, dass ein Tipp einfach richtig sein musste, zumindest das Essensgeld für mehr als eine Woche, das er hineingesteckt hatte, würde er wieder herausbekommen, vielleicht sogar mehr; wenn er den Schein jetzt berührte, war er sicher, dass er einige Treffer hatte, er sah sich schon am Samstag vor dem Radio sitzen und einen Kreis nach dem anderen um die Zahlen ziehen. Er zog einen Hunderter heraus, und es machte ihm keine Angst mehr, dass nur so wenig übrig blieb.

»Ich müsste einen Predictor kaufen ...«

Das bedeutete: Das hier reicht nicht.

»Einen Predictor?«

»Einen Schwangerschaftstest.«

»Nein ...«

»Ich glaube doch. Aber dann wüsste ich es genau.«

Dödö stand mit offenem Mund da und spürte ein schnelles Pochen in der Brust. Dann zwang er sich zu denken, dass Kinder etwas Schönes waren, dass man in ihnen weiterlebte, wenn man tot war. Aber hinter diesen Gedanken lauerte die schreckliche Realität: Sie würden nicht über die Runden kommen, das Geld reichte jetzt schon nicht, obwohl sie nur zu viert waren, und womöglich hörte Kontkanen auf, er selbst würde arbeitslos und sie alle zusammen obdachlos.

»Oma hat immer gesagt, ein Kind bringt Brot mit ...«

Sinikka sagte das leise, mit einem leichten Vorwurf in der Stimme. Und sie hatte das Recht dazu. Sie war kein bisschen besorgt, obwohl sie viel mehr betroffen war. Als sie Ulpu erwartete, hatte sie solche Probleme mit dem Ischias gehabt, dass sie das Gefühl in einem Bein verloren hatte und der Arzt ihr befahl, auszuruhen, und außerdem hatte sie noch Ilmari und die Pflegekinder. Dödö drehte sich um und ging noch einmal zu seiner Uniform, nahm beide Lose heraus und gab sie Sinikka.

»Hast du schon wieder ...«

»Ja. Für zweihundert ...«

Dödö ließ den Kopf hängen. In seinem Innern brannte die Scham, das Gefühl der Minderwertigkeit, das fortwährende

Pech, der Fluch des ewigen Verlierers. Das Wasser wollte ihm in die Augen treten. Er wandte sich abrupt ab und ging ans Fenster. Die Ziegelwand war kaum anderthalb Meter vor ihm, sie war dunkel und hässlich und schluckte alles Licht, und manchmal wünschte er sich, sie wäre nicht da, obwohl es sinnlos war, denn sie würde für immer und ewig da sein. Er ballte die Fäuste und beschloss plötzlich, dass die Lehikoinens nicht so billig davonkommen durften. An den Wochenenden und nachts durften sie ihre Ruhe haben, auch bei der Arbeit. Nur ein paar Stunden am Tag erfuhren sie Leid, abends, wenn sie nach Hause kamen.

Er ging in den anderen Raum, suchte sich saubere Unterwäsche heraus und zog sich rasch an.

»Isst du nichts?«

»Nein ... Ich esse dann, wenn ich komme. Wenn du es solange in den Ofen stellst ...«

»Ich bin nicht böse wegen der Lose. Du musstest sie einfach kaufen.«

»Ich glaube, mir ist da was eingefallen. Darum muss ich mich sofort kümmern ...«

Er berührte flüchtig Sinikkas Nacken, ging die Treppe hinunter auf den Hof und schickte die Kinder zum Essen hinein. Ulpu schlief immer noch. Sie war ein braves und gutes Mädchen.

KAPITEL 7

Methoden

»Wenn wir noch mal auf Kilpua zurückkommen«, sagte Norri und fuhr mit der Hand über den Tisch, als sei er verwundert darüber, dass er so leer war. Es war der Tisch von Vauraste und das Büro von Vauraste, und Norri selbst war der Ersatz-Vauraste, solange der Chef selbst in Urlaub war, und man konnte sehen, dass er genug davon hatte und sich irgendwie einsam vorkam. Und es bestand auch kein Zweifel daran, dass er am liebsten selbst diesen Kilpua verhört hätte, anstatt zu der bevorstehenden Sitzung zu gehen, um jemanden sagen zu hören: »Im Prinzip ist es gelungen, die beim LTS kreierten Vorgaben zu befolgen, wenngleich die unvorhersehbaren Veränderungen in einigen Deliktbereichen gewisse statistische Abweichungen verursacht haben, die in der Gesamtbetrachtung jedoch keinen Anlass zu einer neuen Zielsetzung geben …«

»Das lohnt nicht«, hauchte Onerva und schüttelte den Kopf. »Er ist zu so etwas einfach nicht im Stande. Außerdem sitzt er jetzt noch mehr in der Klemme als damals, als wir zum ersten Mal mit ihm zu tun hatten. Er hat keine Wohnung, keine Arbeit, nur ab und zu hilft er auf dem Markt, indem er den Verkäufern den Wagen schiebt. Er hat gar nicht das Zeug zu einer so systematischen Aktion …«

»Ich war bei seiner Mutter«, sagte Harjunpää. »Nicht mal von dort aus könnte er anrufen, er hat nämlich keinen Schlüssel mehr. Und eine Schreibmaschine besitzt die Mutter nicht, weder eine Adler noch sonst eine. Im Schnitt besucht er sie einmal im Monat. Ansonsten schläft er in Treppenhäusern und Parks und wer weiß wo. In der Klinik nehmen sie ihn nicht mehr auf, sie halten ihn nicht für krank ...«

»Kein Wunder.«

»Und alles andere schließt ihn auch aus. Von den Lieferanten hat keiner seine Stimme auf dem Band wieder erkannt. Sie sagten sofort, das ist der falsche Tonfall, zu jammernd ... Und Kettunen hat seine Fingerabdrücke mit denen auf den Bestellcoupons verglichen, aber da war nichts, was in dieselbe Richtung ging.«

»Und den Lehikoinens kam an seinem Bild auch nichts bekannt vor, obwohl sie es mindestens eine Viertelstunde angestarrt haben«, fügte Onerva hinzu und fing an, gelangweilt mit dem Fuß zu wippen. »Die Vorstellung, dass jemand direkt vor ihrem Fenster stand, ging über ihren Verstand, als wir das andeuteten.«

»Übrigens war er auch auf anderen Grundstücken. Vier Nachbarn haben den Verdacht, dass bei ihnen jemand nachts herumschleicht. Und beim Haus an der Ecke fanden wir unter dem Schlafzimmerfenster eine festgetrampelte Stelle ... Auf dem dortigen Revier sind sie auch der Meinung, dass das zu ihm passt.«

»Er hat seine feste Route«, bestätigte Onerva. »Als ich noch beim Sittendezernat war, stand er auf Friseusen. Da hatte er im Zentrum seine Runde, die an fünf Friseursalons vorbeiführte. Bei jedem hing er am Schaufenster. Wir haben jedes Mal beim letzten Laden auf ihn gewartet. Es war wie ein Zwang bei ihm, immer an dieselben Orte zu kommen, obwohl er wusste, er würde erwischt werden.«

»Es gibt also keinen Grund, ihn vorläufig festzunehmen. Die Lehikoinens fordern das auch nicht, oder?«

»Nein ...«

Es kehrte wieder Stille ein. Unten fuhr ein Wagen mit laufender Sirene aus der Garage, das Geräusch hallte von den

Hauswänden wider und hört sich merkwürdig abgehackt an, es erinnerte an einen wütend bellenden Hund. Sie verfolgten, wie es sich entfernte und schließlich völlig erstarb, dabei schwiegen sie und starrten auf ihre Hände. Die Situation war seltsam – da hatten sie einmal Zeit, sich in einen Fall reinzuknien, wussten aber einfach nicht, wie sie das tun sollten. Harjunpää blickte auf Norri und sah ein vollkommen ratloses Gesicht. So hatte er ihn erst einmal gesehen, und zwar damals, als Norri im Krankenhaus gewesen war und erfahren hatte, dass sich womöglich in seinem Bein ein Thrombus in Bewegung gesetzt hatte und sich auf dem Weg in Richtung Herz befand.

»Zum Glück ist das hier kein allzu schlimmer Fall ...«

Auch das konnte an Norris Gesichtsausdruck nichts ändern.

»Es ist immer relativ, wie schlimm ein Fall ist. Einen Messerstich kann man flicken, aber wenn die geistige Gesundheit erschüttert wird ...«

»Und wenn man mal an den Jungen mit dem Fahrrad denkt«, sagte Onerva. »Das ist ja auch eine Folge des Terrors. Es hätte nicht viel gefehlt, und jemand wäre ums Leben gekommen.«

»Sind wir im Himmel?«

»Du ...«

»Wir haben also keinen anderen Ausgangspunkt als die Lehikoinens selbst«, sagte Norri und warf einen verstohlenen Blick auf die Uhr. »Macht am besten jetzt schon mal die Betroffenenvernehmung. Und unterstreicht dabei ihre Pflicht, die Wahrheit zu sagen. Ein bisschen unangenehm ist das schon, wenn man berücksichtigt, was sie bereits an Ärger haben, aber andererseits ist das mit der Eifersucht schon zweimal aufgetaucht, und zwar mehr als deutlich.«

»Wir haben schon versucht, darauf zurückzukommen, als wir bei ihnen waren und ihnen das Bild gezeigt haben. Sie haben mit großen Augen gefragt, wie wir denn darauf kämen ...«

»Versucht es noch einmal. Erklärt ihnen, dass die Polizei sich hier nicht aufdrängt, sondern auf ihre eigene Bitte hin ermittelt. Und sagt ihnen auch klipp und klar, dass wir ohne ihre Hilfe nicht weiterkommen. Da können sie dann selbst entscheiden, was sie zu ertragen bereit sind und was nicht ...«

Norri stand auf, Harjunpää und Onerva ebenfalls. Norri nahm eine Mappe aus der Schreibtischschublade, steckte sie unter den Arm und sah schon wieder auf die Uhr.

»Schöne Grüße übrigens von Härkönen«, sagte er, als entschuldige er sich dafür, nicht so viel Zeit zu haben wie sonst und auch kein bisschen helfen zu können.

»Gefällt's ihm?«

»Er hat jedenfalls einen zufriedenen Eindruck gemacht. Offensichtlich hat er vor, auf jeden Fall bis Ende des Jahres dort zu bleiben. Dann denkt er noch einmal darüber nach.«

»Immerhin macht er neue Erfahrungen ...«

»Er soll sich das nur gut überlegen, wenn er es schon einmal bis dahin geschafft hat«, sagte Onerva, und in ihren Worten lag etwas, das Harjunpää plötzlich melancholisch werden ließ. Er war fast zur gleichen Zeit mit Härkönen ins Gewaltdezernant gekommen, gemeinsam hatten sie die ersten Fälle bearbeitet und sich dabei aneinander gewöhnt. Und jetzt war Härkönen weg – vorläufig nur freigestellt, nach dem Kurs für untere Führungskräfte als Vertretungslehrer auf der Polizeiakademie. Er hatte über diese Lösung nicht lange nachdenken müssen. Zuvor hatte er für sich und seine Familie ein Reihenhaus gekauft und ausgerechnet, mit den Schulden nur klarzukommen, wenn er an seinen freien Abenden als Aufpasser in einem Lokal arbeitete. Zwei Monate nach dem Umzug war allen Polizisten jegliche Nebenbetätigung verboten worden. Das Verbot bezog sich insbesondere auf eine zweite Arbeitsstelle, denn man durfte nach wie vor zum Beispiel an einem Restaurant, einem Wachdienst oder auch an einer Reederei beteiligt sein, aber solche Teilhaber waren naturgemäß nur die höheren Dienstgrade. An der Akademie war Härkönen Lehrer und durfte daher in seiner Freizeit machen, was er wollte, wie andere Menschen auch.

Aber für Harjunpääs Wehmut gab es noch einen anderen Grund. Derzeit war Norri nur vorübergehend der Chef, aber wenn an den Gerüchten etwas dran war, würde Vauraste die Leitung der gesamten Ersten Ermittlungsabteilung übernehmen, und dann wäre es nur natürlich, dass der Kommissar mit den meisten Dienstjahren im Gewaltdezernat an seine Stelle träte. Und das war Norri.

»Er wird schon wieder zurückkommen«, sagte Onerva, als sie ein Stück den Flur entlanggegangen waren.

»Härkönen?«

»Norri. Es macht ihm keinen Spaß. Oder wer weiß…«

KAPITEL 8

Der Absturz

»Okay, *base* runtergefahren …«

Jari schlug die Tür hinter sich zu. Und erst jetzt, als zwischen ihm und dem Computerraum zwei Türen lagen, war er endgültig sicher, dass das Rauschen, das seinen Kopf erfüllte, gar nicht von seinem Inneren ausging. Das war erleichternd, obwohl der Verdacht idiotisch war. Und ein bisschen schmerzte sein Kopf dennoch: An diesem Morgen hatten sie fünf Zeitungen bekommen, neben *Uusi Suomi* noch *Helsingin Sanomat, Suomenmaa, Kansan Uutiset* und *Demari.*

»Dann heißt es eben, das Ganze noch mal einstellen, *Migration,* und dann …«

»Migräne für alle«, sagte Johansson. Das sagte er jedes gottverdammte Mal in dieser Phase, als wäre ihm ein guter Witz eingefallen, und dann wandte er sich wieder seiner Tastatur zu, aber so schnell, dass man bemerkte, wie nervös er war. Das galt auch für ihn, Jari. Und das war kein Wunder. Der Tag war erst halb vorbei, aber das Ding war ihnen schon zweimal abgestürzt, und beide Male hatten sie die *Cics* runterfahren müssen, und sämtliche hundertneun 234er-Rechner waren schwarz geworden, die lokalen wie die extern zugeschalteten, und beim zweiten Mal hatten sie von Varisto angerufen und gesagt, der XL-40 SLT steckt fest, die Trucks stehen, und die Ware geht nicht raus.

Und er wusste verflucht genau, was das bedeutete: Mindestens zweihundert Leute standen ratlos da. Und wenn man die

Zahl mit ihrem Stundenlohn multiplizierte, wusste man, was die Firma verlor. Hinzu kam, dass keine Bestellungen aufgenommen oder erledigt werden konnten, und das schadete dem Image gewaltig. Heutzutage war es sinnlos zu behaupten, es liege am Computer, denn alle wussten, dass ein Mensch den Computer bediente – und in diesem Haus war dieser Mensch letztendlich er, Jari Peter Samuli Lehikoinen. Zu allem Überfluss war er am Morgen zu spät zur Arbeit gekommen – die Polizisten hatten ihm ein Foto des Schleichers gezeigt. Am Abend zuvor hatten drei Brunnenbohrer vor der Tür gestanden sowie zwei Männer mit Motorsäge, die gefragt hatten, welcher Baum im Garten gefällt werden sollte.

Jari rieb sich den Nacken und verfolgte Johanssons Arbeit. Er stellte sich diesmal unbegreiflich dumm an, seine Finger verirrten sich ständig, er musste dauernd korrigieren, und Jari verspürte einen unwiderstehlichen Drang, ihm vom Stuhl zu stoßen und selbst weiterzumachen.

»Jetzt lass kommen …«

»Sooo …«

Johansson fühlte sich gestört, er drehte sich zu Jari um und fragte:

»Mein Gott, kann es sein, dass du ein Problem hast?«

Jari lächelte ein kurzes, weißes Lächeln – als ob alles nur ein Spiel wäre –, und Johansson kam wieder in Fahrt, die Tasten klapperten, dass man sich an etwas erinnert fühlte, was mit Squash zu tun hatte. Und schließlich erschien auf dem Bildschirm. »CICS CALLING SEQUENSE.«

»1708 LOAD6 EQUE** R8«, antwortete Johansson. Darauf der Rechner:

»MOVE TASK CNTRL TO TAC.«

»000590 MVI TCATC, BR.«

Jari atmete erleichtert auf, wandte allem den Rücken zu und starrte auf das Sofa an der Wand.

Das Schlimmste war, nicht zu wissen, was los war – auch bei der Störung. Bis jetzt hatte er es immer gewusst, und wenn nicht, dann hatte er es herausfinden können, dann hatte er einfach sein Gehirn in Gang gesetzt. Aber jetzt war ihm dies nicht gelungen. Seine Gedanken waren eine einzige verzweifelte, chaotische Masse, und hinter allem tickte der Verdacht, dass die Störung und der Quälgeist miteinander zu tun hatten. Das war möglich, vorausgesetzt, der Quälgeist war einer von den EDV-Leuten, ein Operator zum Beispiel, oder auch Johannson. Eigentlich konnte es jeder sein, der ein Terminal zur Verfügung hatte. Und falls es jemand von den eigenen Leuten war, dann konnte er auch alles genau verfolgen, beobachten, wie sich alles auswirkte, wie er, Jari, nervös wurde. Dabei war die Nervosität gar nicht typisch für ihn, sie war für keinen typisch, der es wagte, sich hohe Ziele zu stecken und eine Herausforderung nach der anderen anzunehmen. Und außerdem war es ihm bis jetzt gelungen, alles für sich zu behalten. Er hatte nicht einmal Johansson etwas erzählt. Die Information hätte sich doch verbreitet und wäre über kurz oder lang zu den Ohren der Führungsspitze vorgedrungen. »Dieser Lehikoinen hat angeblich Schwierigkeiten, sein Privatleben ist auf lächerliche Art und Weise aus den Fugen geraten. Da bleibt einem gar nichts anderes übrig, als ...« Das wäre fast so, als hätte er Aids.

Jari spürte einen merkwürdigen Druck in der Brust, er versuchte tiefer zu atmen, dachte unvermittelt an Virve. Aber das war nicht möglich, sie war nur Kontoristin, verstand von EDV so viel wie vom Navigationssystem eines Kreuzfahrtschiffes. Außerdem war sie gerade in Urlaub. Aber was war eigentlich ihr Mann? Ein Trottel? Sein Blick fiel auf die Telefone, und auch die machten ihn nervös. Das eine, weil der Hörer auf dem Tisch lag, damit nicht einhundertneun hausinterne Anwender anriefen und fragten, was los sei. Das andere, weil dessen Hörer an seinem Platz lag, weshalb es jeden Moment läuten konnte, und falls es läutete, konnte am anderen Ende nur der Marketingchef sein oder im schlimmsten Fall Hammarberg selbst. Und er wollte sich nicht gezwungen sehen, einem von beiden Erklärungen abzugeben, nicht in diesem Augenblick. Binnen einer Woche würde sich herausstellen, ob Laine die Stelle in London bekam, auf die er spekulierte, und wenn ja, gehörte die Stelle des Planungschefs fast automatisch ihm, Jari. Der andere Kandidat war Sipronius, aber der hatte keine so gute Basis wie er. Es durfte ihm einfach nicht passieren, dass er Erklärungen abgeben, zugeben musste, dass er nicht wusste, wo es haperte.

»Okay. Es steht und läuft wie nichts. Dreiundfünfzig Minuten nach dem Absturz … Es hätte schlimmer laufen können.«

»Aber auch besser«, sagte Jari. »Ich habe nachgedacht, bin alles durchgegangen – es muss mit der neuen Buchhaltung der YAK zu tun haben. Und damit, dass wir gleichzeitig aus der *Cobol* ausgestiegen sind. Uns muss irgendein Fehler …«

Er schaute Johansson mit zusammengekniffenen Augen an. Aber der gab nichts zu erkennen, seine Miene blieb unverändert. Er bekam lediglich Denkfalten zwischen den Augenbrauen und begann ermüdend langsam zu überlegen, so wie alle, die keine Spur schöpferische Fantasie besaßen, die nicht in der Lage waren, etwas auf den ersten Blick zu erfassen.

»Aber es war eins zu eins«, sagte Johansson schließlich. »Und es funktionierte reibungslos, als wir es ausprobiert haben.«

»Stimmt. Aber wenn du mal überlegst – dann bleibt nur noch IBM übrig. Und die sind bei sich alles durchgegangen und haben nichts gefunden, haben sich sogar noch bei Retain rückversichert …«

»Das ist wahr. Oder könnte es doch im Sieben-Sieben-Fünfer stecken? Da ging doch auch schon was schief, als wir den Endphasenverkauf rauskriegen wollten. Aber ist ja auch egal, jetzt scheint jedenfalls alles okay zu sein.«

»Aber es genügt nicht, wenn es nur so scheint. Wir müssen sicher sein. Lass uns den Verteiler rausnehmen und alles durchgehen.«

»Manuell? Nein …«

»Doch. Sedezimal auf den Tisch, und dann schauen wir mal...«

Es klopfte an der Tür. Eines der Mädchen, das mit den kleinen, spitzen Brüsten, lugte herein.

»Da fragt jemand nach dir, Jari. Sie warten in der Halle.«

»Okay...«

Jari zog seine Krawatte fest und schlüpfte in sein Sakko, betrat den Gang und begriff erst nach ein paar Metern, dass im Gesichtsausdruck des Mädchens etwas Befremdliches gelegen hatte. »Sie warten in der Halle.« Es waren also mindestens zwei. Polizisten kommen immer zu zweit. Er zog heftig Luft zwischen den Zähnen ein und beschleunigte das Tempo. Er hatte sich jede Kontaktaufnahme am Arbeitsplatz verbeten und empfohlen, etwaige Nachrichten auf dem privaten Anrufbeantworter zu hinterlassen. Aber andererseits – er war schon am Tag zuvor wegen des Unfalls bei der Vernehmung gewesen, und erst am Morgen hatten ihn die Ermittler von der Kripo aufgesucht. Was konnten sie jetzt noch von ihm wollen? Er rannte fast in Richtung Halle. Der Teppichboden schluckte seine Schritte, nur das entfernte Summen vom Computerraum und das Schnattern der Büromädchen bei der Kaffeepause war zu hören.

Es waren zwei Männer. Der Ältere und Dickere stand mitten in der Halle, er hielt ein Blatt Papier in der Hand. Der Jüngere hantierte mit einem Schraubenzieher an der Verriegelung der Eingangstür, um auch den fixierten Flügel aufzubekommen. Beide waren verschwitzt und keuchten noch. Jari kannte keinen von beiden, hatte sie aber schon einmal gesehen – sie waren von einer Installationsfirma oder dergleichen, der eine trug einen Blaumann. Jari spürte etwas in sich erstarren, er hob die Hand wie im Traum und stützte sich an der Wand ab.

»Jari Lehikoinen?«

»Ja...«

»Tuomainen von der Firma Vendco, guten Tag. Wo sollen wir ihn hinstellen?«

»Was ... was wollen Sie hinstellen?«

Der Mann klatschte auf den Zettel in seiner Hand und deutete in Richtung Eingang. Nun, da die Tür ganz offen stand, war dort etwas zu erkennen, etwas Riesiges, mit Plastik Umhülltes, mit Brettern zum Transportschutz an den Ecken.

»Was ...«

»Ein Wittenborg. Kaffeeautomat. Genau das Modell, das Sie haben wollten. Wo soll es hin?«

Jari presste die Finger an die Schläfen, in der Hoffnung, dass die Männer gar nicht existierten, auch der Kaffeeautomat nicht, dass er sich das nur einbildete. Aber er sah richtig, er hörte richtig, er roch sogar den Schweiß der Männer. Für einen Moment verspürte er das zwingende Bedürfnis, an ihnen vorbei nach draußen zu rennen, aber er schluckte nur schnell, blickte sich nach allen Seiten um, und da niemand zu sehen war, trat er näher an die Männer heran.

»Hier muss ein Irrtum vorliegen. Ich habe nichts bestellt, und auch sonst hat niemand etwas bestellt. Seien Sie so freundlich und nehmen Sie es wieder mit.«

»Moment mal ...«

Der ältere Mann rückte seine Reklamemütze am Schild zurecht und hielt Jari das Blatt Papier hin.

»Noch mal von vorne ...«

»Nein. Schaffen Sie das hier fort. Und zwar auf der Stelle! Ich habe keine Zeit ...«

»Sie sind Jari Lehikoinen. Diese Firma heißt ...«

»Ja, ja, ja! Aber hier ist nichts bestellt worden! Hauen Sie ab, mit Ihrer Scheißmaschine!«

»Jetzt aber ...«

Der Mann blickte auf seinen Kollegen und auf den Automaten, als könnte er immer noch nicht glauben, ihn an den falschen Ort geschleppt zu haben, und gab mit keiner Geste zu verstehen, dass er vorhatte, nachzugeben. Stattdessen rief er mit lauter, metallisch klingender Stimme: »Hallo! Hat hier jemand auf den Namen Lehikoinen einen Kaffeeautomaten bei Vendco bestellt?«

Jari machte eine heftige Bewegung, er war bereit, sich auf den Mann zu stürzen, ihn die Treppe hinunterzustoßen, nach draußen, doch durch seine Gefühlswallung hindurch begriff er, dass Koivisto die Tür seines Büros aufgemacht hatte und ihn verdutzt ansah, und dann hörte er es hinter sich verwundert tuscheln, und er ließ die Hand sinken und keuchte mit rot glühendem Gesicht:

»Die behaupten, ich hätte ... wollen mit Gewalt einen Wittenborg hereinschieben. Ich wollte keinen ... Wer ... Weiß jemand, was das soll?«

Niemand antwortete. Und Jari kam es vor, als schwebten seine Worte immer noch in der Luft, als kosteten alle davon, bis sie begriffen, dass sie verlogen waren, Worte eines verwirrten Menschen. Der dicke Mann trat mit seinem Zettel zu Koivisto und fing an, diesem aufgeregt etwas zu erklären, er deutete mit dem Finger auf Jari, und Johansson rief irgendwo in der Ferne seinen Namen, da drehte er sich ohne ein Wort um, stieß die verstummten Mädchen zur Seite und taumelte auf sein Büro zu.

»Verdammt noch mal!«, schrie Johansson. »Die ganze Scheiße ist schon wieder abgestürzt!«

»Nein ...«

»Doch!«

Jari schloss die Tür und lehnte sich dagegen. Jetzt spürte er wieder den Druck in der Brust, er atmete mühsam, die Luft schien nicht auszureichen, er riss die Krawatte und das Hemd auf, aber das half kein bisschen.

»Wenn einmal der Wurm drin ist ... Was war denn da vorne los?«, wollte Johansson wissen.

»Irgendein Wittenborg ... Ich hätte ihn bestellt ... Aber das hab ich doch nicht, oder?«

Johansson sah ihn mit offenem Mund an, lachte dann sicherheitshalber, als habe er einen Witz gehört, den er nicht verstand.

»Dann also wieder die *Cics* runterfahren?«, fragte er.

»Nein ... ruf bei IBM an, bei der Software ... Bitte sie, die ganze Scheiße zu übernehmen.«

»Das soll wohl ein Witz sein ... Das kostet fast ein Tausender die Stunde. Laine reißt uns den Arsch auf. Sollen wir es nicht zuerst selbst versuchen?«

»Ich fühl mit verdammt komisch ... Ich schwitze und ...«

Jari stolperte zum Sofa, ließ sich fallen und hatte noch stärker das Gefühl, gleich zu ersticken, obwohl er verzweifelt nach Luft schnappte, er hechelte beinahe. Das Telefon schrillte, aber er machte keine Anstalten aufzustehen, hörte nur, wie Johansson erklärte: »Nein, nein, keine Sorge. Das dauert nicht lang, das ist nur eine normale Störung ...«

Und nun läutete auch das andere Telefon, und Johansson nahm ab. Den anderen Hörer ließ er auf dem Tisch liegen.

»Jari, für dich ...«

Jari stand auf und nahm den Hörer, er drückte ihn heftig, seine Hand juckte sonderbar, als ob er gerade aus der Kälte kam und sich die klammen Finger wärmte.

»Jari Lehikoinen ... Entschuldigen Sie bitte, einen Moment ...«

Von der Mannerheimintie tönte eine ohrenbetäubend schrille Sirene herauf, er hatte nichts verstanden, außer Hammarbergs Namen. Er versuchte, seinen Atem zu beruhigen, wartete, bis das Geheul vorbei war, aber es wurde wieder stärker, und dann kam ein zweites und drittes hinzu und schließlich ein letztes, das im Gegentakt tönte. Dann brach der Lärm auf einen Schlag ab, Jari polterte ans Fenster und drückte den Kopf an die Scheibe, dass es knackte.

»Feuerwehrautos ... sie kommen hierher. Ein Mann nach dem andern springt raus ... direkt in unseren Eingang! Verdammt, wenn im Computerraum etwas in Brand geraten ist ...«

»Nein ... Da sind die Halone ... Wenn es nirgendwo brennt ... Dann hab ich sie wohl gerufen ...«

Johansson machte ein dummes Gesicht, schnaubte etwas Unverständliches und rannte hinaus. Jari legte den Hörer auf, ohne ein Wort zu sagen.

Er lag auf dem Sofa, und jetzt hatte sich das Jucken schon bis in sein Gesicht ausgebreitet, und der Druck in der Brust war fast unerträglich geworden. Er schnappte nach Luft, registrierte, wie von dem Sofa Virves Duft ausging, erinnerte sich schlaglichtartig an Virves Hüften auf der Armlehne, er kniete auf dem Boden, und durch sein Keuchen hindurch hörte er, wie das ganze Haus in Bewegung war, wie die Menschen über die Flure rannten und etwas fragten, worauf niemand antworten konnte, und plötzlich wusste er, dass er sterben würde.

»Jari ...«

Johansson stand an der Tür, neben ihm ein Mann mit Helm. Der Helm war weiß, an den Kleidern des Mannes waren Ösen und Riemen befestigt, auf Brusthöhe hing ein Funkgerät, aus dem ein unbegreifliches Stottern drang.

»Ich bin Oberbrandmeister Lindberg. Sind Sie Jari Lehikoinen? Haben Sie die Feuerwehr alarmiert?«

»Nein ... ich nicht ... jemand anders ... auch Kohlenhaufen und Kühltruhen ...«

»Jari, Mensch, gerade hast du doch gesagt ...«

»Was ist mit Ihnen?«

»Ich ersticke ...«

»Juckt es im Gesicht?«

»Ja ... und die Hände ...«

»Atmen Sie nicht so tief. Rufen Sie einen von den Sanitätern! Keuchen Sie nicht so, das macht alles nur schlimmer! Gibt es hier keine ...«

Der Mann blickte sich um, fand aber nicht, was er suchte, da nahm er mit einer flinken Bewegung den Helm vom Kopf und drückte ihn Jari aufs Gesicht. Jari nahm den Geruch der fremden Haare wahr, wehrte sich dagegen, ließ es dann aber bleiben, denn er fühlte sich fast auf Anhieb besser. Er atmete ruhiger und hielt die Augen geschlossen, hörte, wie immer mehr Leute den Raum betraten, wie das Telefon wieder läutete und jemand neben dem Sofa erklärte: »Er hat hyperventiliert... Aber jetzt bekommt er kohlendioxidhaltigere Luft. Ist nur ein Stressphänomen, im Grunde ungefährlich. Wir sagen immer, das kriegen hysterische Frauen ...«

KAPITEL 9

Virve

Jari ließ Virve nicht aus den Augen. Sie war irritiert und bekam kein Wort heraus. Vielleicht hatte sie auch noch nicht begriffen, was er gesagt, nein, geschrien hatte, er konnte nicht anders. Aber sie wusste auch jetzt damit umzugehen, das erfasste er durch seine Aufregung hindurch, sie konnte das, obwohl sie schlaftrunken war. Sie wusste, was an einer Frau schön war, und damit hatte sie auch sein Interesse geweckt. Sie stand im Wohnzimmer, das Tageslicht hinter sich, die Beine gespreizt, das Becken vorgeschoben und die Hände unter den Brüsten verschränkt, sodass sie noch üppiger aussahen als sonst, und sie hatte nichts an als ein Baby-Doll-Nachthemd. Und sie musste sich einfach verdammt genau im Klaren darüber sein, dass sie damit nicht anders wirkte, als wenn sie gar nichts anhätte. Er hasste sie beinahe.

»Könntest du wenigstens versuchen zu antworten?«

»Kurre weiß nichts von uns …«

»Wie kannst du dir da so sicher sein?«

»Ich … er hat nicht mal einen Verdacht. Das hätte ich gemerkt. Und wie kommst du überhaupt darauf …«

»Wer könnte es denn sonst sein?«, fuhr Jari sie an und ging auf sie zu. »Wer?«

»Was willst du damit eigentlich sagen?«

Jetzt fing sie an, zu kapieren. Sie geriet sichtbar in Rage, warf den Kopf zurück wie ein durchgehendes Pferd und stemmte die Hände in die Hüften.

»Du willst also sagen, dass ich …« Ihre Stimme zitterte, sie war gekränkt und wirklich wütend, und ihre Wut wurde immer größer. Jari spürte, wie auch in ihm etwas aufbrach, wie etwas auslief und verschwand, und zu seiner Überraschung war er jetzt nur noch ungeheuer unglücklich und müde.

»Ich sage, was ich meine … Aber das ist jetzt auch egal. Virve … Ich komme direkt vom Arzt. Ich hatte einen Anfall, konnte nicht mehr atmen. Ich glaubte … der Arzt hat beteuert, es sei nichts Ernstes, aber woher soll ich das wissen? Vielleicht wollte er mich nur beruhigen. Einem Krebspatienten sagt man ja auch nicht ins Gesicht …«

Virve hörte nicht zu. Sie drehte sich um, und ihre Haare loderten auf wie Feuer. Sie ging weiter durch die Wohnung, und er folgte ihr, sah, wie die Hüften schaukelten und die Pobacken lebten, verstand wieder, warum er sofort gemeint hatte, ein Recht auf diese Frau zu besitzen, und bereute schon wieder ein wenig, geschrien zu haben.

Sie blieb am Schlafzimmerfenster stehen, mit dem Rücken zu ihm, immer noch stumm, den Kopf hoch erhoben vor Zorn.

»Ich habe mich ein bisschen unschön ausgedrückt, Virve, das will ich nicht abstreiten … Aber das alles ist so … Auf der Arbeit versuchen sie mich mit einer verdammt geschickten Intrige aus dem Spiel zu bringen. Und Johansson ist zumindest dabei, vielleicht auch Koivisto und Laine. Und heute … Ich weiß nicht, vielleicht ist es ihnen schon gelungen … Und wenn ich nach Hause komme, dann weiß ich nie, was mich dort erwartet … Und dann zu allem Überfluss noch diese Krankheit. Ich habe immer auf mich geachtet, mich immer um meine Gesundheit gekümmert, ich wusste, dass ich mit ihrer Hilfe im Stande bin … Und jetzt lässt mich plötzlich sogar der eigene Körper im Stich …«

Jari sank auf den Stuhl neben dem Bett nieder. Das Bett war nicht gemacht, Virve hatte tatsächlich bis lang in den Nachmittag hinein geschlafen, überall waren Falten, man konnte sehen, wo ihr Kopf gelegen hatte, wo der flache Bauch, wo die Knie. Und über der Stuhllehne, unter seinem Arm, waren ihre Kleider, die Bluse und der schimmernde Unterrock, der hübsche BH, dessen Haken man so leicht aufbekam, und ihre Strümpfe hingen da, er berührte sie, und es ging ihm nahe, sich vorzustellen, dass sie an Virves Beinen waren, glatt und glänzend um ihre Schenkel. Und er wünschte sich, sie wäre ganz nah bei ihm, er wünschte es inständig, mit seinem ganzen Herzen, mit seiner ganzen Seele, er wünschte, irgendjemand wäre bei ihm, würde ihn berühren und gut zu ihm sein, zerrisse das Unbegreifliche, das ihn so trostlos einsam machte und in ihm ein Entsetzen weckte, das fortwährend irgendwo lauerte.

»Virve ... Komm her! Hilf mir! Sei gut zu mir, halt mich fest ...«

Sie drehte sich um und schaute ihn an. Ihre Nasenflügel bebten, und ihre Augen glänzten hart wie Glas.

»Du kannst dich darauf verlassen, dass ich nicht komme. Großer Gott, wenn ich früher gewusst hätte, dass du mich verdächtigst ... Dass du es wagst, mich zu verdächtigen, und gleichzeitig keuchst, wie du mich vergötterst! Und hast du mir etwa geholfen?«

»Virve, ich wollte nicht ...«

»Hast du mit Laine gesprochen? Geht es in Ordnung? Oder ist es immer noch lediglich ein ›überdenkenswerter Vorschlag‹?«

»Doch, ich habe ...«

Jari sprach nicht weiter. Sein Gesicht fing an zu glühen. Ganz am Anfang, schon im Frühling, hatte Virve ihn gebeten, ihr die Versetzung in die EDV-Abteilung zu ermöglichen, und er hatte versprochen, sich darum zu kümmern, Laine zu überreden. Und er hatte es auch versucht, aber Laine war der Ansicht gewesen, dass Virves Voraussetzungen nicht ausreichten und dass sich eine Weiterbildung neben der Arbeit nicht rentierte, da die fertigen Bewerber Schlange standen.

Aber das hatte er Virve nicht gesagt, nicht direkt, er hatte ihr nur zu verstehen gegeben, dass die Sache noch in der Schwebe war. Er hatte sie nicht enttäuschen, sie nicht verlieren wollen, er hatte sich an sie gewöhnt, er genoss sie, so wie das Joggen am Abend und das Fahrrad fahren.

»Aber du wirst doch wohl nicht bloß deswegen ...«

»Was hast du dir denn vorgestellt? Du wirst dir in deinem Gehirn doch wohl keine Romanze einprogrammiert haben? Außerdem sind wir beide verheiratet. Und bei Kurre ist es nicht nur der Atem, bei ihm gerät auch das Blut in Wallung, wenn es darauf ankommt ...«

»Virve! Hör auf ...«

»Stimmt das vielleicht nicht?«

»Das war nur vorübergehend! Das hatte mit dem Terror zu tun!«

Jari stand auf und trat zu ihr. Bittend streckte er die Hand aus.

»Das kann nicht dein Ernst sein. Du kannst nicht ... Du bist nur wütend und willst dich an mir rächen, wegen vorhin.«

»Glaub das bloß nicht. Und nimm die Pfoten weg! Von mir aus kannst du dich zum Teufel scheren ... du Versager!«

Jaris Augen flackerten. Er ballte die Faust. Und für einen Moment sah er Virve auf dem Fußboden liegen, mit blutigem Gesicht, offener Lippe, ausgeschlagenen Zähnen, und sie würde nie mehr aufstehen und ihn in der Firma lächerlich machen.

»Wage es nicht!«, zischte sie. »Kurre kann jeden Augenblick da sein ...«

Jaris Hände zitterten. Unvermittelt traten ihm Tränen in die Augen, und sie rollten ihm über die Wangen, obwohl er die Zähne zusammenbiss, obwohl er es ihnen verbot.

KAPITEL 10

Der Strohhalm

Das Auto stand an der Spitze des Brunnenparks, auf dem Parkplatz in der Ehrenströmintie. Die Lichter waren aus, aber der Motor lief, stieß Abgase ins Dunkel aus, und am Steuer saß Dödö. Er kaute am Daumennagel, hielt die andere Hand am Gürtel und betastete den Revolver im Holster. Aber er war nicht richtig bei der Sache. Er hatte alles Mögliche andere im Kopf, viel zu viel, obwohl er beschlossen hatte, an nichts zu denken. Vielleicht war genau das der Fehler, denn jetzt war alles in ihm wie das Mittel, das so mühsam zu schlucken war und das man nehmen musste, um den Magen röntgen zu können.

Anttu überquerte zuerst die Straße. Er war auf dem Weg zur Telefonzelle. Und natürlich blickte er sich verstohlen um, genauso, wie er es ihm verboten hatte zu tun, und weil er außerdem die Hände tief in den Taschen seines Parkas vergraben hatte und auch noch die Kapuze halb auf dem Kopf, sah er exakt so aus, als würde er gleich die Telefonzelle in die Luft sprengen, zumindest aber den Apparat aufbrechen und die Münzen herausholen. »Verdammter Trottel …«

Dödös Hände schnellten zum Lenkrad, aber das Hupen ließ er trotzdem bleiben. Anttu hätte das Zeichen ohnehin falsch verstanden und wäre noch davongerannt. Außerdem gab es keine Augenzeugen; im Sommer und auch an Sonntagen wimmelte es hier vor Menschen und Autos, aber jetzt war Mittwochabend, halb zwölf schon, und vom Meer her blies ein Wind, der nach Herbst schmeckte und der die Bäume zum Rauschen und ab und zu sogar das Auto zum Wackeln brachte.

Jetzt hatte Anttu die Telefonzelle erreicht, er stand im hellen Licht hinter der Scheibe wie in einem Schaufenster. Er zog einen Filzstift heraus und steckte ihn in den Mund, hielt mit den Zähnen den Verschluss fest und suchte nach der passenden Stelle. Endlich schrieb er – ebenso schwerfällig, wie er las.

»Verdammt …«

Dödö zog den Kopf ein und biss die Lippen zu einem Strich zusammen – von links kam ein Auto, ein blau-weißer Saab. Auf dessen Flanke stand »POLIZEI«, und auf dem leuchtenden Schild auf dem Dach ebenfalls, langsam und hungrig glitt es vorwärts und war kaum noch zehn Meter von der Zelle und dem darin krakelnden Anttu entfernt.

Dödö konnte nicht hinschauen. Er zog den Kopf noch weiter ein, trat vorsichtshalber auf die Kupplung und griff zum Schaltknüppel, nahm sich vor, zu wenden und durch den Park davonzufahren. Aber die Sekunden vergingen, ohne dass etwas zu hören war, kein Bremsgeräusch und auch keine zuschlagenden Türen. Dödö blickte auf. Die Zelle war leer. Anttu kam mit großen Schritten auf ihn zu. Dödö atmete mit einem Mal tief aus und ließ versehentlich die Kupplung kommen. Das Auto machte einen Satz wie ein erschrockener Frosch, und der Motor ging aus.

»Nun mach schon!«

Anttu sprang in den Wagen, er roch nach Wind und Angstschweiß.

»Hast du gesehn, wie ich sie getäuscht hab? Ich hab im Telefonbuch geblättert, als würd ich nach einer Nummer suchen … Ob sie Wind bekommen haben? Guck mal, was ich hab …«

Er zog ein zerknittertes Stück Papier mit zerrissenem Rand aus der Tasche. Es war eine Stadtplanseite aus dem Telefonbuch. Dieser Hirnzwerg hatte es herausgerissen.

»Quadrat fünfzehn«, johlte er. »Innenstadt. Und rate mal, was die roten Punkte sind? Telefonzellen! Die sind alle eingezeichnet. Jetzt fahrn wir denen einfach nach.«

»Was hast du geschrieben?«

»Wie du gesagt hast … Zuerst ihre Telefonnummer und dann ›geile Fotze‹.«

»Ich hab nichts von Fotzen gesagt, Mann! Ich hab gesagt, die Nummer, und dann ›frag nach Sanna‹. Die Anrufe dürfen nicht schweinisch sein, sie müssen so sein, dass sie Misstrauen wecken, dass sie den Kerl eifersüchtig machen.«

»So versteht man's besser. Außerdem hat es Spaß gemacht, es sich beim Schreiben vorzustellen … Außerdem hältst du dich ja auch nicht an die Abmachungen. Nach jedem Schlag haben wir uns gleich aus dem Staub machen müssen …«

»Ja, ja …«

»Was wurmt dich? Wir haben ausgemacht, dass ich schreiben darf und du bloß wartest …«

»Ja, ja …«

»Na, also … Ging doch prima. Stell dir vor! Die schlafen jetzt schon. Sie glauben, für heut ist alles vorbei. Oder vielleicht … Ja, so ist es! Sie sind gerade erst am Fummeln … Und genau jetzt kommen alle aus den Kneipen, und wer keine aufgerissen hat … der geht in die nächste Telefonzelle, um eine von seinen alten Flittchen anzurufen. Und da steht es dann vor ihnen an der Wand. Und dann klingelt das Telefon ununterbrochen. Rate mal, ob sie dann selber noch zu was kommen. Nein … Was würden sie alles geben, damit es aufhört? Dass diese ganze Hölle aufhört?«

Dödö starrte durch die Windschutzscheibe nach draußen. Nahe am Ufer schimmerten Lichter auf dem Wasser, aber weiter draußen war das Meer schwarz und zerfurcht. Der Leuchtturm von Suomenlinna pulsierte gemächlich wie ein müdes Herz. Und Dödö fühlte sich unwohl, die Beklemmung war überall zu spüren, ihm war, als habe er nicht einmal die Kraft, sich die Nase zu schnäuzen. Er stöhnte und fiel vornüber auf das Lenkrad, wo er regungslos und stumm liegen blieb, und er spürte Anttus Hilflosigkeit, als der eine Weile den Atem anhielt.

»Scheiße!«

Dödö schnellte hoch. Er hielt das Lenkrad hart umklammert, sein Hals war wie eine einzige, straffe Sehne, und seine Nasenflügel zuckten, als dränge etwas durch die Haut nach außen.

»Dieser Scheißkerl hat mich gefeuert!«

Anttu glotzte ihn mit offenem Mund an. Dann machte er eine Handbewegung, fragend, als meine er das Auto und die Uniform.

»Das heißt, er hat mich nicht gefeuert, er hat nur gesagt, er hört mit der ganzen Scheiße auf. Und das ist dasselbe. Zwei Wochen noch, und dann ... Und wir müssen die Bude räumen. Die gehört ihm. Das heißt, er hat sie gemietet ... Ich könnte natürlich versuchen, sie direkt zu mieten, aber wovon soll ich dann die Miete zahlen?«

»Dann zieht ihr woandershin ...«

»Wohin denn, Mann? Ich war heute bei der Städtischen Wohnungsvermittlung, wie ein Bettler bin ich mir vorgekommen ... Vor uns warten schon fünftausend andere, haben sie gesagt. Und wenn es gut geht, kriegen tausend davon eine Wohnung ... Und dann sind wir noch nicht mal verheiratet. Das war, als hätte ich gesagt, wir haben eine ansteckende Krankheit.«

»Du findest einen anderen Job. Die Knarre und alles hast du ja.«

»Ach was ...«

Dödös Stimme bebte. Er wischte sich die Stirn, suchte nach Worten.

»Wie sollen mich andere nehmen, wo ich nicht mal einen Wachdienstausweis hab? Mir gibt man keinen, weil ich einen Eintrag hab. Einmal Pech gehabt mit einem Kreditkartending vor Jahren ... Und das ist nicht alles. Kontkanen hat mich schwarz arbeiten lassen, ohne alles. Ordentliche Leute hat er keine gekriegt. Und dann die Löhne …«

Anttu war eine ganze Weile stumm. Dann sagte er mit fast weinerlicher Stimme:

»Ach, ich hätt so gern, dass du viel Geld hättest. Dann gäbe es keine Sorgen. Und wir können so weitermachen, wären …«

Dödö wandte den Kopf ab. Durch das Seitenfenster sah er leere Parkplätze und auf dem Asphalt tanzende Blätter.

»Und Sinikka weiß noch nichts davon«, sagte er gequält und riss die Augen auf. »Ich kann es ihr einfach nicht sagen. Sie glaubt, Kontkanen besorgt uns eine bessere Wohnung. Und außerdem glaubt sie, sie erwartet wieder … Ulpu ist erst drei Monate. Sie stillt noch. Wir haben geglaubt, da …«

Er beließ es dabei, sah dem Leuchtturmlicht zu, zählte unbewusst das Aufflackern mit, schließlich flüsterte er: »Manchmal, an freien Tagen, wenn ich nachts daheim bin … Dann schlafen sie alle, dann hört man nur so ein Säuseln. Aber ich kann nicht schlafen. Ich höre zu und denke, die sind glücklich, die wissen von der Welt noch nichts. Und mein Revolver liegt auf der Kommode … Und ich komm auf die Idee … Aber ich weiß nicht, ob das richtig wäre …«

Anttu sagte nichts. Auf der Ehrenströmintie fuhr ein Taxi in Richtung Südhafen. Der Wind hatte zugenommen und brachte bereits dickere Äste zum Schwingen.

»Dann ist es mit dem Syndikat wohl auch vorbei«, seufzte Anttu mit dünner Stimme. »Aber … Aber wenn du mal überlegst … Was du immer gesagt hast. Wenn die Hölle los ist, dann sieht man, wer überlebt … und … dass du und ich, dass wir überleben. Und die Welt ist irgendwie immer noch so wie vorher, und trotzdem bist du weg vom Fenster. Sie haben dir auf die Rübe gehauen, aber für die Geier gibt es noch nichts zu fressen …«

Dödö drehte sich langsam um und schaute Anttu starr in die Augen.

»Was hast du gesagt?«

»Na, ich hab gesagt ... Du hast mich schon verstanden. Und auch wenn du sauer bist, es stimmt trotzdem.«

»Das meine ich nicht. Und ich bin auch nicht sauer. Aber was hast du davor gesagt? Als du eingestiegen bist?«

Dödö packte Anttu am Handgelenk und drückte fest zu, als versuchte er, die Worte mit Gewalt wieder herauszupressen. Innerlich spürte er bereits die Freude über eine Idee, wie einen Schauder, aber er traute sich noch nicht, direkt daran zu denken, er befürchtete, der Gedanke könnte verschwinden, beim kleinsten Anlass platzen wie eine Seifenblase.

»Na wegen der Karte hab ich gesagt ...«

»Nein! Das heißt, doch, du hast das gesagt, aber was anderes gemeint.«

»Na, ...«

»Du hast gesagt, was würden sie alles geben, damit es aufhört!«, rief Dödö aus, und jetzt, da er sich getraut hatte, es laut auszusprechen, verspürte er nur noch Erleichterung und Freude, und die Freude war von der Art, wie er sie sich bei einem Sechser im Lotto vorstellte.

»Jo«, brummte Anttu, immer noch etwas erschrocken. »Und ich hab gemeint, wenn sie alles dafür geben ... Du weißt schon, mit Sanna. Ihr Name ist schon so schön weich ...«

Er schaute Dödö mit zurückgebogenem Hals an, prüfte dessen Miene, sah, dass er wieder lächelte und war plötzlich auch erleichtert und glücklich – alles war wieder wie zuvor. In einer Anwandlung von Vertraulichkeit fing er an zu tuscheln: »Echt wahr, Dödö. Ich weiß, du findest das lächerlich, weil du die Sinikka hast und alles weißt, vom Stillen und so ... Aber ich hab noch nie eine gehabt. Ich hab mich schon in der Schule nicht getraut, mit Mädchen zu reden. Und dann ... Eine, sie hieß Marja, hat mich Kadavermaul genannt. Ich hatt schon damals so schlechte Zähne ... Und ich hab immer gedacht, ich bin ein Kadavermaul und hab mich nicht mal getraut, es zu versuchen. Und weißt du, das ist so eine schreckliche Vorstellung, dass ich vielleicht sterbe, ohne dass ich ... Du weißt schon. Und immer wenn ich Geburtstag hab, denk ich, schon wieder ein Jahr umsonst. Und jetzt am Samstag, da werd ich dreiundzwanzig. Und hab immer noch nicht ...«

Dödö schaute an Anttu vorbei nach draußen und hatte nun etwas Verhangenes in den Augen. Ihm fiel Anttus Stimme auf. Es war eine wirkliche Angst herauszuhören, auch eine Demütigung. Und dann blickte er ihm in die Augen, die feucht geworden waren, sie glichen den Augen eines Spaniels. Dödö selbst war erleichtert und auf ungewohnte Art voller Hoffnung. Munter sagte er: »Hör zu, das kriegen wir hin. Ich kenn jede Menge Weiber, denen graut es vor gar nichts, selbst wenn dir eine Ratte aus dem Maul guckt. Du wirst vorher nicht sterben, das garantiere ich dir ... Aber du hast da noch was gesagt, was mit dem zu tun hat, was ich meine.«

»Ehrlich wahr? Glaubst du, dass wirklich eine ... Vielleicht sieht sie nicht mal so schlecht aus ...«

»Ich glaube es nicht, ich weiß es. Außerdem hast du gesagt, du möchtest, dass ich viel Geld hätte.«

»Das möchte ich immer noch. Aber wo soll ich mit ihr hingehn? Die alte Käyhkö erlaubt bestimmt nicht, dass ich sie zu mir mitbringe. Außerdem würde sie hören, was wir machen.«

»Du führst sie ins Hauptquartier. Zu dem Sessel. Verstehst du, diese Lehikoinens, die müssen Geld haben.«

»Aber ihr Leben ist trotzdem die Hölle. Und du hast ja auch schon mal gesagt, in der Hölle hilft dir Geld kein bisschen ... Aber sagst du ihr dann, dass sie bei mir nicht so einen furchtbar hohen Preis nimmt? Die Alte schröpft mich schon so für den Alkoven.«

»Kapierst du eigentlich überhaupt nicht, was ich dir sagen will?«

»Na klar. Du beschaffst mir eine Frau. Aber sieh zu, dass sie nicht ganz schrecklich ...«

Dödö sog sich die Lunge voll, als wollte er schreien, so laut, dass der Wagen dröhnte, aber er begnügte sich damit, die Luft einen Moment anzuhalten und in einem langen Stoß entweichen zu lassen.

»Du brauchst keine Angst zu haben«, sagte er mit einem Lächeln in der Stimme. »Ich such dir einen echten Leckerbissen aus. Und ich garantiere dir, dass du noch am nächsten Morgen, wenn du zur Arbeit gehst, weiche Knie hast ... Aber sieh mal auf der Karte nach, wo die nächste Telefonzelle ist.«

»Du meinst, wir machen weiter? Obwohl bei dir alles ...«

»Das lässt sich regeln, das weiß ich schon ... Aber lange machen wir nicht mehr weiter. Versuch also zu akzeptieren, dass das jetzt so eine Art Abschiedsnummer wird. Ein paar Tage halten wir sie noch auf Trab. Vielleicht können sie dann wirklich dankbar sein, wenn alles vorbei ist ...«

»Die Nächste ist in der Merikatu. Und dann in der Hernesaarenkatu.«

»All right.«

Dödö griff zum Zündschlüssel, der Motor stotterte eine ganze Weile, bevor er ansprang. Dann setzte sich der Datsun in Bewegung, tuckerte auf die Fahrbahn und fuhr in einem weiten Bogen den Anstieg hinauf.

»Könnten wir nicht noch mal bei ihnen vorbeifahren?«, fragte Anttu. »Wenn wir das mit den Telefonzellen erledigt haben. Oder musst du noch eine Runde drehen?«

»Darauf scheiß ich jetzt ... Und außerdem hast du es verdient. Wir könnten zum Beispiel beobachten, wie das Licht angeht, wenn sie ans Telefon gehen.«

»Oh, Mann, thanks! Und dann steht vielleicht Sanna auf, und sie haben keine Vorhänge ...«

»Du bist mir einer. Wenn du wüsstest ... Wenn ich dran denke, was du für ein Schlappschwanz warst, als wir uns kennen gelernt haben. Weißt du noch? Ich hätte dich fast überfahren, weil ich so müde war und du kein Katzenauge und nichts hattest ...«

»Joo. Du hast vielleicht gebrüllt, ich hätt fast in die Hose gemacht.«

Dödö setzte plötzlich den Blinker und fuhr an den Straßenrand. Einen Moment lang saß er mit verzogenem Mund da, dann schaute er auf Anttu.

»Nein, verdammt. Du kriegst die Hälfte. Oder ... Oder vielleicht bist du mit ein bisschen weniger zufrieden, schließlich bist du allein?«

»Was meinst du? Die Hälfte? Mit einer Halben fang ich nichts an ... Jetzt mach nicht alles wieder rückgängig.«

»Nein, nein. Du bekommst eine ganze Frau. Und die Hälfte von etwas anderem ... Falls wir etwas anderes bekommen. Und ich habe stark das Gefühl. Dann kannst du dir einen kleinen Zusatzurlaub nehmen und morgens länger schlafen. Stell dir vor, wie es ist, unter der warmen Decke zu liegen und zu wissen, man muss nicht aufstehn ...«

»Und wenn dann noch eine Frau neben einem liegt.«

»Genau. Wenn eine Frau neben einem liegt. Aber ich kann dir sagen ... So was Besonderes ist das auch wieder nicht. Das meint man nur, wenn man es nicht kennt und diese ganze Scheiße gelesen hat. Oder ...«

Dödö wandte den Blick nach vorne und schwieg einen Augenblick.

»Das heißt, es ist doch was Besonderes. Wenigstens wenn man die Frau wirklich gern hat. Dann ist es besser als das ganze restliche Leben zusammen. Zumindest besser als mein Leben ...«

KAPITEL 11

Der Power-Jakke

Jari schreckte hoch. Es war dunkel, es war Nacht, er war im Bett und nicht auf der Arbeit, und er konnte den Traum nicht mehr herholen, obwohl er ihn fast noch im Sinn hatte. Etwas Schmerzliches war es gewesen, es hatte mit den Halonen zu tun, war aus ihnen nur Gelächter gekommen? Jetzt war er bereits vollständig wach und begriff nicht, was ihn geweckt hatte. Er tastete nach dem Nachttisch und stieß etwas an, das ein Geräusch machte und auf den Boden fiel. Erst danach erreichte er die Uhr. Es war kurz vor eins. Er hatte noch nicht mal eine Stunde geschlafen. Und nun war auch alles andere wieder präsent: der Kaffeeautomat, die Feuerwehr, die Hyperventilation, die Auseinandersetzungen mit Virve und mit Sanna – sie vermischten sich in seinen Gedanken, waren wie ein und derselbe Streit – und dann die Geschehnisse des Abends, die Vertreter der Parkettfirmen, die Haushaltshilfen, Laines Anruf. Er legte die Hand auf die Brust, er konnte gut atmen, spürte keinerlei Schmerz, vielleicht war es doch etwas Ungefährliches.

Jetzt – das Telefon war es. Sanna reagierte nicht. Sie schlief fest, roch nach Wein. Der Streit hatte mit ihrem Abgang geendet, mehrere Stunden war sie weg gewesen und dann ohne ein Wort zu sagen wiedergekommen, trotzig, jede Geste der Versöhnung hatte sie abgewehrt. Jari schlug die Decke zurück und musste einen Moment suchen, bis er die Taschenlampe fand. Seit Montagnacht lag sie neben seinem Bett. Das mochte lächerlich sein, ein Symptom für etwas, aber wie auch immer, er wollte sich so bewegen können, dass es keiner bemerkte, der draußen auf der Lauer lag. Und wieder klingelte das Telefon, in der Nacht klang der Ton unnatürlich laut und irgendwie lang gezogen. Er ging in die Diele, stieß die Tür zu und knipste die Lampe aus. Ihr Lichtkegel schwankte im Dunkel wie eine kolossale Metallstange, und das Telefon klingelte, und er ging auf das Wohnzimmer zu, streckte die Hand aus, als könnte er so das Schrillen vorzeitig unterbrechen.

»Lehikoinen.«

Am anderen Ende hörte man ein Klicken, als fiele eine Münze in den Apparat, dann war es still, bis auf eine Art Hall.

»Hallo? Hier Jari Lehikoinen ...«

Jetzt räusperte sich der Anrufer, offensichtlich zögerte er – es war ein Mann, vielleicht betrunken, seinem schweren Atem nach zu urteilen. Schließlich sagte er:

»Äh ... ich wollte nach Sanna fragen. Aber wie es aussieht, ist sie diesmal besetzt.«

Dann wurde aufgelegt. Auch Jari legte auf. Der Mann hatte Sannas Namen so selbstverständlich genannt, er musste einer ihrer Freunde gewesen sein, vielleicht einer aus ihrem Team, die waren ein bisschen seltsam. »Aber wie es aussieht, ist sie diesmal besetzt.« Das hörte sich an, als hätte es andere Male gegeben, bei denen Sanna nicht besetzt war. Was hatte er damit gemeint? Jari dachte kurz darüber nach, dann dachte er schon wieder an die Baustellenbaracke und den Betonmischer und die Zirkelsäge. Das alles hatte auf dem Grundstück gestanden, als er nach Hause kam. Er wäre deshalb beinahe vorbeigefahren – er hatte sein eigenes Haus einfach nicht erkannt. Und er war nicht einmal dazu gekommen, sie in Augenschein zu nehmen, herauszufinden, wo sie herkamen, denn kaum hatte er das Haus betreten, kamen auch schon die Vertreter der Parkettfirmen. Bis zum Zehnten hatte er mitgezählt, danach nicht mehr. Er hatte die Leitungen der Klingel herausgerissen, aber da waren sie um das Haus herumgegangen und klopften an die untere Tür und an die Scheiben des Wintergartens. Und dann waren nach und nach kaum der Pubertät entwachsene Mädchen aufs Grundstück getrippelt, die wie kleine Nutten ausgesehen hatten. Sie waren zum persönlichen Vorstellungsgespräch erschienen. Eine von den Ersten hatte die Zeitung dabei, er hatte die Annonce selbst gelesen, demnach suchten Sanna und er eine Haushaltshilfe, die »der Hausfrau zur Hand geht und den Hausherrn versteht«, und versprachen einen Monatslohn von fünftausend, kostenlose Wohnung, Farbfernseher inklusive.

»Großer Gott. Großer Gott. Großer Gott …«

Was ihre Bekannten wohl dachten? Und die Nachbarn? Sie konnten den Zettel einfach nicht übersehen, den er ans Gartentor gehängt hatte. Aber er hatte keine Wahl gehabt, das war das einzige Mittel gewesen, die Mädchen loszuwerden. »STELLE VERGEBEN«, stand auf dem Zettel.

Jari betastete sein Gesicht, als wolle er sich versichern, dass es noch da war. Dann sog er mit zitternden Lippen Luft ein, nahm die Taschenlampe und ging auf das Schlafzimmer zu. Er hielt inne, rührte sich nicht, atmete nicht. Aber jetzt hörte er nichts mehr. Oder doch: In der Küche brummte der Kühlschrank, der Thermostat knackste, wenn die Fußbodenheizung ansprang oder ausging, und aus dem Wintergarten war ein schabendes Geräusch zu hören, wenn sich im Wind die Sträucher am Glas rieben. Das waren bekannte Geräusche, sie gehörten zum Haus. Aber zu seiner Überraschung stellte er fest, dass er sie auch nicht mehr mochte, sie waren stärker als üblich, seltsam, als kündigten sie Unheil an.

Vorsichtig befeuchtete er die Lippen. Er rührte sich immer noch nicht. Tatsache war, dass er das ganze Haus nicht mochte. Auch jetzt kam es ihm wie eine boshafte hohle Hand vor, die ihn umgab, bereit, ihn zu zerquetschen. Es war das Haus von Sannas Eltern. Nach dem Tod des Vaters war die Mutter ins Altersheim gekommen, und sie hatten das Haus geerbt, aber sie hätten es vielleicht doch besser verkauft und sich in der Nähe ein Reihenhaus zugelegt. Das Haus besaß einen bestimmten Glanz, der Wert des Grundstücks stieg ständig, und die Blicke der Gäste waren sehenswert, wenn sie hinter der Glasfront das Meer schimmern sahen. Aber ein Reihenhaus wäre sicherer gewesen. Und es wäre angenehm, auf dem Parkplatz stehen zu bleiben und sich mit den anderen Männern über Autos oder Surfbretter zu unterhalten oder einfach einem anderen mitzuteilen: »Ich muss mich auf die Socken machen. In einer Stunde muss ich in Aulanko sein und das Abschlussmeeting des HTR-Projekts leiten …«

Jari lehnte sich mit dem Rücken gegen die Wand. Einen Augenblick später sank er wie von selbst nieder und setzte sich auf die Stufe. Laine hatte angerufen, weil er das Problem gelöst hatte. Das heißt, die Troubleshooter von IBM hatten das erledigt, indem sie die Sedezimale an der Stelle weiterlasen, wo sie aufgehört hatten. Sie hatten ein falsches H gefunden. Das hätte nicht passieren dürfen, ein solcher Fehler durfte einfach nicht sein, und darum hatte ihn auch der Retain nicht erkannt. Aber er war gefunden worden. Und wenn man sich das vorstellte, war das beängstigend. Vor allem, wenn man wusste, unter welchen Voraussetzungen die ganze Welt in immer größerem Maße funktionierte, wenn man um die Satelliten wusste und die schrecklichen Kräfte, die in Silos schlummerten, wenn einem klar war, wie sich alles immer schneller und schneller entwickelte. Und gerade hatte er gedacht, die Geräusche kündigten Unheil an. So etwas hatte er noch nie gedacht, erst recht nicht, dass ein lebloses Haus etwas empfinden könnte. Er hatte sich immer auf seinen Verstand verlassen, auf seine Fähigkeit, Dinge zu analysieren und Probleme einzugrenzen, von allen zur Verfügung stehenden Lösungsmodellen das Optimale zu wählen. Aber jetzt war er nicht einmal sicher, ob auf dem Grundstück tatsächlich eine Baubaracke und ein Betonmischer standen. Und er hatte auch kein Gelächter aus den Halonen gehört.

Jari rieb sich die Stirn, als hätte er Kopfschmerzen, und

stand auf. Er war nass geschwitzt, sogar seine Haare fühlten sich klebrig an, und sein Herz schlug schnell und heftig. Aber er wusste, was er zu tun hatte. Er musste sich anziehen und hinausgehen, nur um nachzuschauen, welcher Firmenname auf den Sachen stand. Er war noch nicht dazu gekommen, und es würde ihm nichts anderes übrig bleiben, als sich mit der Firma in Verbindung zu setzen und den Kram wieder abholen zu lassen. Er bückte sich nach der Lampe – da hörte er wieder das Geräusch. Und diesmal war es klar und stark. Es war, als würde jemand gehen, als wäre außer ihm und Sanna ein Dritter im Haus.

Jari bekam eine Gänsehaut, ein Schauer lief ihm über den Rücken. Die Lampe in seiner Hand wippte – er wusste nicht, woher die Geräusche kamen. Er drehte sich um. Das Licht strich durchs Wohnzimmer, erfasste niemanden, nichts, traf nur auf die Möbel, die Palmen und auf die Glasfront. Auch dahinter war diesmal keiner. Zumindest war niemand zu sehen, nicht mal ein Gesicht.

Er richtete das Licht auf das Telefon. Es sah irgendwie fremd aus, anders als das, mit dem er gerade telefoniert hatte. Es schien zurückzustarren, als wäre jedes Loch in der Wählscheibe ein Auge. Jaris Kehlkopf bewegte sich. Und was, wenn die Polizei bereit wäre, zu kommen, aber niemanden fände? Unter seinem Namen war am selben Tag schon die Feuerwehr umsonst alarmiert worden, das wussten sie bestimmt, konnten es irgendwo sehen. Jemand anders hatte sie alarmiert. Jari Lehikoinen, hatten sie nur gesagt. Sie wollten ihn zum Verrückten abstempeln. Und verfügte die Polizei nicht sogar über das Recht, einem der für verrückt gehalten wird, den Führerschein abzunehmen?

Sanna. Er musste sie aufwecken. Sie lag unter der Decke, mit angezogenen Beinen, voller Wärme. Sie hatte weiche Hände, die waren unter ihrer Wange, es war schön, sie anzufassen, es tat gut, wenn sie ihn damit berührte. Und sie hatte einen langen weißen Hals, an den man so schön das Gesicht schmiegen konnte, und wenn sie lachte, kam das Lachen aus einer solchen Tiefe, dass man gar nicht anders konnte, als auf ihre Brüste zu schauen. Sie hatten viele gute Stunden gehabt. Und es war noch nicht vorbei, es konnte nicht vorbei sein. Das war nur eine Krise, wie sie in allen Beziehungen vorkommt. Eine Störung war das. Bei allen Dingen tauchten Störungen auf. Doch eigentlich war es gar nicht sicher, ob die Störung eine Störung war oder nicht vielmehr ein Zustand, der anhalten sollte, und der anhaltende Zustand seinerseits die Störung.

»Liebes«, flüsterte er, klagte er fast und war nahe daran, in Tränen auszubrechen. Er hatte das starke Gefühl, dass sich alles zum Guten wenden würde, dass er sich wieder mit Sanna vertragen würde, dass sie sich wieder fänden und endlich begriffen, woher man Kraft schöpfte. Er fühlte es nicht bloß, er wusste es. Er selbst war zu allem bereit, er würde sich sogar vor Sanna auf die Knie werfen.

Jari drehte sich zum Schlafzimmer um, machte einen Schritt und einen zweiten, als er ein neues Geräusch vernahm, ein metallisches Klirren. Und gleich darauf einen dumpfen Schlag, man spürte, dass jemand in der Nähe war, dass etwas vor sich ging, dass keine Zeit mehr war, zu entkommen.

Das Gewehr an der Wand fiel ihm als Erstes ein. Dann sofort, dass die Patronen ganz woanders waren, wer weiß, wo, er hatte keine Zeit, sie zu suchen. Dann kam er auf den Power-Jakke. Das war eine Stange, ein Reck, das man zwischen die Türpfosten schraubte. Er drehte den Kopf, war mit einem Sprung unter der Stange und ergriff sie, er spürte, wie kalt und hart das Metall war, fing an zu schrauben, und dann lag die Stange schon schwer in seiner Hand. Er schwenkte die Lampe, und das Licht flitzte in einem wilden Bogen zur Eingangstür.

KAPITEL 12

Die Rechner

Harjunpää erschrak. Elisa war lautlos heruntergekommen und durch das Wohnzimmer gegangen und stand bereits vor dem Tisch. Es war zu spät, die Unterlagen und Sparbücher unter der Zeitung zu verstecken.

»Du glaubst, wir kommen mit der Tilgung nicht klar?«

»Ja … Ich glaube es nicht bloß.«

Er befürchtete, Elisa zu kränken. Einen Moment lang blickte er auf seine Hände und erst dann wieder auf Elisa. Aber er sah nur, dass es spät in der Nacht war und sie wach gelegen hatte, seit er in die Küche geschlichen war. An sich stritten sie nie über Geld, sie hatten von Anfang an nur eine gemeinsame Kasse gehabt, und Elisa nahm davon für die ganze Familie; dabei hatte sie leicht das Gefühl, es sei ihr Fehler, wenn das Geld knapp wurde.

»Sind es nicht elfeinhalbtausend?«

»Elftausendfünfhundertsechzig Finnmark.«

»Und ich bekomme nur acht zusammen. Egal, wie ich rechne …«

Nur mit Mühe konnte er verbergen, wie sehr ihn das beunruhigte, eigentlich gelang es ihm überhaupt nicht, denn Elisa sagte sehr ruhig: »Aber du hast eins vergessen. Die Zahlung steht nicht morgen an und auch nicht übermorgen, sondern erst Ende nächsten Monats.«

Mit müden Händen nahm sie sich einen Stuhl und setzte sich neben Harjunpää. Ihre Schenkel waren warm, wie sie es immer sind, wenn man gerade noch unter der Decke gelegen hat. Sie nahm auch den Stift und die Unterlagen, sah sie sich einen Moment lang an und sagte: »Das hier stimmt, die Ersparnisse ergeben das. Im September holen wir die üblichen fünfhundert vom Konto, und mit dem Kindergeld vom August macht das zusammen tausendsiebenhundert … Davon brauche ich einen Hunderter für Pipsas Kinderwagen. Und aus dem Krug bekommen wir genau tausend.«

»Aus dem Krug?«

»Der im Regal steht. Seit Februar werfe ich dort alle Fünfmarkstücke hinein.«

Harjunpää erinnerte sich und senkte den Blick. Elisas Zahlen waren gerade und deutlich, kein solches Gekrakel wie seine. Sie wollte in dem Krug für eine neue Waschmaschine sparen.

»Und dann bekommst du noch zwei und, siehe da, die Summe steht. Und falls etwas Unerwartetes passiert, kriegen wir zumindest einen kurzfristigen Kredit. Es herrscht keine Not bei uns, Timo.«

Sie sahen einander an, und jetzt war es leicht, zu lächeln, auch für Harjunpää. Seine Hand suchte Elisas Hand, bildete ein Nest für ihre Finger.

»Pauliina bräuchte neue Jeans. Gekaufte …«

»Dafür gab es schon im Frühjahr Anzeichen«, sagte Elisa leise. »Aber was, wenn ihr gar nichts mehr recht ist, was ich selber mache? Dann wird es bald auch Valpuri nicht mehr recht sein.«

»Das ist möglich. Irgendwann steht uns das bevor … Sie wird gehänselt wegen ihrer Jeans.«

»Ich weiß. Aber noch mehr bedrückt sie, dass sie nicht mitmachen darf, wenn sie Reitstall spielen. Sie weiß eben nicht, was eine Longe ist und wie man striegelt … Sie würde schreckliche gerne mal richtig reiten gehen. In so einen Minikurs. Sie hat sich nur noch nicht getraut, mit dir darüber zu sprechen.«

»Aha.«

»Fast alle Mädchen aus ihrer Klasse gehen dort hin. Und wenn sie nicht geht, wird sie auch in der Clique nicht mehr akzeptiert. Ein bisschen so wie bei den Jeans ... Ich weiß selbst noch genau, was das für ein Gefühl war, als mir meine Mutter immer ›vernünftige‹ Kleider kaufte, über die alle anderen gelacht haben.«

Harjunpää fuhr mit dem Fingernagel die Holzfasern des Tisches entlang, er wagte nicht zu fragen, was der Reitkurs kostete. Er dachte an ihren Wartburg, der ungefähr in demselben Zustand war wie die Waschmaschine, und an ihr Konto dachte er und an Pauliina. Schließlich sagte er, als hätte er eine Notlösung gefunden:

»Würde ihr das helfen, wenn sie ein eigenes Zimmer bekäme?«

»Wie das denn?«

»Wir verlegen unser Schlafzimmer ins Wohnzimmer und tauschen das Bett gegen eine Bettcouch aus.«

Er schaute Elisa an und sah, wie unmöglich sein Gedanke war. Und er sah ihre Absicht, wieder ihren Vorschlag zu machen: »Vielleicht könnte ich doch als Tagesmutter ...« Er schüttelte den Kopf, noch bevor sie etwas sagen konnte. Schon oft hatten sie sich die Sache überlegt und waren jedes Mal zu dem Schluss gekommen, dass es so wie jetzt besser war, auch wenn sie jeden Pfennig zweimal umdrehen mussten. Pipsa war noch sehr klein. Und wenn Harjunpää freihatte und sie Zeit füreinander, wäre Elisa durch ihre Arbeit gebunden. Und die Nachtdienste wären nicht mehr zu bewältigen, wenn er danach noch weniger schlafen könnte als bisher.

»Denken wir jetzt nicht mehr darüber nach. Auch über sonst nichts. In der Nacht erscheint alles so viel komplizierter ...«

»Eigentlich bin ich ja nicht neidisch auf andere Leute«, flüsterte Harjunpää, als sie im Dunkeln die Treppe hinaufstiegen. »Aber sowohl Onerva als auch ich ... Wir spürten beide so einen kleinen Stich, als wir zum ersten Mal das Haus von diesen Lehikoinens sahen.«

»Das am Ufer?«

»Genau. Da wäre genug Platz, um jedem Mädchen ein eigenes Zimmer zu geben. Und im Garten könnte man eine ganze Pferdefarm unterbringen.«

Auf dem Treppenabsatz lauschten sie einen Moment. Im Zimmer der Mädchen war alles in Ordnung. Pipsa hatte den Schnuller im Mund, man hörte den kleinen Mund nuckeln. Sie gingen ins Schlafzimmer und schlüpften unter die Decke, und Elisa fuhr mit der Hand suchend über Harjunpääs nackte Brust.

»Aber deren Leben ist ja wohl auch nicht glücklich …«, murmelte Harjunpää.

»Wessen?«

»Na, von den Lehikoinens. Die ganze Geschichte … Und heute, als ich den Kerl zur Vernehmung laden wollte, haben sie mir an seinem Arbeitsplatz gesagt, er hätte einen Anfall gehabt. Und dabei sah er wie ein leidenschaftlicher Sportler aus …«

»Jetzt mach dir bitte darüber keine Sorgen!«

»Nein, nein. Wir dachten nur, womöglich dreht er durch. So was kann völlig unvorhergesehen kommen. Und wer weiß, was er dann tut …«

Elisa legte ihm die Hand auf den Mund und sagte schnell: »Du hast das gesagt, als wäre unser Leben ein Maßstab für das Elend. Aber was fehlt uns denn … Wenn wir nur mehr von dir hätten. In letzter Zeit bist du sogar woanders, wenn du daheim bist. Valpuri muss dich immer dreimal fragen, bevor du sie hörst … Ich will nicht, dass dich irgendwelche Lehikoinens auffressen. Timo …«

Harjunpää blieb einen Moment reglos. Dann begriff er, wie ängstlich Elisas Worte waren, wie hungrig ihre Hände, und er drehte sich um und roch ihre Haare, und der Hunger war auch in ihm. Es war fast ein Schmerz.

KAPITEL 13

Die ausgetriebene Verrücktheit

Der Aufzug rauschte nach oben, er war voller Menschen, alles Leute aus dem Haus, aber niemand sprach, denn in Aufzügen spricht man einem ungeschriebenen Gesetz zufolge nicht. Harjunpää stand in der Ecke, und ein fremder Absatz stand ihm auf dem Fuß, aber auch er sagte nichts, dachte nur schläfrig, dass Stille besser war, als wenn eine größere Gruppe von Menschen zusammen in Gelächter ausbrach. Im Zug hatte er geschlafen und womöglich auch mit offenem Mund geschnarcht, bis ihn irgendwo nach Kauniainen der Schaffner angestoßen und zum wer weiß wie vielten Mal sagte: »Die Fahrkarten bitte! Wären Sie so freundlich und würden mir zeigen, was sie in Höyhensaari für welche verkaufen?«

Harjunpää seufzte, und der Mann vor ihm wandte sich um und nahm den Fuß weg.

»Entschuldigung. Entschuldigen Sie bitte ...«

Es war Tanttu, der Chef der Kripo, von hinten hatte ihn Harjunpää nicht erkannt. Er räusperte sich, um ein Das-macht-Nichts zu murmeln, aber ein anderer kam ihm zuvor: »Einen einfachen Polizisten hätte er höchstens bis zum ersten Stock auf seinem Fuß stehen lassen.«

Das Gelächter war dasselbe wie im Zug, es kam einem nur stärker vor, weil der Aufzug enger war.

Im Dritten schob er sich hinaus und ging nach links den Flur entlang, wobei er auf seine Füße starrte.

»Timo!«

Er blieb stehen und drehte sich um. Norri stand vor seinem Büro, während er sich mit jemandem unterhielt, man sah deutlich, dass er auf Harjunpää gewartet hatte. Sie gingen gemeinsam los und aufeinander zu. Harjunpää dachte noch, dass Norri ihn normalerweise Timoteeus nannte und Timo nur dann, wenn etwas schlimm im Argen lag. Außerdem hätte sich Norri um diese Zeit am Morgen mit den nächtlichen Anzeigen befassen müssen, da er der Chef war.

»In Marjaniemi ist eine Leiche gefunden worden. Direkt an der Grenze zum Grundstück dieser Lehikoinens.«

»Hat er … Hat er sich umgebracht?«

»Nach den bisherigen Erkenntnissen sieht es nach einem Gewaltdelikt aus …« Norris Mundwinkel zuckten nervös, und das war nicht oft der Fall. Erst jetzt fiel Harjunpää auf, wie merkwürdig still es im ganzen Gewaltdezernat war, alle schienen auf Zehenspitzen zu gehen, zu warten und zu lauschen, so etwas gab es nur, wenn gerade die Nachricht von einem schlimmen Fall eingetroffen war und noch keine Klarheit herrschte, ob zusätzliche Leute nötig waren.

»Ist es … Es ist aber Jari Lehikoinen?«

»Das wissen wir noch nicht. Die Meldung lief über so viele Umwege, zuerst zur Feuerwehr, dann zur Zentrale, von der Zentrale zu Lähteenmäki, der Dienst hatte, und der rief dann hier an … Die Nachbarin hat es gemeldet. Eine gewisse Hedengren. Aber die hätte Lehikoinen wohl erkannt …«

»Falls sie sich getraut hat, hinzuschauen … Bekommen wir den Fall?«

»Nein. Kandolin ist dran. Die Nachtschicht war schon dort, der Anruf kam kurz vor sieben … Kann sein, dass es nichts mit diesem Terror zu tun hat, aber ich fände es gut, wenn ihr auch hinfahren könntet. Falls es nichts bringt, klinkt ihr euch wieder aus.«

»Wo ist Onerva?«

»Hat ein Auto bekommen und wartet in der Garage.«

»Okay.«

Sie blickten sich noch einmal an. Und Harjunpää sah, dass Norri unruhiger war, als er zugeben wollte, er wusste, woher das kam. Norri übernahm stets die volle Verantwortung für das, was seine Mitarbeiter taten und bleiben ließen, selbst dann, wenn er an der Ermittlung des jeweiligen Falles überhaupt nicht beteiligt war. Harjunpää war plötzlich selbst nervös, die Erinnerung blitzte auf, wie er zu Sanna gesagt hatte, »das wird sich schon aufklären, das garantiere ich«, und außerdem fühlte er sich auf unerklärliche Weise in Norris Schuld.

»Wir fahrn dann …«

Harjunpää rannte die Treppe hinunter, das ganze Treppenhaus dröhnte. Er hatte seine Waffe geholt und versuchte im Laufen, das Holster am Gürtel zu befestigen, aber jedes Mal, wenn er glaubte, es sei ihm gelungen, kam ein Treppenabsatz, und er musste eine Hand lösen, das Geländer ergreifen und sich um die Kurve schleudern – so waren Waffe und Holster immer noch in seiner rechten Hand.

»Verdammtes Mistding!«

Er schob die Waffe mitsamt dem Holster in den Hosenbund. In seinem Kopf klangen Norris Worte nach: »Kann sein, dass es nichts mit diesem Terror zu tun hat.« Aber Norri hatte Unrecht, das wusste er, ganz sicher, und es quälte ihn, dass alles irgendwie auch seine Schuld war, er hatte sich nicht genug und auf die falsche Art bemüht. Plötzlich stand eine von den jungen Putzfrauen vor ihm, mit Eimer und Mopp und einer Flasche Putzmittel, und da hörte er auch schon den Eimer die Treppen hinunterkollern und das Wasser spritzen. Das Mädchen rief:

»Um Himmels willen!«

»Verdammt … Entschuldigung. Verdammter Mist …«

Harjunpää blieb stehen, wollte schon sein Taschentuch zur Hand nehmen, merkte dann aber, wie sinnlos und lächerlich das war.

»Wir trinken irgendwann einen Kaffee zusammen, vielleicht morgen …«

Er lief weiter. Im Parterre stieß er die Tür auf, und die abgasgeschwängerte Luft der Garage schlug ihm entgegen. Onerva hatte einen von den neuesten Ladas bekommen und wartete auf der Ausfahrtsrampe. Das Tor war bereits offen und der Morgen blendend hell, es schmerzte in den Augen, wenn man in die Sonne blickte.

Harjunpää schwang sich in den Wagen, die Reifen quietschten, das Auto fuhr bereits, schaukelte über den Gehsteig, kippte jäh zur Seite und schoss auf die Ausfahrt zu.

»Hallo. Hast du was gehört?«, keuchte er. »Weiß man, wer es ist?«

»Die Garage hat so einen schlechten Empfang. Frag in der Zentrale.«

Jetzt befand sich der Lada bereits hinter dem Polizeigebäude auf der Radiokatu, das Lenkrad rotierte in Onervas Händen, Harjunpää hielt sich am Handschuhfach fest, schon rasten sie um die nächste Ecke, und der Schmutzfänger schleifte geräuschvoll über den Boden.

»Jetzt übertreib's nicht …«

»Wenn ich Rat brauche, sag ich's.«

Harjunpää blickte auf Onerva. Ihr Kinn war angespannt nach oben gereckt, die Augen nur Schlitze. Und trotz allem fiel ihm auf, dass sie einen neuen Lippenstift hatte, dunkler als früher, aber es war nur noch etwas auf der Unterlippe davon zu sehen, denn Onerva fuhr sich fortwährend mit der Zungenspitze auf der Oberlippe hin und her. Jetzt öffnete sich vor ihnen schnurgerade die Pasilankatu, und Harjunpää schnappte sich das Mikrofon. Am Aufkleber auf dem Armaturenbrett las er die Wagennummer ab.

»Die Acht-Vier-Fünf schaltet sich zu. Hier Nykänen und Harjunpää von der Gewalt, wir sind unterwegs nach Marjaniemi, zur Unterstützung der Drei. Gibt es irgendwelche Meldungen? Am meisten interessiert uns die Identität der Vierzehn.«

»Zentrale bestätigt und teilt mit, dass Kandolin und Co. offenbar immer noch zu Fuß unterwegs sind und nicht hören. Auf Norris Bitte haben wir gerade versucht, Kontakt aufzunehmen.«

»Verstanden.«

An der Kreuzung Veturintie musste Onerva anhalten, sie blickte sich nach hinten um, wartete auf die passende Lücke und sagte rasch: »Während ich auf dich gewartet habe, habe ich die ganze Zeit nachgedacht. Meine schlimmste Befürchtung ist, dass Jari jemanden umgebracht hat.«

»Ja … Aber ich weiß nicht. Vielleicht hat er auch Selbstmord begangen.«

»Nein. Er ist nicht der Typ dazu. Er ist ein Siegertyp. Aber wie auch immer, wir werden unsere Hände nicht in Unschuld waschen können.«

»In Unschuld waschen? Was gibt's da zu waschen? Was hätten wir denn noch tun sollen?«

»Ich … Ich weiß es nicht. Ist nur so ein Gefühl.«

»Genau. Das ist es. Wir konnten so verdammt wenig tun, ich kann mich an keinen einzigen vergleichbaren Fall erinnern. Kommen wir hier eigentlich irgendwann einmal raus?«

Im Morgenverkehr waren die Straßen hoffnungslos verstopft. Die Kreuzung vor ihnen schien dauerhaft blockiert zu sein. Harjunpää kurbelte das Fenster auf und griff nach dem Blaulicht neben seinen Füßen. Es war ein neues Modell, flacher und breiter als die alten und blassblau, fast wasserfarben, aber jemand hatte behauptet, man könne es auch bei Tageslicht gut erkennen. Daran erinnerte sich Harjunpää, als er mit einem Ruck anzog. Es klackte, als die starken Magnete das Bodenblech losließen. Er versetzte dem Schalter oberhalb des Funkgeräts einen Schlag, und das Blinklicht funktionierte, es flammte auf, scharf wie die Flamme eines Schweißbrenners. Er streckte die Hand hinaus, das Blinklicht entglitt seinen Fingern und saugte sich am Dach fest. Innen gab es einen dumpfen Schlag, als hätte jemand mit der Faust aufs Blech gehauen.

»Außerdem kann es auch ein Zufall sein. Vielleicht ist der Tote einer, der mit der ganzen Sache nichts zu tun hat …«

Er drehte den Schalter in die Extremposition, unter der Motorhaube zischte kurz der Kompressor auf, gleich darauf heulte die Sirene, und es war, als würde das Blech aufreißen oder der Himmel erbeben, dann kam das Tii-Taa, und die Autos vor ihnen versuchten Platz zu machen. Onerva konnte den Lada in Bewegung setzen und rief: »Das glaubst du doch selbst nicht!«

»Nein. Verdammt.«

»Die Acht-Vier-Fünf ist vor Ort!«

»Zentrale hat verstanden, Hilfskräfte von der Gewalt in Marjaniemi.«

Onerva brachte den Wagen hinter dem Transporter der Technik zum Stehen. Davor stand bereits ein Lada und ein Stück weiter, fast vor dem Nachbarhaus, der Saab von der Streife. Sie stiegen aus, sahen niemanden, bemerkten keinerlei Bewegung.

»Oh, Mann …«

Harjunpää blickte wiederholt auf die Baubaracke, die auf dem Grundstück der Lehikoinens aufgetaucht war. Sie sah gewaltig aus, verdeckte das Haus beinahe komplett, daneben stand ein Betonmischer und ein anderes Gerät. Die beiden Autos der Lehikoinens standen im Carport. Der Eingang zum Garten war mit einem grellgelben Plastikband abgesperrt. Die Buchstaben darauf waren rot. »POLIZEI – DURCHGANG VERBOTEN«, verkündeten sie. Das Band war an einem der Pfosten des Carports festgebunden, dann zur nächsten Birke gezogen, um sie herum geschlungen, von dort zur nächsten und wieder zur nächsten gezogen worden. Es schlängelte sich den Hang hinab und verschwand irgendwo am Ufer. Harjunpää ergriff es, um darunter hindurchzuschlüpfen, da fiel ihm ein, wie genau es Kandolin nahm, als Kommissar und auch sonst. Er ließ los und stellte sich auf die Zehenspitzen, meinte unten am Rand des Schilfs Thurman erkennen zu können und eventuell auch Jehkonen und einen, der in der Hocke war. Jetzt konnte er auch ein paar undeutliche Worte ausmachen.

»Gehen wir …«

Sie betraten das Grundstück, blieben aber außerhalb des abgesperrten Bereichs, folgten dem Band, und nun hörte man besser, was Thurman und die anderen sagten, man hörte auch den Verkehr auf der Brücke von Vuosaari und in der ganzen Stadt rauschen und eine Ente, die mit sirrenden Flügeln über das Schilf flog.

Das Band endete am Heckenzaun des Nachbarn. Thurman, Jehkonen und Kauranen – er war der Dritte – waren knapp zwanzig Metern entfernt, dort, wo der Garten aufhörte und das Schilf anfing. Kauranen stand nun mit den Händen in den Hüften und nachdenklich geneigtem Kopf da und starrte ins Schilf. Harjunpää meinte die Beine einer auf der Erde liegenden Person erkennen zu können, eigentlich nur die Füße, die Schuhsohlen wiesen direkt zu ihm, die Spitzen ragten dem Himmel entgegen. Thurman suchte etwas. Weiter weg standen nummerierte Dreiecke an den Stellen, wo etwas gefunden worden war.

»Hallo!«, rief Harjunpää aus, woraufhin die Männer sich umdrehten. »Ist die Identität schon geklärt?«

»Nein … Vorerst haben wir keine Papiere bei ihm gefunden. Aber er ist jedenfalls keiner von hier. Sieht nach einem Streuner aus. Habt ihr den Doktor mitgebracht?«

»Nein«, sagte Harjunpää. Er war noch immer nicht erleichtert. »Norri hat gemeint, wir sollen kommen, weil wir …«

»Er hat's grob erzählt. Kommt her. Aber geht direkt diese Linie entlang, damit ihr nichts kaputtmacht.«

»Okay.«

Sie schlüpften auf die andere Seite des Bandes und folgten fast schleichend Kauranens ausgestrecktem Zeigefinger, bis sie neben ihm standen. Harjunpää spähte über Kauranens Schulter hinweg – die Böschung fiel wesentlich sanfter ab als an der Stelle, an der er am Montagabend hinuntergesprungen war. Der Tote lag auf dem Rücken. Harjunpää leckte sich über die Lippen, schluckte. Er kannte die ausgefransten Jeans, den dunklen Anorak und das darunter hervorschimmernde schmutzige Hemd.

»Jesus ...«

Einen Moment schloss er die Augen. Und es kam ihm vor, als wäre es wieder Nacht, als wäre er gerade aus dem Schilf herausgekommen, hätte die Waffe erhoben und geschossen. Er schluckte erneut und öffnete die Augen. Der Schlag hatte die Kopfmitte getroffen und offenbar die ganze Schädeldecke zertrümmert, die Haare waren eine einzige klebrige Masse, auch das Gesicht war von geronnenem Blut überzogen, und die Fliegen schwirrten aufgeregt herum und flogen zwischendurch ins Schilf, um sich die Beine zu reiben.

»Er heißt Kilpua«, sagte Harjunpää mit klammem Kiefer und wandte sich ab.

»Risto Kullervo Kilpua. Die Glasvisage.«

»Nein, Timo ...«

»Doch.«

»Woher kennt ihr den?«

»Warum haben wir nicht ... Warum haben sie ihn nicht in die Klinik aufnehmen können?«

»Also, wer ist das?«, fragte auch Thurman, wobei er näher kam.

»Ein Spanner, ein Verrückter.«

»Dem ist die Verrücktheit jedenfalls ausgetrieben worden.«

»Und genau hier haben wir ihn geschnappt. Am Montag. Ich bin ihm nachgerannt, ich hab geglaubt ...«

»Und gestern haben wir ihn freigelassen. Er hat nicht zu unserem Fall gepasst. Ich kenne ihn schon seit Jahren ...«

Die Männer hörten zu, was Onerva erzählte, und Kauranen blickte immer intensiver auf das Haus der Lehikoinens. Eine Weile war seine Miene ungläubig, doch dann wurde sein Blick härter, er kniff den Mund zu einem Strich zusammen, und

Harjunpää wusste, zu welchem Schluss Kauranen gekommen war, er selbst dachte ungefähr dasselbe.

»Nun ja«, gab Kauranen von sich. »Ein besonders verzwickter Fall scheint das hier nicht zu werden. Das müsst ihr gleich Kandolin erzählen, er ist gerade mit Nordström drinnen und redet mit ihnen … Und hier ist die Lage in aller Kürze die, dass die Nachbarin heute Morgen wie üblich ihren Hund rausgelassen hat, so einen kläffenden Köter, der aussieht wie ein Wischmopp … und der hat dann lange hier rumgeschnüffelt und ist schließlich wie wild zurückgerannt. Dann hat sie selbst nachgesehen … Auf ihrem Grundstück finden sich nur ihre Spuren und die der Sanitäter. Aber hier …« Er verstummte und schaute Thurman an und Thurman nickte zuerst in Richtung Leiche und dann zu den Dreiecken.

»Es ist nicht hier passiert, er ist hierher geschleift worden«, sagte er. »Wenn ihr euch seine Kleider anschaut – die Hosenenden unter den Fersen, das Hemd aus der Hose gerutscht, die Jacke im Nacken zerknüllt … Und da drüben sind eindeutig Schleifspuren und Blutflecken. Und im Schlamm oberhalb seines Kopfes sind deutliche Abdrücke, wo derjenige stand, der ihn geschleppt hat. Er muss irgendwo an der Hausecke getötet worden sein.«

»Oder im Haus«, sagte Kauranen, und Jehkonen fügte hinzu: »Und der Krankenwagen? Hat er zwischendurch einen Reueanfall gekriegt? Oder geglaubt, er lebt und erst dann gemerkt …«

»Suchen wir die Feuerwehrleute und fragen die.«

»Von welchem Krankenwagen redet ihr?«

»Na, das einzig Besondere, das die alte Hedgren in der Nacht bemerkt hat, war, dass zwischen eins und halb zwei ein Krankenwagen vor dem Haus der Lehikoinens hielt. Er hatte nicht die Sirene an, aber das Blaulicht blinkte. Er stand nur ein oder zwei Minuten dort, als hätten sie nur kurz reingeschaut und wären dann ganz normal weitergefahren.«

»Das könnte auch eine von den Terrorgeschichten gewesen

sein«, sagte Harjunpää. »Ich habe nämlich gestern auf seiner Arbeitsstelle angerufen, und da haben sie mir nach kurzem Hin und Her erzählt, dass jemand in seinem Namen die Feuerwehr alarmiert hätte. Daher der Anfall.«

»Na dann.«

»Überprüft das aber trotzdem. Die haben ja alles auf Band.«

»Wenn du kurz hier bleiben könntest, Thurman, dann kläre ich schnell Kandolin auf ... Und du, Pete, geh zum Wagen und sag den Jungs, sie sollen warten bis nach der Vernehmung. Das Gleiche gilt für den Gerichtsmediziner. Kandolin will dabei sein, wenn die Leiche genauer untersucht wird.«

Sie stiegen den Hang hinauf, die Sonne wärmte bereits, in der Luft lag der Geruch von taufeuchter Erde. Im Tageslicht war der Garten sauber und gepflegt und hatte nichts Mysteriöses oder Beängstigendes, ebenso wenig wie das Haus. Irgendwo tschackerte eine beunruhigte Drossel, und plötzlich stob ein ganzer Schwarm aus den Beerensträuchern.

»Timo«, flüsterte Onerva und drückte ihre Nägel in Harjunpääs Handgelenk. Sie hielt ihn fest, als riefe sie um Hilfe. »Wir wussten, dass er zurückkommt. Wir wussten, er kommt immer zurück, egal, ob er erwischt wird ...«

»Onerva, hör auf ... Wir haben ihn beschworen, sich fern zu halten. Mehrmals. Und er hat versprochen ...«

»Was wiegen die Versprechungen eines Verrückten? Wir hätten den Arzt unter Druck setzen müssen. Wir haben nicht einmal Jari und Sanna gewarnt.«

»Das wäre ihnen gerade recht gewesen. Dann hätten sie noch hysterischer auf jede Kleinigkeit gelauert. Außerdem hilft da auch keine Warnung, wenn ein Mensch bereit ist, so was zu machen.«

Nordström hatte sich auf der Veranda gebückt und stocherte vorsichtig zwischen den Brettern nach etwas, hörte damit aber auf, als er sie bemerkte.

»Morgen.«

Normalerweise war er in der Lage, sein Gesicht neutral zu halten, sodass man daraus keine Schlüsse ziehen konnte, aber jetzt merkte man deutlich, dass er eine Spur erregt war – und hinter der Erregung zufrieden.

»Die Identität hat sich herausgestellt«, teilte Kauranen mit. »Es ist ein Wichser. Die Nykänen kennt ihn gut. Redet Kandolin noch mit ihnen?«

»Ja. Ich hol ihn. Aber schaut mal …«

Nordström deutete mit dem Finger auf die Stelle, die er gerade untersucht hatte, und die anderen traten näher und bückten sich. An den Rändern der Bretter war Lehm. Nicht viel, aber doch genug, um ihn zu bemerken und eine Probe entnehmen zu können. Es war derselbe Schlamm, den Harjunpää vergeblich versucht hatte, von den Schuhen wegzubekommen.

»Jetzt müssen wir nur noch das Tatwerkzeug finden«, grinste Nordström. »Und das finden wir. Komisch, dass er das nicht kapiert, obwohl er zu den besseren Leuten gehört, höhere Schulbildung sogar, irgendeinen Titel hat er … Jehkonen soll zum Spaß mal gucken, was sich in der Mülltonne findet. Und wir holen Kandolin …«

Harjunpää mochte Kandolin nicht und hatte das Gefühl, dass der ihn auch nicht mochte. Ein, zwei Jahre zurückliegender Groll stand zwischen ihnen, aber sie kamen dennoch miteinander aus, waren vielleicht eine Spur zu höflich zueinander. Harjunpää musste zugeben, dass Kandolin ein erfolgreicher Ermittlungsleiter war, zäh und systematisch, und auch jetzt stand er auf der Veranda und hörte Kauranen und Onerva zu. Harjunpää sah förmlich, wie er nachdachte, wie er eine Sache nach der anderen abhandelte, sie irgendwo ablegte, um sie sacken zu lassen, oder sie mit etwas anderem in Verbindung brachte, und als er schließlich alles durchgegangen war und seine Schlussfolgerung gezogen hatte, schob er die Hände in die Taschen und räusperte sich leicht.

»Das Bild dürfte sich insbesondere vom Motiv her komplettieren«, sagt er.

»Obwohl im Prinzip bestimmte Schlussfolgerungen bereits dort drinnen zu ziehen waren. Der Mann war zunächst durch und durch nervös, wurde dann jedoch gewissermaßen unterwürfig. Und er brachte alles durcheinander, behauptete zuerst, durch das Klopfen der Sanitäter aufgewacht zu sein, erinnerte sich dann aber, dass er ans Telefon gegangen war und irgendwelche Geräusche gehört hatte. Seine Frau ist offenbar tatsächlich erst dann aufgewacht. Aber auch sie ist nicht im Stande, zu verheimlichen, was in ihr vorgeht, sie schaut ihren Mann nicht an, wenn er spricht, wenn er es aber nicht bemerkt, fixiert sie ihn mit großen Augen ... An sich erstaunlich, bei ehrenhaften Leuten in dieser Position.«

»He, schaut mal kurz ...«

Jehkonen kam breit grinsend zu ihnen. Er hielt eine Plastiktüte an den Henkeln hoch, sodass man hineinsehen konnte.

»Verdammt kindisch, der Mann. In seinem eigenen Müll! Ganz oben drauf ...«

Sie traten näher und hätten sich fast die Köpfe angestoßen, als sie in die Tüte guckten. Obenauf lag ein dunkles Stoffbündel – eine Jogginghose oder ein Sweatshirt – und das Blut war zu erkennen, obwohl es beim Trocknen dunkler geworden war. Darunter schauten die Fersenstücke von Turnschuhen heraus. Der Lehm war noch feucht, denn die Tüte war verschlossen gewesen, die Feuchtigkeit hatte nicht verdunsten können.

»Oh, heilige Einfalt«, lachte Kandolin. »Bring das in den Wagen, damit sie es nicht merken. Es dürfte am klügsten sein, wenn Kauranen und ich sie mitnehmen und wir mit den Verhören anfangen, solang das Eisen noch heiß ist. Nordström soll sich um den Gerichtsmediziner kümmern und Thurman um den Toten. Und Harjunpää und Nykänen ... Wenn es euch recht ist und wenn es von Norris Seite keine Einwände gibt ... Könntet ihr uns ein bisschen helfen und aufpassen, dass hier die ersten Befragungen gemacht werden? Und vielleicht vernehmt ihr anschließend die Nachbarin, von der die Meldung kam. Im Präsidium möchte ich mit euch noch mal auf ein paar Einzelheiten zurückkommen. Alles klar? Okay dann …«

Er schnalzte mit der Zunge, wandte sich um und marschierte ins Haus, und Harjunpää folgte ihm, obwohl er wusste, dass er aus Kandolins Sicht drinnen nichts mehr verloren hatte.

Die Küche war geräumig und hell, ihre Farben licht. Nordström, der die Lehikoinens im Auge behielt, wirkte darin wie ein schwarzer Steinblock. Jari und Sanna saßen am Tisch. Sie waren angezogen und zurechtgemacht, als wären sie beim Eintreffen der Polizei im Begriff gewesen, zur Arbeit zu gehen. Sie redeten nicht und schauten sich auch nicht an. Sanna drückte mit beiden Händen einen großen Porzellanbecher, Jari stützte den Ellenbogen auf den Tisch und blickte mit ausdruckslosem Gesicht nach draußen.

»Herr Lehikoinen«, sagte Kandolin. »Es sieht leider stark danach aus, dass Sie allen Grund haben, mit uns zu kommen. Sie wissen wahrscheinlich, warum?«

Jari wandte müde den Kopf. Er bemerkte Harjunpää, der an der Tür zurückgeblieben war, und schaute ihn lange an, schließlich bewegte er die Lippen, als wollte er etwas sagen, blieb aber dann doch stumm.

»Sie sind verhaftet«, präzisierte Kandolin. »Ich habe Grund zu der Annahme, dass Sie sich eines Tötungsdeliktes schuldig gemacht haben.«

Jari stand langsam auf und sagte immer noch nichts. Sanna gab einen erstickten Laut von sich, ließ sich vornüber auf den Tisch fallen, sodass der Becher zu Boden kullerte und der Löffel über die Fliesen schepperte bis zur Wand.

»Frau Lehikoinen, beruhigen Sie sich. Ich wäre Ihnen dankbar, wenn Sie ebenfalls mitkämen. Ihre Rolle ist vorerst unklar, wird sich aber vermutlich rasch klären lassen … Und falls wir zu dem Schluss kommen, dass Sie Zeugin sind, haben Sie selbstverständlich das Recht, die Aussage zu verweigern, da es sich hier um Ihren Ehemann handelt. Herr Lehikoinen, möchten Sie etwas mitnehmen?«

»Sanna …«

Jari streckte die Hand aus, trat schnell auf seine Frau zu, erreichte sie aber nicht, denn Nordström stand schon im Weg.

»Es wäre wünschenswert, wenn Sie in dieser Phase nicht mehr miteinander reden würden.«

Jari führte die Hände zur Stirn. Dann ließ er sie über die Augen gleiten, verdeckte sein Gesicht ganz und ging mit tastenden Schritten in die Eingangshalle.

»Und, Frau Lehikoinen, bitte …«

Sanna blickte auf, ihr Gesicht war tränennass. Sie erhob sich, ging um den Tisch herum und näherte sich Harjunpää. Der wartete darauf, dass sie etwas zu ihm sagte, ihn wenigstens anschaute, aber Sanna wandte den Kopf ab, als sie an ihm vorbeiging, und das war schlimmer als ein Vorwurf.

KAPITEL 14

Zwei Aussagen

»... weiterhin hat der Vernommene im Zusammenhang mit demselben Besuch bei dem jetzt unter Tatverdacht stehenden Jari Lehikoinen festgestellt, dass Lehikoinen im Vergleich zu seinem früheren Verhalten auffällig nervös gewirkt und zeitweise sogar eine gewisse Aggressivität an den Tag gelegt hatte.«

Harjunpää legte die Blätter aus der Hand und warf einen Blick auf Kandolin – irgendwie hilflos, oder als hoffte er, der andere könnte ihn vor etwas retten. Aber Kandolin bemerkte den Blick nicht; er verschenkte nicht einmal die kurze Wartezeit, sondern schien alle Hände voll mit den Unterlagen des Terrorfalls zu tun zu haben. Harjunpää wischte sich die Hände ab und las weiter.

»Die genannte Aggressivität hatte sich ausschließlich gegen die bereits erwähnte, hinter dem Terror stehende und trotz der durchgeführten Ermittlungen nach wie vor unbekannte Person gerichtet. Lehikoinen hatte unter anderem, ohne dass sich der Vernommene an den genauen Wortlaut erinnern kann, eine Drohung des Inhalts ausgesprochen, falls er die des Terrors schuldige Person selbst ertappte, wäre er im Stande, alles zu tun. Gesondert nach diesem Sachverhalt befragt, erklärte der Vernommene, die Drohung habe seinem Verständnis nach sogar die Möglichkeit der Tötung beinhaltet, auch wenn Lehikoinen Begriffe wie ›töten‹ oder ›umbringen‹ nicht verwendet hatte. Die gleiche Aggressivität hatte Lehikoinen seiner Aussage nach zeitweise auch verspürt, als in seinem Namen Installateure etc. ins Haus bestellt worden waren. Trotzdem will der Vernommene hervorgehoben wissen, dass seiner Auffassung nach Lehikoinens Drohungen nicht ernst gemeint waren, sondern eher aus der Wirkung der durch den lang anhaltenden Terror verursachten Beunruhigung heraus gesagt worden seien. Weiterhin beobachtete der Vernommene …«

Harjunpää blickte aus dem Fenster. Am Himmel war die Farbe des Nachmittags bereits weit vorgedrungen. Das Protokoll war richtig, es enthielt alles, was er gesagt hatte, so wie er es in Erinnerung behalten hatte, und dennoch hätte er einige Punkte verändern mögen, ohne jedoch zu wissen, inwiefern. Vielleicht war es aber auch nur so, dass ihm die geschriebenen Worte viel fremder vorkamen und damit auch belastender. Jari tat ihm nicht direkt Leid, geschweige denn, dass er auf dessen Seite stehen wollte, er war für ihn ein Täter wie jeder andere, aber dennoch hatte er das unangenehme Gefühl, ihn irgendwie zu verraten. Ihm schien, als habe er sich in eine Art Zwischenglied verwandelt, als sei es dem Quälgeist gelungen, ihn für seine Zwecke zu missbrauchen, ihn in einen Kohlenhaufen zu verwandeln oder in eine Baustellenbaracke. Und erst jetzt verstand er vielleicht auch zum ersten Mal all die Menschen, die sich vor ihm geräuspert hatten und rot geworden waren, als er ihnen oft Monate nach einem Vorfall detaillierte Schilderungen abverlangt hatte, nachdem er die Bedeutung der Wahrheitspflicht betont hatte. Kandolin räusperte sich. Harjunpää musste sich beeilen. Am Schluss stand nichts Besonderes mehr, nur eine Erläuterung von Kilpuas Festnahme und Vernehmung.

»Stimmt's?«

»Ja. Es kommt mir nur ein bisschen verdreht vor …«

»Was? Das können wir korrigieren.«

»Nein … Ich meine die Situation überhaupt. Zuerst war er der Betroffene, und wir haben versucht, ihm zu helfen, jetzt ist er der Täter, und wir geben unser Bestes, um ihn in den Knast zu bringen.«

»So wandelt sich die Welt und der irdische Ruhm ... Würdest du bitte deinen Namen darunter setzen?«

Harjunpää unterschrieb und legte die Bögen vor Kandolin hin, entnahm dessen Miene, dass es Zeit war zu gehen, kehrte aber dennoch zu seinem Stuhl zurück und setzte sich wieder.

»Hat er ein Geständnis abgelegt?«

»Zum Teil ...«

Kandolin schwieg und schaute auf die Uhr. Harjunpää erhob sich nicht.

»Oder sagen wir so: Ich habe noch keine Klarheit darüber erlangt, ob er ausgesprochen dumm oder ausgesprochen schlau ist. Er behauptet, durch den Anruf eines unbekannten Mannes geweckt worden zu sein und danach Geräusche gehört zu haben, als ginge jemand im Haus umher. Angeblich hat er als Selbstverteidigungswaffe eine Turnstange abgeschraubt ...«

»Irgendwo im Flur war so eine.«

»Stimmt. Jetzt ist sie hier. Aber darauf gibt es nicht die geringsten Hinweise auf Blutspuren oder Haare, nicht einmal darauf, dass sie abgewischt worden ist. Jedenfalls hat er im Haus niemanden entdeckt, darum hat er all seinen Mut zusammengenommen und beschlossen, draußen nachzusehen. Und seiner Behauptung zufolge fand er diesen Kilupa am Ende des Hauses in der Nähe der Feuerleiter. Der Kopf war zertrümmert, der Mann vollkommen leblos ... Er begriff, dass er mit einer Stange dastand, und war selbst nicht mehr sicher, ob er zugeschlagen hatte oder nicht. Da bekam er es mit der Angst zu tun, beschloss die Leiche ins Meer zu ziehen, aber im Schilf hat ihn der Mumm verlassen. Mit Mühe und Not hat er es ins Haus geschafft und sich umgezogen, da standen schon die Sanitäter vor der Tür. Sie wollten wissen, ob er Jari Lehikoinen hieß und sie gerufen habe wegen irgendeines Unfalls. Okay, der Krankenwagen ist wieder weg, und er hat seine besudelten Kleider in eine Plastiktüte gesteckt und sie in den Müll gebracht, sobald seine Frau wieder eingeschlafen war. Das war's. Aber er ist reif, spätestens morgen gesteht er alles ...«

»Und Sanna?«

»Seine Frau? Weigert sich auszusagen. Und zeigt deutlich, was sie glaubt. Außerhalb des Protokolls haben wir uns das Ganze aber so gründlich angeschaut, dass ich sicher bin, sie ist beteiligt gewesen. Und sie ist ihrerseits bereit, zu sagen, ihr Mann sei nach dem Besuch der Sanitäter vollkommen stumm gewesen ... Allerdings glättete sie das wieder, indem sie hinzufügte, sie hätten am Abend Streit gehabt, weshalb sie glaube, ihr Mann habe deswegen noch geschmollt.«

»Und die Feuerwehr?«

»Die Männer aus dem Krankenwagen haben wir nicht erreicht, wenn ich es richtig verstanden habe, sind sie daheim und schlafen. Aber die Notrufzentrale hat versprochen, uns das Band mit dem Anruf zu geben. Auch das von gestern, worum du mich gebeten hast.«

»Onerva und ich brauchen von beiden eine Kopie. Wir ...«

Der Türsummer gab Laut. Kandolin drückte auf den Öffner. Kauranen trat ein.

Er war bei der Obduktion dabei gewesen, das hätte man auch vermutet, wenn man es nicht gewusst hätte, der Geruch blieb immer für einige Stunden in den Kleidern hängen. Seine Stirn lag bis zum Haaransatz in Falten, und sein Blick war gründlich verwirrt.

»Wie lautet die Aussage des Gerichtsmediziners?«

»Er ist gar nicht umgebracht worden ...«

»Wie bitte?«

»Was? Schon allein die Wunde ...«

»Er ist irgendwo runtergefallen.«

Kandolin legte die Hand auf den Tisch und wollte aufstehen, ließ es aber bleiben und verharrte in einer merkwürdig gebückten Haltung.

»Er ist mit dem Kopf voran irgendwo runtergefallen«, sagte

Kauranen. »Die Quetschung war vollständig zu sehen, nachdem die Haare abrasiert waren. Und sie stammt eindeutig von einer ungleichmäßigen Oberfläche. Außerdem hat Lankinen in der Gehirnmasse Sand gefunden und Mooskrümel. Er muss auf einem Baum gesessen haben oder auf dem Dach …«

»In dem Dach sind Fenster eingelassen«, stellte Harjunpää fest. «Und der Unglückliche hat geglaubt, von dort sieht er ins Schlafzimmer.«

»Also sagt der gute Lehikoinen die Wahrheit. Denn runtergefallen ist er. Er hat sich auch einen Wirbel gebrochen, und in der Milz und in den Nieren gibt es Risse …«

Kandolin ließ sich wieder auf den Stuhl sinken, nahm mit einem Ruck die Brille von der Nase und starrte sie an, als erwartete er von ihr einen Kommentar. Es war still im Raum. Nur die Klimaanlage summte.

»Da wird uns nichts anderes übrig bleiben, als Lehikoinen zu glauben«, sagte er schließlich, und jetzt hatte er seine Verwirrung fast ganz heruntergeschluckt.

»Und wenn man sich vor Augen führt, was er erzählt … Alles in allem ist er bei aller offensichtlichen Blödheit doch sehr logisch und auch vertrauenswürdig. Hätte der wirkliche Täter denn die Stange erwähnt? Nein. Und auch die Kleider. Ohne mit der Wimper zu zucken, hätte er behaupten können, nicht zu wissen, wem sie gehören und wer sie in den Müllsack gesteckt hat, und dass er doch nicht so blöd gewesen wäre … Und dann auch sein sozialer Hintergrund. Ist natürlich verständlich, wenn man nach so langem nervlichen Druck in Panik gerät.«

»Aber wenn er ihn vom Dach gestoßen hat«, sagte Harjunpää und bereute es sofort. Kandolin versteifte sich wieder, aber nur einen Augenblick.

»Das ist doch nicht dein Ernst«, sagte er, und seine Brille blitzte so, dass Harjunpää die Augen nicht sehen konnte. »Aber dennoch, auch diese Möglichkeit muss man in Betracht ziehen. Er hätte ohne Weiteres darauf kommen können, dass die Schritte, die er gehört hatte, auf dem Dach waren. Vielleicht ist es zu einem kleinen Handgemenge gekommen, und in dessen Verlauf... Das war doch ein Flachdach? Da müssen Spuren zurückgeblieben sein, schon allein von Kilpua. Die Spurensicherung muss sich das anschauen. Wir können Lehikoinen auf keinen Fall schon freilassen, denn er hat sich auf jeden Fall des Verschwindenlassens einer unbeerdigten Leiche schuldig gemacht. Und das bestreitet er nicht einmal.«

»Übrigens«, sagte Kauranen zögernd. »Dieser Krankenwagen ... Vor diesem Hintergrund bekommt der eine völlig neue Bedeutung.«

Sie schwiegen eine ganze Weile, bevor sie begriffen.

»Jemand hat ihn fallen sehen?«

»Genau. Und ernsthaft Alarm gegeben.«

»Verdammt ...«

KAPITEL 15

Der unsichtbare Zeuge

Kandolin ließ den Rekorder aufschnappen, nahm die Kassette heraus und legte eine andere ein. Man merkte deutlich, wie er allmählich in Aufregung geriet. Harjunpää war bereits in Aufregung – die Stimme des Mannes, der den Feueralarm gemeldet und sich als Jari Lehikoinen ausgegeben hatte, war anders als Jaris Stimme, viel tiefer, angenehm und klangvoll, genauso, wie es ihm schon dutzende Male beschrieben worden war. Und zum ersten Mal hatte er das Gefühl, dass der Quälgeist einen Fehler begangen hatte. Er war tatsächlich ein Mensch und kein geheimnisvoller, ewig unfassbarer Geist. Harjunpää blickte auf Onerva. Ihre Wangen hatten Farbe angenommen, sie spielte mit ihrem Armreif. Kandolin schwenkte die Hand. Er ließ das Band laufen und zunächst war nur ein Rauschen zu hören, dann die helle Stimme der Zeitansagerin. »Ein Uhr, achtundzwanzig Minuten und zehn Sekunden – plim! Ein Uhr, achtundzwanzig Minuten und ...«

»Feuerwehr-Notruf.«

»Könnte ich einen Krankenwagen bekommen?«

»Moment, ich verbinde.«

»Krankentransport ...«

»Jari Lehikoinen hier, guten Abend.«

Harjunpää und Onerva sahen sich an. Der Anrufer war derselbe Mann wie eben – es war der Quälgeist. Aber jetzt spielte er keine Panik, sondern war panisch. Man erkannte es an allem. An der schnellen Wortfolge, am Atem, am Tonfall.

»Hier in Marjaniemi wird ein Krankenwagen gebraucht. Aber schnell. Niittyranta …«

»Beruhigen Sie sich … Bitte sagen Sie kurz, was vorgefallen ist.«

»Ein Unfall – ein Mann ist vom Dach gefallen.«

Kandolin hustete trocken.

»Vom Dach? Entschuldigen Sie, aber was macht man um diese Zeit …«

»Woher soll ich das wissen! Aber er ist vom Dach gefallen, von meinem Haus … Fragen Sie ihn selbst, was er da gemacht hat, aber schicken Sie, um Himmels willen, zuerst Hilfe!«

»Beruhigen Sie sich! Was für Verletzungen hat er? Ist er bei Bewusstsein?«

»Ich weiß nicht! Ich weiß nicht! Kommen Sie jetzt, oder nicht?«

»Ich versuche nur herauszufinden, welche Hilfe dort gebraucht wird. Sie können helfen und die Sache beschleunigen, indem Sie mir antworten. Haben Sie nach ihm geschaut?«

»Nein … Wie soll ich … Bei anderen Leuten … Aber es ist verdammt wahr, er ist gefallen, dass es nur so gekracht hat …«

»Moment mal. Bei anderen Leuten? Gerade haben Sie … Meinen Sie es ernst? Ich fange ernsthaft an zu zweifeln. Was hat der Mann um diese Zeit auf dem Dach gemacht? Und was haben Sie selbst dort gemacht?«

»Ich bin vom Wa … Ich bin halt einfach hier, verflucht! Und ich hab ihn fallen sehn! Und wenn er stirbt, sind Sie dafür verantwortlich!«

Der Anrufer fing an, hysterisch zu werden. Im Hintergrund war kurz ein Geräusch zu hören, als wäre noch ein anderer Mann in der Telefonzelle gewesen, der etwas gesagt hatte.

»Wiederholen Sie jetzt die Adresse. Wie war die Hausnummer?«

»Die Nummer … Das ist Niittyranta, das Haus von den Lehikoinens. Auf dem Grundstück steht eine Baustellenbaracke und ein Betonmischer, das kann man nicht verfehlen …«

Der Anrufer legte auf.

Einen Moment lang sagte niemand etwas. Und dann fingen alle gleichzeitig an.

»Exakt derselbe Typ.«

»Der Quälgeist.«

»Da muss man sich nicht fragen, ob …«

»Habt ihr gemerkt, wie …«

Kandolin klopfte auf den Tisch.

»Da haben wir unseren Zeugen.«

»Jo. Ein unbekannter Mann …«

»Na ja, gewisse Probleme gibt es noch. Aber durch Arbeit lassen sie sich lösen. Machen wir den Mann sichtbar. Auf jeden Fall hat er nur von einem Sturz gesprochen, er hat mit keinem Wort angedeutet, dass noch jemand auf dem Dach war. Und wenn man an Lehikoinens Position und die Obduktion denkt … Dann haben wir auch so schon durchaus ein Szenario.«

Harjunpää bewegte sich unruhig. Er dachte an Kandolins letzte Worte und mochte sie nicht. Er sah förmlich vor sich, wie Kandolin schon das Papier für seinen Teil in die Maschine spannte, er aber würde mit Onerva weitermachen, und wenn sie Erfolg hätten, bekäme Kandolin auch noch seinen Zeugen als Geschenk. Er schaute Kandolin an und war sich plötzlich sicher, dass der nicht nachgeben würde, weshalb er nicht einmal einen Versuch unternahm. Falls doch, würde er sagen: »Da fällt mir ein … Dieser Anrufer war so in Panik, bestimmt hat er den Mann selbst hinabgestoßen …«

Kandolin nahm die Brille in die Hand und spielte einen Moment mit den Bügeln. Dann blickte er auf und sah die anderen scharf an:

»Punkt A: Er ist ein Augenzeuge. Punkt B: Sehr wahrscheinlich ist er der viel beschworene Quälgeist. Und wenn wir den Zeitpunkt des Alarms in Betracht ziehen und die Tatsache, dass der Mann ausgerechnet den Sturz gesehen hat … Dann kann Punkt C nur lauten: Er ist ein Nachbar der Lehikoinens.«

»Wir haben allerdings …«

»Aber jetzt haben wir einen neuen Ausgangspunkt. Was war diese Hedgren für eine?«

»Eine betagte Frau, eine Oma …«

»Dann ist es jemand anders. Jemand aus der unmittelbaren Nähe. Und wir fahren da auf jeden Fall heute hin. Wir gehen alle Nachbarn noch einmal durch, aber jetzt achten wir vor allem darauf, wer zu den Lehikoinens hinübersehen kann. Und natürlich auf die Stimme. Das wird ein langer Tag werden …«

Er schaute sie erneut an, fragend nun, und sie blickten ihrerseits auf die Uhren, und Harjunpää dachte, dass er eigentlich Jeans für Pauliina kaufen sollte, dann aber, dass Überstunden mehr Geld bedeuteten, und schließlich, dass er Elisa anrufen musste.

»Ich muss meine Alte anrufen«, sagte Nordström. »Das ist alles.«

»Ebenfalls.«

»Ich auch.«

»Und ich Mikko. Wie soll er sich jetzt nur selbst was zu essen machen?«

Onerva wirkte einen Augenblick unglücklich, oder eher beängstigt, und Harjunpää dachte wieder, dass sie schon seit einigen Tagen blass war.

»Es geht also bei allen? Okay. Wir fangen an, indem wir uns die Bänder noch einmal anhören und uns ein bisschen genauer über ihren Inhalt Gedanken machen …«

Kandolin drückte mit dem Finger auf die Taste zum Spulen, und der Rekorder gab ein schnelles, wimmerndes Geräusch von sich.

KAPITEL 16

Der Bettelmönch und der Seelenwächter

Sinikka war voller Angst. Das sah man am Rücken, er war steif, wie aus Gips oder Holz. Dödö unterbrach das Schuhebinden.

»Was ist denn los?«

Sinikka antwortete nicht. Sie war nur regungslos und verängstigt. Auch Ulpu vor ihr auf dem Tisch war ganz still, wie tot. Dödö stand auf und humpelte mit nur einem Schuh zu Sinikka. Er legte ihr die Hand in den Nacken.

»Was ist denn los, he?«

»Schau sie an … Ihr geht's schlecht …«

Ulpu lag mit dem Rücken auf dem Wachstuch. Sie hatte nur ein Hemdchen an, Sinikka war dabei, ihre Windeln zu wechseln, sie roch nach Baby und Popocreme. Sie hatte weiche Wurstschenkel und unglaublich kleine Zehen und Finger, die sie immer wieder krümmte, und sie hatte viele dunkle Haare und runde Trollbäckchen. Er begriff nicht, was Sinikka meinte. Dann bemerkte er es.

»Jesus …«

Er hielt sich an der Stuhllehne fest, und die Panik vollführte in seinem Innern eine heftige Bewegung wie ein wildes Tier. Ulpus Augen: Sie waren ganz weiß, ihnen fehlte alles, was Augen normalerweise haben, Iris und Pupille. Und auch Ulpu hatte sie gehabt, immer, aber jetzt nicht mehr, und das war unmöglich. Außerdem sah das Mädchen ganz fremd aus, wie aus einer anderen Welt, beängstigend.

»Sie haben sich nach oben gedreht«, sagte Sinikka angsterfüllt. Sie selbst weinte nicht, aber ihre Stimme weinte. »Sie hat auch vorher schon geschielt … aber nicht so. Und in der Beratung haben sie gesagt, das geht vorbei, da braucht man sich keine Sorgen machen …«

»Sini. Oh Sini … Sie sieht aus … wie diese … Sie sieht aus, als wär sie nicht normal.«

An Sinikkas Augen konnte man ablesen, wie sie das traf, wie es ihr einen Stich versetzte. Er dachte, dass er das nicht hätte sagen dürfen, aber der Gedanke hatte ihn mit solcher Heftigkeit durchfahren, er musste ihn hinauslassen. Und jetzt kam auch Ilmari aus der Kammer, er hatte noch gar nicht geschlafen, er drückte sich an sein Bein und zerrte an seiner Hose, so wie es in Dödös Inneren zerrte.

»Hamham … Hamham …«

»Jetzt ist keine Hamham-Zeit. Geh wieder ins Bett!«

»Hamham …«

Das bedeutete Butterbrot, er konnte noch nicht richtig sprechen, außerdem hatte er den Schnuller im Mund. Sinikka beugte sich über Ulpu, als wollte sie sie wieder in ihren Bauch nehmen, und sie nahm den kaum grapefruitgroßen Kopf zwischen die Hände und küsste die Stirn, die Nase und die Augen.

»Mamas Baby, Mamas Baby«, sagte oder vielmehr schnurrte sie leise immer wieder, und bald schon ging es wie ein Lied: Mamasbaby, Mamasbaby.«

»Hamham …«

»Verdammt noch mal, du mit deinem Hamham!«

Dödö riss sein Bein zur Seite, die zerrenden Finger ließen los, und Ilmari plumpste auf den Boden. Dort saß er und schluchzte, man sah, dass er jeden Moment losschreien würde, so laut er konnte. Dödö nahm ihn auf den Arm und tätschelte ihm den schmalen, knochigen Rücken.

»Nicht. Nicht jetzt, Ilmari. Dein Schwesterchen ist krank. Und wir Männer weinen doch nicht, oder?«

Sinikka hatte Ulpus Augen mit der Hand abgedeckt, jetzt nahm sie die Hand weg und rief aus: »Raikas, schau!«

»Gott sei Dank …«

Ulpus Augen waren wieder große und schöne Babyaugen, nur das eine irrte noch umher, aber nicht mehr so sehr.

Sinikka nahm das Mädchen auf den Arm und machte ihre Brust frei – sie war schön, voller Leben, und die Adern schimmerten so blau wie Ulpus Augen durch die weiße Haut. Das Mädchen nahm gierig die Brustwarze in den Mund und begann zu saugen. Dödö setzte Ilmari auf dem Fußboden ab, ging zum Eckschrank und machte ihn auf. Er war traurig leer, der zahnloses Mund der Küche. Dödö schob die Mausefalle weiter nach hinten, damit Ilmaris Hand nicht versehentlich hineinlangte, dann nahm er ein Stück Knäckebrot aus der Packung und bestrich es mit Margarine – sie war fast flüssig, wie Vaseline. Sinikka wünschte sich schon lange einen Kühlschrank, aber laut hatte sie das noch kein einziges Mal gesagt.

»Hamham, Ilmari. Geh ins Bett, das Hamham essen.«

»In ihrem Kopf ist nichts verkehrt«, sagte Sinikka leise, nur zu sich selbst, während sie das saugende Kind betrachtete. »Es hat mit den Augen zu tun. Sie kann nicht sehen. Mamas kleine Süße kann nicht sehen … Darum lächelt sie nicht, wenn man zu ihr kommt. Sie lächelt immer erst, wenn sie meine Stimme hört.«

»Nein … Sie ist doch nicht …«

Dödö konnte nicht sagen: blind. Mit heftigen Schritten ging er zum Stuhl zurück, als versuchte er zu fliehen, er zog den anderen Schuh an, brachte aber keine Schleife zu Stande, seine Hände waren die eines Fremden, sie machten ihre eigenen Bewegungen. Er versuchte es mit Gewalt, da riss der Schnürsenkel. Er verharrte, den Blick zu Boden gerichtet, und alles drängte aus ihm heraus, als Schrei, aber er presste die Lippen so fest zusammen, dass er den Geschmack von Pulverrauch und Eisen eines Revolvers im Mund zu haben glaubte.

»Ich bringe sie morgen zur Beratung«, sagte Sinikka. Wieder klang es, als singe sie, jetzt aber nicht für Ulpu, sondern für ihn, und sie berührte seinen Kopf, und ihm wurde wohler. »Es kann nichts Schlimmes sein, nichts Gefährliches, sie hat noch nie etwas gehabt, immer hat es geheißen, Ulpu ist ein gesundes Mädchen. Vielleicht ist es nur diese Dunkelheit. Sie sieht kein Tageslicht, so wie draußen. Vielleicht kriegen ihre Augen irgendetwas nicht, vielleicht müssen die Augen vom Licht was kriegen, damit der Körper Vitamine aus der Nahrung holen kann …«

»Ja … Oder ich weiß nicht. So was hab ich noch nicht gehört.«

»Du kommst zu spät … Aber nach dem Umzug wird alles besser. Ulpu kann auf dem Balkon schlafen, und wenn sie aufwacht, sieht sie als Erstes das Licht.«

Dödö schaute Sinikka nicht an, sondern zog seine Dienstjacke an. Am Morgen war er bei Kontkanen gewesen. Wie so viele Male zuvor hatte er wieder nur mit einer Drohung gerechnet. Aber diesmal hatte Kontkanen nicht gesagt, dass er vorhatte, aufzuhören, sondern dass er es bereits getan hatte, dass es seit diesem Morgen aus war. Immer noch dröhnten die Worte in seinem Kopf, sie waren wie ein Sägeblatt, das in seine Gedanken schnitt. Auch den restlichen Lohn hatte Kontkanen nicht ausbezahlt, an keinen, nur versprochen hatte er es. Die anderen hatten ihm geglaubt, aber er, Dödö, nicht, darum hatte er ihm auch nicht den Schlüssel des Datsun zurückgegeben. Auch wenn es ein unsinniges Pfand war, denn für so ein Wrack bekam man nicht einmal einen Tausender.

»Du kommst zu spät.«

Dödö ging zur Tür und blieb davor stehen. Er hielt die Augen geschlossen und atmete den Geruch der vertrauten Wohnung ein. Es war der Duft von Sinikka, Ulpu und Ilmari, sein Geruch, und der Duft der Wäsche auf der Leine, des Messinghahns, aus dem das kalte Wasser tropfte, es war der

Geruch von wenig Geld, der Geruch ihres Lebens. Und an der Tür war deutlich der Geruch von Fäulnis zu riechen, der aus den Wänden kam, und der war stärker als alles andere, er überlagerte nach und nach alles andere. Und jetzt fiel ihm plötzlich wieder der dumpfe Aufprall ein, und er war sicher, dass man einen solchen Sturz nicht überleben konnte. Er wandte sich um und keuchte: »Ich bin so ein verfluchtes Stück Scheiße… Bei allem gehe ich leer aus, alles bricht über mir zusammen! Aber wenn ich nicht… Dieses Dahinvegetieren kann nicht so weitergehen!«

Sein Kinn zitterte, er stieß die Tür auf, floh ins Treppenhaus und auf den Hof, dort hatte sich der Abend schon eingeschlichen, und dunkles Blau erfüllte den Himmel.

Anttu wartete vor der Hofeinfahrt, er war nicht hereingekommen, es war fast halb neun, das Tor war zu.

»Tag, Bezirkskommandant.«

Dödö antwortete nicht. Er machte das Tor einen Spalt auf und zog Anttu in die Einfahrt.

»Hast du dran gedacht?«

»Klar.«

»Dann hol ihn raus, Mann!«

»Hier?«

»Genau hier, und zwar ein bisschen plötzlich.«

Anttu machte den Reißverschluss seines Anoraks auf und zog eine Flasche aus dem Gürtel. Dödö atmete auf und leckte sich die Lippen – Anttu hatte den Schnaps gekauft, genau wie er es ihm aufgetragen hatte. Dieser Schnaps wurde fälschlicherweise verachtet, sogar ungekühlt war er gut und wärmte angenehm in der Brust. Anttu hatte ihn nicht einmal vorher aufgemacht. Dödö nahm die Flasche, schraubte sie auf und nahm einen schnellen Schluck.

»Aaahh!«

Das tat gut! Die Glut floss die Kehle hinab, füllte den Bauch und stieg zur Brust auf.

»Aah…«

Er nahm nicht sofort einen zweiten Schluck, es war besser, einen Moment zu warten, dann biss er fast genauso gut wie der Erste. Er reichte Anttu die Flasche, legte die Hände auf die Gesäßtaschen und lehnte sich an die Wand. In der Fredrikinkatu ratterte eine Straßenbahn, auch Autos waren zu hören und ein kurzes Lachen, und eine Frau mit klappernden Absätzen ging am Tor vorbei. Dödö redete sich ein, dass es ihm nun besser ging, mehrmals sagte er sich das in Gedanken vor. Aber es half nicht. Es traf einfach nicht zu. Sein Kopf war voller übler Gedanken, die Nervosität war kurz vor dem Erwachen, sie lauerte nur noch auf den passenden Grund.

»Ob er tot war?«

»Wärn wir halt hingegangen und hätten geguckt. Oder wenigstens auf die Sanis gewartet.«

»Genau, und dann hätten wir uns auf der Stelle einlochen lassen können.«

»Hätten wir eben Abstand gehalten. Dann hätten wir wenigstens gesehn, ob er mit Blaulicht ab ist oder nicht ... Aber schon klasse, wie der da runter ist. Wie ein Klotz. Und dann krach! Richtig gekracht hat das.«

»Allerdings. Aber kapierst du jetzt, warum ich immer gesagt habe, wir gehen nicht hin, um zu spionieren? Wir haben ihn nicht mal bemerkt, bevor er runtergefallen ist.«

»Du kannst dir so was vorstellen. Aber was hat der da eigentlich gemacht?«

»Was haben wir denn gemacht? Kapier doch ... Uns hat er aufgelauert. Der hätte uns abgeknallt wie die Ratten. Aber wenn er tot ist, verdammt noch mal ...«

»Das braucht uns doch nicht zu jucken ... Wann besorgst du mir die Frau?«

»Doch, das juckt mich, Donnerwetter noch mal. Aber ob er wirklich tot ist? Bei ihnen daheim hebt niemand ab, und auf der Arbeit sagen sie, er ist krank. Sie haben nicht gesagt, er ist tot. Warum sollten sie das geheim halten? Aber in einem Krankenhaus ist er auch nicht. Ich hab alle angerufen ...«

Dödö nahm die Flasche und einen zweiten Schluck, jetzt einen langen, er versuchte, die zunehmende Ratlosigkeit zu ersticken. Etwas in ihm flüsterte, dass Ulpu nicht ganz blind sein konnte, dass sie nur einen kleinen Fehler in den Augen hatte, einen, den man beheben konnte, und die Stimme flüsterte weiter, dass er es allein wegen Ulpu weiter versuchen musste, dass Lehikoinen nicht tot sein konnte, nicht jetzt, er musste für jede Summe reif sein, wenn ihm das Ganze schon so zu schaffen machte, dass er nachts auf dem Dach sein Haus bewachte.

»Gehn wir ...«

Sie traten auf die Straße und gingen nach links in Richtung Hietalahti.

»Wo gehn wir hin? Ins Hauptquartier?«

»Quatsch. Nach Marjaniemi. Wir finden heraus, wie es dem Kerl ergangen ist, wo er ist. Ich halt das nicht mehr aus ... Wenn's sein muss, klingeln wir sogar an der Tür und fragen.«

»Das machen wir. Wir können ja Prediger sein. Mensch, Dödö, wir sind Prediger! Segen dieser kargen Hütte ... Oh Mann!«

Dödö warf einen Blick auf Anttu. Er kicherte wie ein Mädchen, er musste betrunken sein, obwohl er nur zwei mühsame Schluck genommen hatte. Er war garantiert nicht an Alkohol gewöhnt, darum zog er auch diese schlimmen Grimassen. Dödö hatte ihn noch nie betrunken gesehen, er wusste nicht, wie er sich veränderte, da musste er aufpassen. Dödö blieb stehen und schaute Anttu fest in die Augen.

»Findest du, dass du wie ein Prediger aussiehst? Oder ich?«

»Na ja ... Du siehst aus wie ein Wächter. Und ich ... Ich könnte ein Bettelmönch sein. Dann sind wir eben ein Seelenwächter und ein Bettelmönch ...«

»Verdammt noch mal! Wenn du dich nicht anständig benimmst ... Dann besorg ich dir keine Frau. Darauf kannst du dich verlassen. Dann kannst du von mir aus mit zugewachsenem Pimmel sterben ...«

Das wirkte. Anttus Kopf erzitterte, und das Kichern erstarb auf der Stelle.

»Wir verkaufen Jalousien, abgemacht? Ich lass die Jacke und den Revolver im Auto. Ich rede, und du hältst das Maul und trinkst auch nichts mehr, bevor ich es erlaube. Und du haust auch nicht ab, egal was passiert ... Wir sagen nur, der Hausherr hat uns bestellt, und wir wollen die Absage aus seinem eigenen Mund hören. Da rutscht ihr dann schon raus, wo er ist. Kapiert?«

»Joo. Aber was soll das mit dem Trinken? Du hast genauso viel getrunken und willst auch noch fahrn ...«

»Mach dir darüber mal keine Gedanken! Der Alkohol macht mir beim Fahrn nichts aus, eher werden die Reflexe noch besser. Außerdem werde ich im Firmenwagen nie angehalten. Wir sind so was Ähnliches wie Amtsbrüder für die Bullen.«

Den Rest der Strecke gingen sie stumm nebeneinanderher.

Der Datsun war kurz vor der Ecke Kankurinkatu geparkt. Sie stiegen ein, Dödö ließ den Motor an und passte auf, dass weder Licht noch Gurte vergessen wurden, und vermied beim Fahren alles, was die Aufmerksamkeit der Polizei erregen konnte. Instinktiv fuhr er auf einer Route durch die Stadtmitte, die er für ruhig hielt, und erst auf der Brücke nach Kulosaari sagte er:

»Du hast doch kapiert, dass das jetzt das Abschiedsding ist. Mit dem Terror hören wir auf.«

»Ziehen wir nicht noch mal Hölzchen?«

»Nein. Du weißt, wie ich in der Klemme sitze ... Aber wenn du Lust hast, zu deinem eigenen Vergnügen was zu machen, dann ist das deine Sache. Gelernt hast du's ja. Du weißt, wie es geht.«

»Joo«, gab Anttu von sich. Es klang ein wenig bitter, aber dann fügte er mit kindisch prahlerischem Unterton hinzu: »Ich weiß, wie's geht. Und ich hab auch schon angefangen. Ich hab das mit den Heringen gemacht ...«

Dödö blickte kurz zur Seite.

»Was hast du gemacht?«

»Das mit den Heringen. Das hast du am Anfang selbst erzählt. Das mit dem Mann, der keinen Kredit von der Bank gekriegt hat und dann hin ist und ein Schließfach gemietet und fünf Kilo Heringe reingelegt hat.«

»Anttu … Das war ein Witz. Ich hab das in der Zeitung gelesen … Jetzt sag bloß nicht, du hast das Schließfach auf deinen eigenen Namen gemietet.«

»Nein. Ich hab kein Schließfach gemietet. Ich hab's bei der alten Käyhkö gemacht.« Dödö schaute Anttu erneut an. Er begriff nicht, was der meinte, aber es musste etwas verdammt Idiotisches und Unheilvolles sein.

»Was hast du gemacht? Was meinst du?«

»Ich hab ihr das Paket unters Bett gelegt. Sie ist ein verfluchtes Weib. Ständig hebt sie die Miete an. Und sie lässt mich nicht die Frau mitbringen … Pass auf!«

Der Lieferwagen war direkt vor ihnen, mit glänzendem Blech, Dödö trat auf die Bremse. Die Reifen quietschten, der Bug senkte sich, das Heck brach aus, und dann war wieder ein Abstand da.

»Verdammter Idiot!«, rief er und spürte, wie sein Herz vor Angst schlug, was ihn noch wütender machte. »Wegen deiner Scheißheringe wären wir beinahe draufgegangen! Und was glaubst du eigentlich, was passiert, wenn das Paket ein paar Tage dort liegt?«

»Na, dann fängt's höllisch an zu stinken …«

»Und dann?«

»Die alte Furztante wundert sich, was da so stinkt.«

»Und dann?«

»Na … irgendwann schnallt sie's. Aber die ist so fett, die kommt gar nicht unters Bett.«

»Glaubst du, die kapiert nicht, wer das dahin getan hat? Sie ist deine Vermieterin, die schmeißt dich in hohem Bogen raus, während du erst auf der Straße kapierst, was passiert ist! Morgen holst du die wieder da raus!«

Anttu war still. Nur der Adamsapfel gluckste, als er schluckte.

Von der Meripellontie bogen sie in die Kunnallisneuvoksentie ein und waren schon fast am Ziel, als Dödö plötzlich voller Unruhe war. Er hatte das unangenehme Gefühl, dass nicht alles in Ordnung war, dass er nicht genug nachgedacht hatte, dass er im Begriff war, einen unwiderruflichen Fehler zu machen. Er überlegte, aber es fiel ihm an seinem Vorhaben nichts Dummes auf, das es hätte zu Fall bringen können. Vermutlich hatte ihn der Beinaheunfall nervös gemacht – und warum nicht auch die entscheidenden Momente, die vor ihm lagen. Er befürchtete, Sanna würde im Trauerkleid die Tür öffnen.

»Wir fahren zuerst mal daran vorbei«, sagte er leise. »Versuch mit einem Blick zu erkennen, ob alles im Lot ist ... Dann stellen wir das Auto weiter weg ab, wegen der Aufschrift. Wir sind schließlich Jalousienverkäufer.« Er nahm den Gang heraus, ließ das Auto weiterrollen und beugte sich zur Windschutzscheibe vor. Im Garten der Lehikoinens brannten die Lampen, es war also jemand zu Hause. Und in zwei Fenstern brannte ebenfalls Licht! Wie in der vorigen Nacht standen auch beide Autos unter dem Dach. Auch die Baustellenbaracke war noch an ihrem Platz, ebenso der Betonmischer und der Zirkel, aber der Kohlenhaufen war verschwunden. Es war keinerlei Bewegung zu erkennen. Als das Haus der Lehikoinens hinter ihnen lag, bog Dödö in die Marjaniementie ein, fuhr hundert Meter weiter, wendete und fuhr noch einmal bei den Lehikoinens vorbei. Es fiel ihnen immer noch nichts Besorgniserregendes auf. Dödö bog in die Koivuniementie ab, fuhr sie langsam ein Stück entlang und parkte dann hinter einem weinroten Peugeot.

»Ist dir was aufgefallen?«

»Nein. Außer dass sie daheim sind. Glaubst du, sie schmeißt mich raus?«

»Nein. Die stinken ja noch nicht. Du kannst sie morgen fortschaffen, wenn sie einkaufen geht.«

Dödö nahm das Schiffchen vom Kopf und warf es auf die Rückbank, er runzelte die Augenbrauen und trommelte aufs Lenkrad.

»Ist dir aufgefallen ... War da fast genau gegenüber von ihnen nicht ein Lada geparkt?«

»Ein Lada?«

»Lada, Lada. Ein Auto. Beige und funkelnagelneu.«

»Auf Ladas gegenüber hab ich nicht geachtet. Du hast doch gesagt, ich soll aufs Haus gucken.«

»Die Kripo hat genau solche Ladas. Ich kenn die. Ich hab nachts oft genug gesehen, wie sie gekommen sind, wenn es einen Einbruch gegeben hatte ...«

Einen Augenblick saß er völlig regungslos da, dann dachte er, dass nur seine Nerven angespannt waren, dass es auch andere Ladas gab.

»Gehen wir also doch nicht, oder was?«

»Wir gehen ...«

Er rieb sich das Kinn und blickte in den Rückspiegel. Dort sah er nur das bläuliche Licht der Straßenlampen und ein Stück leere Straße.

»Gehen wir. Aber wir müssen höllisch aufpassen. Und denk dran, was ich dir gesagt habe. Vorher nehmen wir aber noch einen ordentlichen Schluck.«

Anttu holte die Flasche heraus, und in Dödö schwelte immer noch die Ahnung einer Gefahr; er beschloss plötzlich, den Revolver nicht im Wagen zu lassen, sondern im Hosenbund unter dem Hemd zu verstecken.

KAPITEL 17

Verdacht auf Nummer zwölf

Onerva blieb stehen und wandte sich um. Sie wartete, bis der träge über die Straße schlurfende Harjunpää sie eingeholt hatte.

»Mit Sicherheit hatte er nicht die Absicht gehabt, zu sagen, er sei ein Einbrecher«, platzte es aus ihr heraus, als ärgerte sie diese Sache und als hätte sie schon den ganzen Abend darüber nachgedacht. »Niemand ist so idiotisch, so etwas zuzugeben, sich selbst als Einbrecher zu bezeichnen. Außerdem hätte er dann bei der Frau in der Notrufzentrale auch noch den letzten Rest Vertrauenswürdigkeit verloren.«

Harjunpää gab einen Ton von sich, der nichts bedeutete. Er war müde, beide waren sie müde. Um fünf waren sie mit der ganzen Mannschaft nach Marjaniemi gekommen. Auf dem Dach waren keine Spuren zu finden gewesen, die auf einen Kampf hindeuteten, aber auf einer Glasscheibe waren Fingerabdrücke, die Thurman vorläufig Kilpua zuordnete, denn bei ihm gab es an einem Zeigefinger eine sich nach links öffnende Ausbuchtung und daneben ein offenes Delta, das sich aus einer trichterförmig abzweigenden Linie bildete. Unterhalb der Feuerleiter hatten sie einen kantigen Stein gefunden und darauf Blut und ein paar Haare. Kandolin war gegangen, um Jari noch einmal zu verhören, Kauranen und Jehkonen, um sämtliche Einbruchsfälle in Marjaniemi zu sichten, und Nordström hatte Sanna vernommen, die nach der veränderten Situation bereit war, als Zeugin auszusagen. An Onerva und Harjunpää war die ergänzende Befragung der Nachbarn hängen geblieben. Und jetzt hatten sie nur noch wenige Minuten, um Nordström abzuholen, damit sie es bis neun zu der von Kandolin angesetzten Besprechung in Pasila schafften. Allerdings hatten sie nicht viel zu berichten: Sie hatten niemand gefunden, der in der Nacht zuvor unterwegs war und etwas beobachtet hatte, geschweige denn jemand, der als Quälgeist verdächtig gewesen wäre. Zu Kilpuas früheren Besuchen hatten sie hingegen weitere Hinweise erhalten, den bedeutsamsten vom Eckhaus an der Palopirtintie, wo Kilpua im Juli die Leiter hinaufgestiegen war, um in das Schlafzimmerfenster im ersten Stock zu spähen. Das war alles.

»Denk doch mal an die Stelle, wo er erklären will, warum er unterwegs ist«, sagte Onerva. »Er will es mit Nachdruck sagen, als würde sein Beruf sofort alles erklären, als müsse man ihm dann glauben. Er hat das Gespräch nicht abgebrochen, weil er angefangen hat, sich zu schämen, wie Nordström behauptet, sondern weil er begriffen hat, dass er geschnappt werden kann.«

»Kann schon sein. Kann gut sein ...«

Harjunpää spulte innerlich zu der Stelle zurück, die Onerva meinte. Sie konnten sie beide längst auswendig, denn sie hatten sich das Band mehrmals angehört. Bevor sie das Präsidium verließen, hatten sie noch zwei der betrogenen Firmen angerufen, und bei einer davon – einem Verleih für Baustellenzubehör – war sich die junge Frau sicher gewesen, die Stimme des Mannes erkannt zu haben, der auch die Baustellenbaracke bestellt hatte. Harjunpää blieb stehen.

»Mensch ... Es ist wahr. Und wenn du an das ganze Gespräch von Anfang bis Ende denkst ... Wenn ein normaler Passant einen Menschen vom Dach stürzen sieht und Hilfe holt ... dann ist er von Anfang an aufgeregt und schreit sofort sein Anliegen heraus. Aber er hier ist gefasst, bittet ausdrücklich um einen Krankenwagen, nennt ganz ruhig seinen Namen, den Ort ...«

»Er hat also nicht zum ersten Mal einen Notruf getätigt?«

»Genau. Und was kann das für ein Mensch sein? Ein Taxifahrer, ein Feuerwehrmann, ein Polizist ...«

Onerva wollte sich die Haare aus dem Gesicht streichen, aber die Geste blieb unvollendet, die Hand hielt die Strähne fest.

»Mein Gott, sind wir bescheuert! ›Ich bin vom Wa ...‹ – In der Nacht von Montag auf Dienstag hast du mich gefragt, ob ich das Auto gesehen hätte, das langsam ... Und, klar, hab ich's gesehn. Es war das Auto von irgendeinem Wachdienst!«

»Stimmt. Das war, kurz bevor wir uns aufs Grundstück geschlichen haben.«

»Es hatte eine lange, schwankende Antenne. Und einen Aufkleber, ein Wappen, wie es alle Wachdienste haben. Was für ein Auto war das?«

»Ein Datsun. Hundert A. Alte Kiste. Da kam nur so der blaue Qualm raus, als er beschleunigte. Die Maschine ist bald fällig.«

»War er braun?«

»Eher gelblich. Aber das ist schwer zu sagen, weil die Straßenlampen alles so anders aussehen lassen.«

»Timo, jetzt ... Jetzt holen wir Nordström und gehen zu Kandolins Palaver. Und wenn er sich noch so dagegen stemmt, wir checken diese Geschichte in Bezug auf unseren eigenen Fall komplett durch.«

Sie gingen weiter, deutlich entschlossener als zuvor. In der Luft lagen Anzeichen für ein Gewitter, und ab und zu hatte man das Gefühl, als habe man auf dem Handrücken oder auf der Stirn bereits einen vorzeitig entwischten Tropfen abbekommen. Die Wolken waren dick und hingen niedrig, urplötzlich und heimlich vom Meer aufgestiegen.

»Was sind denn das für Typen ...«

Onerva riss ihre Handtasche auf und holte das Funkgerät heraus. Auch Harjunpää hatte die Männer bemerkt. Es schien, als kämen sie von den Lehikoinens. Es waren zwei, ein großer, schmächtiger und ein kleinerer, gedrungener. Es sah aus, als stritten sie sich heftig und als wären sie auch leicht betrunken. Mehr war nicht zu erkennen, die Entfernung betrug an die dreihundert Meter.

»Hier Nykänen. Nordström, hörst du mich?«, rief Onerva.

»Ich höre. Und ich bin schon eine Zeit lang fertig. Vielleicht könnte einer von euch kurz reinkommen und die Unterschriften bezeugen.«

»Machen wir. Waren gerade zwei Männer bei euch? Ein kleiner und ein großer?«

»Von ihren Maßen weiß ich nichts ... Aber hier sind gerade die beiden letzten Jalousienhändler weggegangen. Aus sechs verschiedenen Klitschen waren schon welche hier gewesen ... Frau Lehikoinen hier neben mir sagt gerade, dass sie wie Pat und Patachon ausgesehen und beide nach Äthyl gerochen haben.«

»Danke und Ende.«

Onerva ließ das Funkgerät in die Handtasche gleiten, und sie und Harjunpää fielen wieder in ihren alten Schritt. Die Männer entfernten sich immer weiter von ihnen und näherten sich bereits der Koivuniementie.

»Hat er ihn gerade geschlagen?«

Harjunpää war sich nicht sicher – es hatte so ausgesehen, als hätte der Kleinere seinem Kumpanen einen kräftigen Hieb in die Magengrube verpasst. Der größere Mann blieb stehen und krümmte sich, setzte sich dann aber doch wieder in Bewegung, und dann waren beide schon hinter dem Heckenzaun an der Ecke verschwunden.

»Reiberei zwischen Besoffenen ...«

Sie kamen zu den Lehikoinens und betraten das Grundstück.

»Warte mal ...«

Harjunpää lauschte in Richtung Straße. Onerva hob fragend die Augenbrauen.

»Eine Autotür fällt zu. Jetzt wird gestartet ...«

»Und?«

»Sie waren beide betrunken ...«

»Vielleicht haben sie einen Dritten, der sie fährt.«

»Dann hätte er hier vorm Haus gewartet.«

Harjunpää war bereits im Laufschritt auf der Straße und rief über die Schulter:

»Sie haben es da vorne abgestellt, damit die Lehikoinens sie nicht verraten können!«

Er setzte über die Straße auf die Ecke zu, rannte in die Koivuniementie. Mitten auf der Straße fuhr das Auto mit eingeschaltetem Licht gerade los: Es war ein bräunlich gelber kleiner Datsun mit einer schwankenden Antenne und einem großen Aufkleber auf der Heckklappe.

»He! Warten Sie!«

Er holte alles aus sich heraus, seine Füße hämmerten auf dem Asphalt, sein Kopf bebte, die ganze Welt bebte, er biss die Zähne zusammen, sog durch die Nasenlöcher Luft ein. Und er wusste, er würde das Auto nicht einholen, die Männer nicht festhalten können. Er wollte etwas anderes, er wollte nah genug herankommen, um das Nummernschild sehen zu können, den Aufkleber oder so etwas. Aber der Wagen entfernte sich, wurde immer kleiner. Er langte nach dem Revolver, griff aber ins Leere. Da leuchteten die Bremslichter des Datsun plötzlich auf. Der Wagen hielt fast an, und der Fahrer schien sich umzudrehen.

»Warten Sie! Hallo, warten Sie!«

Der Fahrer drehte sich noch einmal um, dann trat er aufs Gas, der Motor heulte auf, öliger Gestank drang in die Luft, der Wagen schoss los und vergrößerte die Lücke. Jetzt hatte er bereits die Kreuzung erreicht, fuhr dann weiter die Marjaniementie entlang und verschwand hinter der Biegung, auf dem Weg in die Stadt.

Harjunpää gab auf. Er war erhitzt und spürte den Schweiß auf seinem Rücken. Ratlos stand er eine Sekunde oder zwei da, dann drehte er sich abrupt um und rannte in die Richtung, aus der er gekommen war. Onerva stand an der Kreuzung Nittyranta.

»Das war der Datsun!«, keuchte Harjunpää. »Hinterher! Wir erwischen ihn noch! Sie haben mich allerdings bemerkt… Sie treten aufs Gas. Sag sofort der Zentrale Bescheid!«

Sie rannten zu ihrem Lada. Onerva hatte bereits das Funkgerät am Mund und die Taste gedrückt, das rote Licht hüpfte im Rhythmus ihrer Laufschritte.

»Zentrale!«, rief sie schrill. »Die Acht-Vier-Fünf. Uns ist Verdächtiger Nummer zwölf entwischt! In einem bräunlichen Datsun Hundert A. Er fährt auf der Marjaniementie in Richtung Westen…«

Harjunpää suchte nach den Autoschlüsseln, fand sie aber nirgendwo. Er wühlte in allen Taschen, sein Taschentuch fiel heraus, er ließ es liegen, und dann fand er sie da, wo er es zuerst versucht hatte, unter dem Hausschlüssel. Außer Atem kamen sie am Auto an, Harjunpää schloss auf, das Funkgerät tönte: »Zentrale hat verstanden. Habt ihr das Kennzeichen? Acht-Vier-Fünf, habt ihr das Kennzeichen?«

Harjunpää schwang sich auf den Sitz, zog das Knöpfchen an der Beifahrertür hoch und hörte Onerva sagen: »Kein Kennzeichen. Aber es ist der Wagen von einem Wachdienst, eine alte Kiste. Es hat einen Wappenaufkleber und hinten eine lange Peitschenantenne. Drinnen sitzen zwei Männer, ein großer und ein kleiner. Sie sind beide außerdem aus einem anderen Grund Anton 1, auch wenn sie nicht im Rechner auftauchen!«

Onerva riss die Tür auf, Harjunpää steckte den Schlüssel ins Schloss, aus dem Funkgerät schrillte der Code für die Fahndung, und der Diensthabende las Onervas Angaben vor.

Harjunpää drehte den Schlüssel, die Warnlampen leuchteten auf, er drehte weiter – da fingen die Lichter an zu flackern, und kurz darauf erloschen sie ganz. Der Anlasser drehte sich weiter. Harjunpää schluckte, drehte den Schlüssel auf null, versuchte es erneut. Wieder drehte sich der Anlasser, er gab sich alle Mühe, aber nichts passierte. Onerva hatte bereits das Fenster aufgekurbelt und das Blaulicht auf dem Dach befestigt. Sie legte den Schalter um, und draußen begann der blaue Tanz, und aus dem Bug tönte es: »Tiitaa!«

»Mach das aus, verdammt!«

Harjunpää rann der Schweiß übers Gesicht, in seinem Mund schmeckte es salzig. Er begriff nicht, was los war, konnte es sich nicht einmal vorstellen, und vor seinem inneren Auge sah er den Datsun bereits auf der Tulisuontie, wenn er nicht sogar schon in Roihuvuori war. Außerdem konnte er auch nach Puotinharju gefahren sein und vor dort auf den Ostzubringer. Er versuchte es erneut, aber ohne Erfolg. Es zischte, als Onerva die Sirene ausschaltete.

»Batterie im Eimer?«, fragte sie und schlug verzweifelt die Hand an die Stirn. »Du hast natürlich das Licht angelassen!«

»Ach, Scheiße!«, schnaubte Harjunpää, machte eine ruckartige Bewegung, als wollte er das Auto schlagen, es treten, aber etwas in ihm brachte ihn dazu, sich zu beherrschen, vernünftig zu denken. »Dann würde sich der Anlasser überhaupt nicht rühren. Außerdem funktioniert alles andere …« Er blickte auf die Uhr am Armaturenbrett, auch sie ging richtig, tickte weiter, trieb die Zeit voran.

»Dann ist es das Zündschloss«, sagte Onerva mit einer Sicherheit, als kenne sie alle Autos genauestens, samt ihrer Launen. »Tuhkanen hat nämlich gesagt, dass bei einem von den Neuen gleich am ersten Tag das Zündschloss auseinander gefallen ist …«

»Acht-Vier-Fünf, hier Zentrale. Könnt ihr auch den anderen die Richtung angeben? Wo seid ihr?«

Harjunpääs Hand war am Zündschloss. Es fühlte sich wie ein diffuser Klumpen aus Metall und Plastik an. Er rüttelte heftig daran, obwohl er wusste, dass er damit nichts bewirken konnte, und gab dabei einen Schwall Flüche von sich, weswegen er nicht hörte, was Onerva antwortete. Er führte die Hand nach weiter unten, schob sie unter das Armaturenbrett und ertastete ein dickes Bündel Kabel, wie die Adern oder die Nerven des Autos. Er zerrte daran, ruckelte, und da flammten die Warnleuchten auf, daraufhin drehte er den Zündschlüssel, und der Motor sprang an. Er legte den Gang ein, kurbelte das Lenkrad in die Extremstellung, die Reifen quietschten, der Lada neigte sich und streifte den Heckenzaun. Jemand rannte durch den Garten der Lehikoinens und winkte wild – das musste Nordström sein, der wohl über Funk gehört hatte, was los war. Harjunpää hielt nicht an.

»Ist niemand entgegengekommen?«, rief Onerva ins Mikrofon, im Bemühen, das Martinshorn zu übertönen.

»Die Fünf-Fünf-Vier steht an der Kreuzung Ostzubringer, und Meripellontie und nimmt ihn in Empfang, falls er in die Richtung will«, teilte die Zentrale mit. Gleich darauf hieß es aus einem anderen alarmierten Wagen: »... befindet sich ebenfalls auf dem Ostzubringer. Wir sind auf der Höhe der U-Bahn-Station Herttoniemi. Wir haben einen guten Platz an einer Wendestelle und können in jede Richtung weiterfahren.«

Noch ein Dritter meldete sich, aber die Nachricht war nicht zu verstehen, das Heulen der Sirene war zu durchdringend. Harjunpää ließ den Lada fliegen, bei hoher Drehzahl, blickte nur flüchtig in die Nebenstraßen, und schon hatten sie die Kreuzung von Marjaniementie und Tulisuontie erreicht. Nun musste er eine schnelle Entscheidung treffen. Er fragte sich, was er selbst als Verfolgter mit Vorsprung machen würde – er würde versuchen, auf die Autobahn zu kommen, um den Abstand weiter zu vergrößern. Also fuhr er geradeaus weiter. Der Datsun war nicht zu sehen, nur jede Menge anderer Autos, die ihn durcheinander brachten. Und jetzt fing es auch noch an zu regnen, zuerst spärlich, nur ab und zu ein Tropfen aufs Dach oder die Windschutzscheibe, dann aber immer stärker, fast mit der Kraft eines Gewitterregens. Sie überquerten den Ostzubringer, bogen jäh nach links ab und erreichten die Auffahrt.

»Wie weit ist der denn schon, verflucht?«

Die Leuchtmasten jagten in einer Kette vorbei, das Wasser spritzte und zischte, die Scheibenwischer fuhren hin und her, die Sirene heulte.

»Vielleicht ist er an der U-Bahn vorbeigekommen, bevor die Streife dort war! Vielleicht fährt er über den Kreisel!«

Zwischen den Sträuchern, die beide Fahrbahnen trennten, blinkte kurz ein Blaulicht auf, und aus dem Funkgerät hörte man: »Die Sechs-Drei-Sechs hier ... Die Streife. Ihr kommt auf uns zu. Er ist hier nicht vorbeigefahren.«

»Die Acht-Vier-Fünf hat verstanden. Danke für eure Hilfe. Wir fahren sicherheitshalber noch ein Stück ...«

Harjunpää hatte einen bitteren Geschmack in der Kehle, als hätte er zu viel Kaffee getrunken, er trat das Gaspedal bis zum Anschlag durch. Onerva holte Luft und schnallte sich an, sie stützte sich mit den Händen am Armaturenbrett und mit den Füßen am Boden ab. Schon hatten sie Kulosaari hinter sich gelassen, fuhren über die Brücke, und die Lichter der Innenstadt waren jetzt als einzelne Flecke zu erkennen, wurden aber ständig stärker und zahlreicher, da lag bereits der Tunnel vor ihnen und dann die Uferstraße von Sörnäinen. Aber nirgendwo ein bräunlicher Datsun, nur Querstraßen, Nebengassen, zu viele, sie hätten sie bis an ihr Lebensende abklappern müssen, so wie es viele auch taten, tun mussten, außerdem fand sich das wirklich Böse nicht in Nebengassen, nein, mitten auf der Hauptstraße war es, aber sein Gesicht war nicht nur das Gesicht des Bösen, dahinter verbarg sich das Gesicht des Menschen, gierig und leidend. Harjunpää nahm den Gang heraus und ließ den Wagen ausrollen, dann lenkte er ihn an den Straßenrand.

»Verdammter Mist!«

»Zentrale, Acht-Vier-Fünf hier. Der Datsun ist uns entwischt. Aber seid so gut und wiederholt die Beschreibung einmal pro Stunde. Die Fahndung kann weiterlaufen, ihr kriegt sie dann später von uns schriftlich. Und falls er irgendwo gefunden wird, bitte Mitteilung an uns ...«

Die Uhr tickte. Sonst war nur noch das Prasseln des Regens zu hören, vielmehr war es ein Dröhnen, ein betäubendes Rauschen. Harjunpää starrte hinaus und atmete in kurzen Zügen vor Wut, es verging eine ganze Weile, bis er bemerkte, dass mit Onerva etwas nicht in Ordnung war. Sie lehnte mit dem Kopf an der Scheibe, wie damals, als sie geschlafen hatte, aber jetzt war ihr Gesicht ganz zu sehen, sie hielt die Unterlippe zwischen den Zähnen fest und biss heftig darauf, und auf einer Wange war ein bereits wieder trocknendes Rinnsal zu erkennen.

»Onerva, was …«

Sie wandte den Kopf ab, und durch das Fenster hinter ihr sah man nichts als Regen.

»Ich … Du kennst Mikko, du weißt, wie er ist. Ich will ihn nicht loben, das ist nicht nötig … Er ist immer ein braves Kind gewesen, ein guter Junge. Und er hat nie geklagt, obwohl er nur mich hatte, obwohl ich ihn bestimmt nicht immer so verstanden habe, wie ihn ein Vater verstanden hätte. Das konnte ich auch gar nicht … Und dann wird er gehänselt, weil er nicht mal einen PC hat …«

»Ja«, sagte Harjunpää vorsichtig und führte seine Hand näher an Onervas Hand heran, allerdings ohne sie zu berühren.

»Und jetzt … Ich weiß nicht, was ich machen soll, ich weiß nicht, woher ich das zusätzliche Geld hernehmen soll.«

Onerva drehte sich um und sah Harjunpää unverhüllt an.

»Er hat was Verhängnisvolles angestellt und mich in Schwierigkeiten gebracht … Das war im Frühjahr, als wir den Fall mit der Eisenstange hatten. Da hat er sich einfach ein Fahrrad für dreitausend Finnmark gekauft. Auf Raten. Irgend so ein Rennrad, wie es kein anderer im ganzen Block hat. Für die Anzahlung hat er sein Sparkonto geplündert. Seine Großmutter hat ihm immer zum Geburtstag was gegeben … Und den Rest wollte er sich durch Austragen von Werbezetteln verdienen. Im Frühjahr hat er dann auch welche ausgetragen, mit einem Eifer, dass ich mich nur gewundert habe ... Die Hausaufgaben und so weiter sind liegen geblieben.«

»Na ja. Du brauchst deswegen nicht ... Im schlimmsten Fall musst du das Rad zurückgeben. Wie alt ist Mikko? Dreizehn? Oder schon vierzehn? In seinem Alter darf man noch gar keine Ratenverträge abschließen. Das kannst du wieder rückgängig machen, wenn du willst ...«

»Ach, Timo ... Das Rad ist ihm eine Woche später gestohlen worden! Und ... Und er hat in dem Laden eine von mir unterschriebene Vollmacht vorgelegt. Er hat meine Unterschrift gefälscht! Ich wusste von nichts, ich bin mit dir dem Eisenstangenkerl nachgerannt und dachte nur, da bekomme ich wenigstens Überstundenzulage ... Und das mit der Reklame hat im Sommer schon wieder aufgehört, weil die Agentur umgezogen ist. Und das Ganze ist jetzt erst herausgekommen, als ich unter der Kommode im Flur das Mahnschreiben gefunden habe ... Mikko kommt immer vor mir nach Hause und hat alle vorigen Mahnungen vernichtet, als könnte man das Problem damit lösen. Und jetzt drohen sie ihm mit Zwangsvollstreckung. Ich habe schon länger gemerkt, dass etwas mit ihm nicht stimmt, er ist so verschlossen und wirkt deprimiert. Aber ich komme immer so spät von der Arbeit und bin selbst am Ende, ich habe mir was vorgemacht, indem ich mir gesagt habe, das sind bloß Anzeichen für die Pubertät ... Und jetzt sind zu der ursprünglichen Summe noch die Zinsen dazugekommen und Mahngebühren. Und ich bin so müde, ich kann einfach nicht ...«

Sie nahm die Hände vors Gesicht, legte den Kopf auf die Schenkel und weinte.

»Und sie räumen keine weitere Frist mehr ein«, klagte sie. »Ich bin verantwortlich, ich habe die Vollmacht erteilt ... Und ich kann doch nicht verraten, dass Mikko ... Auch wenn er nicht rechtlich zur Verantwortung gezogen werden kann, werden sie es doch irgendwo anzeigen, beim Jugendamt, du weißt schon …«

»Onerva …«

Harjunpää legte ihr die Hand in den Nacken und massierte sie leicht. Er wartete, bis sich Onervas Atem beruhigt hatte, dann legte er ihr die Hand auf die Schulter und richtete sie auf.

»Uns wird schon was einfallen«, sagte er so fest er konnte. »Mach dir keine Gedanken.«

»Am meisten Angst habe ich davor, dass Mikko … Das ich es nicht gut genug gemacht habe, dass es nicht gereicht hat, dass alles mein Fehler ist. Ich habe Angst, das könnte erst der Anfang sein. Ich muss ständig an Mikael denken, den Sohn von Bergman aus der K 1, der schließlich … Ich habe solche Angst!«

Wieder füllten sich Onervas Augen mit Tränen, mit kummervollem Gesicht lehnte sie sich an Harjunpää, und der schlang den Arm um sie, drückte sie an sich und tröstete sie, wie er es bei Pipsa tat. Er spürte Onervas Brust an seiner Brust, ihren Atem an seinem Hals, und es fühlte sich an wie Elisas Brust und Elisas Atem. Er lockerte den Griff und lehnte sich schwer im Sitz zurück. Dann nahm er seine Zigaretten heraus und zündete für beide eine an.

»Dann leihst du dir das Geld eben woanders.«

»Ich … Ich habe gedacht, ich frage dich. Aber du kannst nicht, ich weiß schon … Und die Bank … Wir haben noch so viele Schulden wegen der Wohnung. Und ich Unglücksrabe habe auch noch den Tisch und die Stühle auf Raten gekauft. Wir kommen jetzt schon kaum über die Runden.«

»Leih dir was von Norri. Die haben es leichter, sie sind nur zu zweit, und beide arbeiten.«

»Ja … Es fällt mir nur so schwer … Irgendwann wissen es dann doch alle im Haus. Wenn du wüsstest, was geredet wurde, als ich in diesen Kurs kam … Angeblich hätte ich dafür mit Norri geschlafen …«

Harjunpää legte mit einer heftigen Bewegung den ersten Gang ein und setzte das Auto wieder in Bewegung.

»Verdammte Scheiße, das alles«, sagte er gedämpft und meinte damit nicht nur Onervas Situation und das Polizeipräsidium; er dachte auch an Pauliina.

KAPITEL 18

Freundschaftsdienste

»Du sagst der Alten einfach, dass du vom Austrägerservice bist und mit Nyyssönen was wegen seines Bezirks besprechen musst. Das geht dann in Ordnung, und sie holt Anttu. Aber bleib nicht bei ihm, das geht nicht. Der Drachen lauscht auf jeden Fall an der Tür …«

»Aber dieser Anttu weiß, dass ich komme, und wartet auf mich?«

»Er wartet, aber er weiß nichts. Er wartet seit dreiundzwanzig Jahren auf dich. Aber er weiß nicht, dass du gerade jetzt kommst. Du bist eine Überraschung, eine Geburtstagsüberraschung. Er wird morgen vierundzwanzig.«

»Meine Fresse … Soll ich mir 'ne Schleife umbinden?«

»Wenn du meinst«, antwortete Dödö und lachte trotz allem. »Aber es reicht, wenn du dich nett einpackst. Bisschen Spitze und Seide, was fürs Auge und was sich gut anfühlt. Aber geh nicht zu früh hin. Er muss richtig wach sein. Um halb zwei morgen, okay?«

Als Antwort gähnte Kati, sie schnappte förmlich nach Luft, aber das wirkte nicht gemein, sie war immer genauso, wie sie war, und damit hatte es wohl zu tun, dass man sich bei ihr wohl fühlte und dass es mit ihr bei jedem Kerl klappte. Eine echte Professionelle war sie dennoch nicht, sie hatte sogar eine richtige Arbeit, sie saß in der Telefonzentrale von KSTV und war offensichtlich gerade eben erst aufgestanden, denn sie hatte nur ein Handtuch umgeschlungen, und ihre

Füße waren feucht, sie hatte sie gebadet, angeblich taten sie ihr nämlich morgens immer weh. Eine Wohltäterin war sie allerdings auch nicht. Sie streckte die Hand aus und rieb Daumen und Zeigefinger gegeneinander.

»Ach ja…«

Dödö wollte sein Portemonnaie aus der Gesäßtasche ziehn, zögerte es aber hinaus, tat so, als klemmte der Knopf und dachte fieberhaft nach. Ihm fiel nichts Vernünftiges ein, also ließ er nur seine Stimme sanft und schön klingen:

„»Ich hab gedacht… Weil es doch ein Geschenk ist. Ich hatte gehofft, das könnte vielleicht so ein Freundschaftsdienst…«

Kati schüttelte den Kopf. Aber sie wurde nicht böse, nicht einmal höhnisch.

»Tut mir Leid. Du verstehst, wenn der Mensch in seinem ganzen Leben nur ein einziges Geschenk bekommen hat, kann er das nicht einfach an andere weiter verschenken. Und was den Freundschaftsdienst anbelangt… Wenn ich damit anfange, wären bald sämtliche Männer auf der Welt meine Freunde.«

»Schon gut… Ich dachte ja bloß. Wie viel?«

»Auf Sadomaso steht er aber nicht?«

»Nein, verdammt, das hab ich doch gesagt. Er ist total ahnungslos in diesen Dingen. Den hast du in zehn Sekunden erledigt.«

»Ich kenn diese Ahnungslosen, das sind oft die Schlimmsten… Sagen wir hundertfünfzig, damit trag ich auch noch was zur Kollekte bei.«

Dödö öffnete das Portemonnaie und hielt es so, dass Kati nicht sehen konnte, wie dürftig der Inhalt war. Ihn selbst erschreckte der Anblick, er meinte in ein Schwarzes Loch zu blicken und fing verkrampft an zu rechnen, wohin das ganze Geld gegangen war, bis ihm einfiel, was er Sinikka gegeben hatte. Plötzlich bereute er das Geschäft. Er dachte auch an Anttu. Am Abend noch hatte er ihn gehasst. Er hatte Mist gebaut, sich zu viel Mut angetrunken und genau in dem Moment angefangen zu kichern, als Dödö verlangt hatte, den Hausherrn zu sprechen.

»Macht nix, wenn die Jalousien nicht gut genug sind«, hatte er gelallt, »bei uns hängen sie auch schief. Aber wie wär's mit Heringen?«

Oh, Jesus! Sie hatten in ebendiesem Moment gehen müssen. Und wie er ihn gehasst hatte! Sogar die Faust hatte er ihm in den Magen geschlagen, danach war der Hass weg, und er hatte nur noch Mitleid. Anttu war in Tränen ausgebrochen, hatte geheult wie ein kleines Kind, ohne sich zurückzuhalten, ohne sich zu schämen. Im Auto war ihm dann schlecht geworden, sie hatten abbiegen und in einer Nebenstraße anhalten müssen, damit Anttu sich übergeben konnte. Er hatte lang auf ihn einreden müssen, bis er sich beruhigt hatte. Und Anttu hatte selbst geredet, hatte unter Tränen erzählt, wie seine Mutter gestorben war, als er elf war – der Vater hatte sie so lange gequält, bis sie sich aufhängte. Und wenn später etwas nicht nach dem Willen des Alten ging, befahl er allen drei Kindern sich auszuziehen, und dann schlug er sie, und Anttus große Schwester wurde auch auf andere Art misshandelt, nachts – Anttu hatte es offenbar nicht ganz begriffen, begriff es wohl immer noch nicht –, ihr Jammern und Weinen drang aus der Dunkelheit zu ihm. So war es vier Jahre gegangen, bis der Alte im Suff an seiner Kotze erstickte. Eine Tante hatte die Schwestern zu sich genommen, Anttu war in ein Kinderheim gekommen.

»Hier«, sagte Dödö und gab Kati das Geld. »Aber sei gut zu ihm. Mach es auf die mütterliche Art, gib ihm Zeit, das braucht er.«

»Meinst du vielleicht, das kann ich nicht ... Wie geht's dir eigentlich mit Sinikka?«

»Prima, doch ...«

»Na schön. Ich hab nur gedacht, weil du aussiehst wie von einer Krähe gerupft.«

Dödö ließ den Kopf hängen und starrte eine Weile auf seine Schuhe.

»Du weißt doch, wie das mit der Kohle ist«, sagte er mit matter Stimme. »An den schlechten Tagen hat man gar nichts, und an den guten muss man im Geschäft den anderen beim Einkaufen zugucken ... Aber was soll's. Wir haben alle unser Geschwür am Arsch. Denk also morgen dran ...« Er drehte sich um, ging zur Tür und ergriff die Klinke, da war er plötzlich nicht mehr sicher, wo er sich befand, welche Tageszeit war, er fühlte sich wie am Morgen, als Sinikka mit Ulpu von der Sprechstunde kam und er ihr die Tür aufgemacht hatte.

»Ulpu hat den Star«, hatte Sinikka gesagt.

»Den Star? Das haben doch nur alte Leute ... Das ist nicht wahr!«

»Sie hat den grauen Star. Sie sieht so gut wie nichts.«

»Aber ... Sie hat doch keinem was getan ...«

»Wir gehn mit ihr in die Augenklinik. Vielleicht schon in den nächsten zwei Wochen.«

Er hatte nichts mehr sagen können, auch Sinikka nicht. Sie hatten sich nur gegenseitig angestarrt. Und er hatte begriffen, dass Ulpu wegen ihm bestraft wurde, für all das Übel, das er verursacht hatte. Die Welt hatte erfasst, wer sie und ihre Ordnung mit Füßen trat, und jetzt rächte sie sich, und ihre Rache war immer gnadenlos grausam. Sinikka hatte geweint, zum ersten Mal, seit sie sich kannten, ihre schönen Augen waren voller Trauer und Schmerz gewesen, und auch ihm wären beinahe die Tränen gekommen, er hatte hinausrennen müssen, und beim Rennen hatte er Sinikka rufen hören: »Raikas! Es gibt noch mehr schlechte Nachrichten! Kira und Joonas kommen nicht mehr zur Betreuung her, angeblich bekommen sie hier nicht genug Anregungen ...«

»Bei dir scheint nicht alles in Ordnung zu sein ...«

Das war Kati. Sie sagte es von weit her, er brachte nicht die Kraft auf, sich umzudrehen. Er war voller Müdigkeit, der

Müdigkeit dutzender von Nächten, er hätte auf die Knie sinken und weinen mögen. Aber er hielt sich an der Türklinke fest und spürte, wie Kati ihm etwas in die Tasche schob, und er hörte sie sagen: »Behalt das. Ich kümmere mich auch so um ihn. Und besser als jede andere.«

»Dank dir … Ich bin dir unheimlich dankbar. Wenn ich dir mal irgendwie … Wünsch mir viel Glück.«

»Du scheinst es nötig zu haben.«

»Stimmt. Und wenn ich das nicht habe, dann werde ich es nie mehr brauchen …«

»Viel Glück, Dödö. Ich drück dir die Daumen.«

»Danke. Dank dir, Kati.«

Dödö trat ins Treppenhaus und rutschte an die Wand gelehnt ein Stockwerk tiefer. Dort blieb er stehen und tastete nach dem zusammengefalteten Zettel in seiner Brusttasche, nahm ihn aber nicht heraus, er kannte ihn auswendig, jedes einzelne Wort, er hatte ihn selbst geschrieben, und jetzt kamen ihm die Worte falsch und blödsinnig vor. Aber etwas anderes war ihm nicht eingefallen, mehr konnte er nicht, obwohl er im Lauf der Jahre so oft gelesen hatte, wie so etwas ging. Er stöhnte und holte die Schnapsflasche aus seiner Jacke. Sie war neu, am selben Tag gekauft, fast voll noch, und er nahm einen Schluck, aber das half nicht, er hatte bereits zu viel davon in sich, er wärmte nicht einmal den Magen, sondern ließ nur eine Mauer in seinem Innern einstürzen, und er sah alles so, wie es in Wirklichkeit war, und was er da sah, war vernichtend.

Er kam auf die Albertinkatu herunter. Es war kurz nach Mittag, die Straße war voller Leute, die Pause hatten und allesamt gingen, als wüssten sie ganz genau, wohin, als wüssten sie schon im Voraus, wo sie eine Woche später gehen würden, als würden sie sich nie verirren, und Autos fuhren vorbei, die Erde erzitterte unter ihnen, man spürte ihre Geschwindigkeit am ganzen Körper, und die Luft war voll von ihrem Lärmen und Brüllen, und für einen flüchtigen Moment verspürte

Dödö das drängende Bedürfnis, sich die Hände auf die Ohren zu legen und selbst zu schreien. Aber er stand nur da und hielt sich abseits von dem Strom, zu dem er nicht gehörte, und er fing an zu schwitzen, und der Schnaps kam aus dem Magen wieder hoch, aber er schluckte ihn ein ums andere Mal wieder herunter.

Die Telefonzelle stand auf der anderen Straßenseite, am Rand eines Parks. Er starrte sie an. Sie war grün. Grün war immer eine gute Farbe für ihn gewesen, außer bei der Herfahrt, als er zu Kati gekommen war. Da hatte sie nicht geholfen. Er hatte unterwegs bei jeder Telefonzelle Halt gemacht, den Zettel herausgezogen und mit klammen Fingern die Nummer gewählt, und das Telefon hatte geläutet, aber der Anrufbeantworter war an gewesen, mit der Stimme eines Menschen, er hatte sich vorgestellt, wem das Gerät gehört, von wem es die Stimme geliehen hatte, und dann hatte es die Gelegenheit gegeben, ins Leere zu sprechen, aber was Dödö zu sagen hatte, war etwas, was man dem Menschen direkt sagen musste. Wenn er es jetzt versuchen würde, würde er dann antworten, wäre er dann zurück von da, wo er gewesen war? Oder müsste Dödö weiter warten, die Hoffnung weiter keimen lassen? Oder war das Ganze doch wieder von der üblen Sorte, würde sich die Welt anschließend noch schlimmer rächen?

»Scheiße …«

Er stieß sich von der Wand ab. Die Welt hatte nichts mehr zu rächen. Sie hatte nur noch gutzumachen, zumindest wegen Ulpu. Und wegen Sinikka, zumindest so viel, dass sie ein neues Zuhause bekäme.

Dödö ging zur Ecke und wartete, bis die Ampel auf Grün sprang, er überquerte die Straße und näherte sich langsam der Telefonzelle, dabei dachte er noch einmal darüber nach, was er verlangen sollte. Er hatte an hunderttausend gedacht. Aber jetzt kam ihm das unangemessen vor. Woher sollte der Typ eine solche Summe innerhalb eines Tages herbekommen?

Oder warum nicht – er musste etwas auf der Bank haben, und außerdem hatte er auf jeden Fall das Auto und das Haus. Dafür bekäme er, was er wollte, jederzeit, warum nicht eine Million? Im Übrigen war es sein Problem, das Geld zu beschaffen, und es war nur recht, wenn er deswegen in Panik geriet, dann kam er nämlich nicht dazu, sich Gegenmaßnahmen einfallen zu lassen. Es war sowieso besser, es mit mehr zu versuchen als mit zu wenig, der Mann musste jetzt nämlich sehr reif sein, falls er überhaupt noch ein Mann war. Hunderttausend war die richtige Summe, ein ansehnlicher Batzen, davon würden sie zwei Jahre leben, selbst wenn keiner von ihnen Arbeit fände. Aber vielleicht war es klug, Sinikka das Geld zu geben, damit er nicht in Versuchung kam, es im Lotto zu vervielfachen.

Dödö erreichte die Zelle. Jetzt fing er an wachsam zu werden und von irgendwoher Kraft zu bekommen, so wie ein verwundetes Tier wachsam wird und Kraft bekommt, wenn es in eine Sackgasse gerät. Er überblickte die Leute, die auf den Parkbänken saßen, es waren nur Penner. Er blickte sich um und stellte fest, dass ihn niemand im Auge hatte. Es war ihm auch niemand gefolgt, so wie am Abend in Marjaniemi, was sein verfluchtes Glück war. Er hatte den Kotflügel eines Peugeot gestreift, aber nicht wegen des Alkohols, sondern weil er so wütend gewesen war, und natürlich war der Besitzer des Wagens in der Nähe gewesen und hatte etwas bemerkt. Doch das Nummernschild hatte er sich kaum aufschreiben können, dafür war er nicht nah genug herangekommen, und selbst wenn, wegen Trunkenheit am Steuer würden sie ihn jedenfalls nicht mehr drankriegen.

Dödö holte tief Luft und zog die Tür der Telefonzelle auf, trat ein, nahm ein Markstück aus der Tasche sowie den Zettel, faltete ihn mit feuchten Fingern auf, und in seinem Innern flüsterte eine hastige Stimme: Sei daheim, geh ran, sei daheim, du musst daheim sein! Er legte den Zettel auf das Telefonbuch und las ihn noch einmal durch. Seine Lippen bewegten sich im Takt der Wörter, als versuchten sie noch etwas daran zu ändern.

»Ich bin Syndikatmitglied X. Wenn Sie wollen, dass Ihre Hölle ein Ende hat, kommen Sie heute Abend um 23.30 mit Ihrem großen Wagen an die Spitze des Brunnenparks, zum Parkplatz an der Ehrenströmintie und bringen Sie hunderttausend Mark in einer Tasche mit. Dort wird unser Mitglied 103 Kontakt mit Ihnen aufnehmen und Ihnen weitere Anweisungen geben. Falls Sie darüber mit irgendjemandem sprechen sollten, wird Ihre Hölle weitergehen, oder genauer gesagt, dann werden Sie merken, dass Sie bisher nur einen Vorgeschmack davon bekommen haben.«

Nervös rieb sich Dödö die Nase. Vielleicht hätte er den Text noch korrigieren sollen, damit er bedrohlicher klang, aber jetzt war es zu spät. Er warf noch einen Blick auf die Straße und den Park: Die Penner wühlten in Abfalleimern, einer hatte ein Wurstpapier gefunden und leckte es ab, aber niemand schaute her, niemand kam auf ihn zu.

Er ergriff den Hörer, der auf der Stelle feucht wurde. Dann warf er das Markstück ein und fing an, die Nummer zu wählen, die er schon auswendig konnte. Jetzt läutete das Telefon. Und jemand nahm ab! Einen Moment war Dödö so verdutzt, dass er nichts sagen konnte, dann fuhr er zusammen und stammelte den Text, kam auch bis zum Ende, und obwohl er vorgehabt hatte, das Gespräch danach sofort abzubrechen, sagte er noch: »Seien Sie vernünftig, verdammt! Sie kapieren doch, dass das hier fast ein Freundschaftsdienst ist... So billig.«

Er knallte den Hörer auf die Gabel. Sein Gesicht war feucht, und er zitterte vor Erleichterung und vor all dem, was er noch vor sich hatte. Dann erschrak er und ergriff den Hörer erneut. Er wischte ihn am Ärmel ab, damit keine Fingerabdrücke blieben. Er wusste zwar nicht, warum, aber so machte man es einfach immer. Und dann schnappte er sich den Zettel und ging aus der Zelle in die Welt hinaus. Nach langer Zeit zeigten sich wieder Lachfalten in seinen Augenwinkeln.

»Oh, Mann …«

KAPITEL 19

Silbernes Pulver

Jari presste den Hörer mit beiden Händen, fest, als versuchte er, den Anrufer nicht entwischen, das Gespräch noch dauern zu lassen. Aber es war vergeblich, sinnlos und auch zu spät: Nur das gleichmäßig pulsierende Tuut-tuut-tuut war noch zu hören. Er ließ den Hörer los, zog einen Stuhl unter dem Tisch hervor, war dabei unachtsam, sodass der Stuhl umkippte und auf dem Boden aufschlug. Er ließ ihn liegen, schnappte sich ein Stück Papier und einen Stift, als befürchtete er, sie könnten ihm entkommen, die Wörter könnten ihm davonlaufen.

»Spitze Brunnenpark. Parkplatz«, flüsterte er und schrieb es gleichzeitig auf. »Halb zwölf. Allein. Hunderttausend. Fortsetzung noch schlimmer.«

Seine Hand hielt inne. Er starrte auf die Wörter und dachte an die Stimme des Anrufers.

»Verdammt …«

Der Anrufer war derselbe Mann, der auf dem Tonband gesprochen hatte, der die Feuerwehr alarmiert und den Krankenwagen gerufen hatte, da bestand kein Zweifel, er war sich absolut sicher. Die Polizisten hatten ihm das Band mehrmals vorgespielt, zuletzt an diesem Morgen, und waren immer wieder in ihn gedrungen, ob er den Mann nicht doch kannte.

Jari richtete sich auf und fuhr sich verwirrt durch die Haare. Sie waren feucht, er war vor einer Stunde nach Hause gekommen und roch trotz einer Dusche noch immer nach Arrestzelle. Mit beiden Händen drückte er seinen Kopf, als hätte er Angst, etwas könnte kaputtgehen, aber dann nahm er die Hände weg und ließ die Aufregung kommen – und mit ihr kam auch die Hoffnung, zum ersten Mal während dieser ganzen Zeit, und die Hoffnung war wie ein leises Schnurren, das sein Inneres wärmte. Er traute sich nicht, genauer hinzuhören, geschweige denn daran zu denken, er ließ es einfach, wie es war, und es ließ in ihm ein Bild nach dem anderen aufsteigen. Auf dem ersten kam er gut gelaunt von der Arbeit nach Hause, er hatte gerade erfahren, dass er Laines Posten bekam, und im Garten war nichts, was dort nicht hingehörte, nur das Gras grünte, und Sanna empfing ihn und lächelte. Auf dem anderen saß er im Gerichtssaal und blickte unverwandt auf den Quälgeist, einen fetten, japsend atmenden, nach Schweiß riechenden Mann, und auf dem dritten Bild war er daheim, und sie hatten Gäste, viele, Wintergarten und Wohnzimmer waren voll, und er schlug mit dem Löffel ans Glas, das Lachen und Reden hörte auf, und er räusperte sich: »Nun, meine lieben Freunde. Jetzt, da alles vorbei ist, wird es vielleicht Zeit, dass ich euch erzähle, welcher Hölle ein Mensch auch auf dieser irdischen Welt begegnen kann …«

Er seufzte und wurde wieder wach, ging erneut zum Tisch, nahm das Notizbuch, blätterte es eilig durch, fand die grün bedruckte Karte und riss sie heraus. Dann hielt er sich den Hörer ans Ohr und fing an, die Nummer zu wählen, kam durcheinander, obwohl sie kurz war, musste noch einmal von vorn beginnen.

»Inspektor Harjunpää, bitte«, sagte er, und die Zentrale entgegnete ihr »Moment, bitte«, es knackte in der Leitung, dann tutete es, ein zweites Mal, viele Male, schließlich knackte es erneut, und die Frau in der Zentrale sagte:

»Er scheint nicht ranzugehen.«

»Dann Nykänen, bitte.«

»Moment.«

Jari fingerte an der Telefonschnur. Es entstand eine seltsame Verwicklung, wie ein menschlicher Kopf, oder ein Herz, ein zerschossenes Herz. Und er bemerkte, wie seine Beine zitterten, schnell, schnell, er dachte, dass er sich beruhigen musste, um kühl sagen zu können: »Hier ist Jari Lehikoinen, guten Tag. Ich hätte den Quälgeist jetzt an der Angel, und es wäre vielleicht angebracht, dass Sie ihn schnappen. Mein Interesse an der Sache besteht nicht zuletzt darin, dass er endgültig meine Unschuld an jenem bedauerlichen Zwischenfall beweisen kann …«

»Auch Nykänen nimmt nicht ab. Sollen wir es noch bei einem anderen versuchen, oder wollen Sie …«

»Versuchen Sie es bei Kandolin.«

»Dann machen wir das, Moment …«

Jari saß auf der Tischkante. Überraschenderweise fühlte er sich etwas schwach. Er stellte sich Kandolins Gesicht vor, es glich dem von Denis the Menace's Vater, aber es hatte nichts Komisches. Und Kandolins Augen versteckten sich hinter der Brille mit dem dicken Gestell, um jede Miene und Gebärde von ihm, Jari, zu belauern.

»Kommissar Kandolin …«

Und er war vor ihm eingebrochen. Er hatte geweint. Und er hatte ihm Phase um Phase geschildert, wie er den am Kopf blutenden Mann unter den Achseln gepackt und weggezerrt hatte, gegen Entsetzen und Übelkeit ankämpfend, und als er fertig war, hatte Kandolin gelächelt:

»Raffinierte Geschichte. Und bestimmt wahr. Aber kommen wir noch mal auf das zurück, was Sie zuvor taten, wie Sie ihn gefunden haben …«

»Hallo? Hier Kandolin … Wollen Sie etwas sagen oder nicht?«

Und das Essen war durch eine Luke in der Tür in die Zelle geschoben worden, wie bei einem gefährlichen Tier, und er war erkennungsdienstlich behandelt worden, man hatte seine Hände und Finger geschwärzt, ihre Abdrücke irgendwo verewigt, und dann war er vor blendende Lampen geführt und mit einem Nummernschild vor der Brust fotografiert worden, solche Fotos waren manchmal in der Zeitung, und das waren dann Verbrecherfotos. Jari spürte es eng werden in seiner Brust, die Luft reichte nicht aus, obwohl er sich anstrengte, und seine Haut war überall wie Leder. Er legte auf.

»Großer Gott …«

Auf der Straße vor dem Haus hielt ein Auto. Jari stand vorsichtig auf, schlich ans Fenster und schaute durch den Vorhangspalt. Es war Sannas BMW, er stand mit laufendem Motor da, auf dem Fahrersitz saß ein Mann, irgendein Fotograf, er hatte ihn schon mal gesehen, erinnerte sich aber nicht, wo, und Sanna sprach mit ihm, den Kopf auf eine Art zurückgeneigt, die darauf schließen ließ, dass sie auch lachte, und dann stieg sie aus, schlug die Tür zu und stöckelte auf das Haus zu. Jari packte den Vorhang noch fester. Sanna trug einen der Röcke, die er am meisten mochte, dunkellila und dünn, er flatterte und saugte sich fast an den Schenkeln fest, und ihre Haare waren offen, sie schimmerten in der Sonne wie Gold. Er erinnerte sich daran, wie er in der Nacht Sehnsucht nach Sanna gehabt hatte, bis ihm die Tränen gekommen waren, und es war Sanna, die er vermisst hatte, nicht Virve, er hatte begriffen, was für ein absoluter Irrtum Virve gewesen war. Aber dieser Irrtum war nicht irreparabel. Er ließ den Vorhang los, beeilte sich, in den Flur zu kommen, und hörte bereits Sannas Absätze auf der Veranda.

In voller Türbreite drang das Licht ein. Sanna erstarrte auf der Schwelle, die Hand mit dem Schlüssel hielt sie immer noch ausgestreckt. Für einen Moment war ihre Miene noch dieselbe wie eben vor dem Haus, aber dann wandelte sie sich, es flackerte etwas Ängstliches darin auf, dann trat ein harter Zug an Stelle der Angst, und ihr Gesicht war das einer fremden Frau.

»Aha …«

Sie sagte nichts, gab nur einen Laut von sich: »Aha.« Und

sie unternahm keine Geste, näher zu kommen, ihn zu berühren, zu umarmen.

»Ich bin rausgekommen… Sie haben festgestellt, geglaubt… Ich…«

Er konnte nicht weiterreden, kraftlos hob er die Schultern.

»Ich fahre nach Yyteri«, sagte Sanna und war wie kurz zuvor wieder voller Energie, sie huschte an ihm vorbei, dass ihr Rock seine nackten Knie streifte und er ihren Duft aufnahm, den Duft von Shalimar. »Die Badeanzüge werden dort fotografiert, das dauert ein paar Tage. Hängt natürlich vom Wetter ab…«

Sie ging in ihr Zimmer und machte den Schrank auf. Man hörte nur, wie sie den Koffer herausholte. Jari drehte sich um und folgte ihr, er wusste, wie sich Sanna fühlte, begriff, dass sie die Erleichterung und die Freude abwehrte, so wie er zuvor, dass sie Angst davor hatte, sich nicht traute, sie ungehindert ans Tageslicht treten zu lassen. Er blieb an der Tür stehen und lehnte sich an den Rahmen. Sannas Koffer lag offen auf einem Stuhl, sie suchte Kleider zusammen, das ging schnell bei ihr, sie war es gewohnt, zu packen.

»Sanna… Liebes. Ich bin jetzt wirklich hier…«

»Ich hab's gemerkt. Erstaunlich leicht hast du sie überzeugt. Aber andererseits hast du das ja schon immer gekonnt, intrigieren und übers Ohr hauen…«

»Was… Sanna!«

Jari machte eine Handbewegung, griff ins Leere, trat einen ungläubigen Schritt näher.

»Wie kannst du… Als würdest du selbst nicht… Aber das musst du doch!«

Sanna wich zurück, stemmte die Hände in die Hüften.

»Ich muss gar nichts, außer nach Yyteri fahren. Gestern musste ich etwas… Nämlich zu deinen Gunsten aussagen. Aber das war das letzte Mal, dass ich wegen dir etwas musste, das letzte Mal, dass ich einen Meineid leiste… Und was hast du überhaupt zugegeben, nichts. Was meinst du, wie das in den Zeitungen aussehen wird …«

»Hör auf. Hör auf, Sanna. Liebes … Ich habe es nicht getan … Wir müssen miteinander reden. Ich weiß jetzt, wer es ist, wie man ihn erwischen kann. Er hat gerade angerufen …«

»Du bist so ein verdammter Idiot! Ach, er hat angerufen! Und sich wahrscheinlich für alles entschuldigt! Der Polizei kannst du erzählen, was du willst, aber glaub bloß nicht, du könntest mir …«

Ihr Gesicht war plötzlich voller Hass, so außer sich, er hätte nie geglaubt, in ihr so etwas zu finden, und ihre Augen waren stechend, als wollte sich etwas aus ihrem Innern mit Gewalt befreien.

»Mir reicht es!«, schrie sie. »Mit uns geht es nicht mehr weiter! Kannst du nichts anderes, als dich selbst bemitleiden? Kannst du dir vorstellen, wie ich in der Tinte sitze?… Du denkst immer nur an dich! Immer nur an deine Karriere, was für deinen Aufstieg am besten ist … Aber mit deiner Karriere ist es jetzt vorbei! Du bist nichts mehr, du bist in den Augen der ganzen Welt nur noch ein Krimineller! Und das hast du durch deine eigene Dummheit zu Stande gebracht. Aber meine Karriere wirst du nicht zerstören! Ich sage dir nur so viel: Verzieh dich zu deiner Nutte, geh, wohin du willst, nimm deine Baubaracken mit … Ich brauche dich nicht mehr!«

»Du kannst doch nicht … Das darfst du doch nicht sagen!«

»Lass mich los! Rühr mich nicht an mit deinen Leichenhänden!«

Jari ließ los. Er ging rückwärts zur Tür und blieb dort stehen, wie durch einen Traum hindurch sah er, wie Sanna ihren Koffer packte und zumachte, wie sie ihn in die Hand nahm und damit an ihm vorbeiging. Dann hörte er die Tür und das Knirschen des Gartenwegs und ein davonfahrendes Auto.

Er stand immer noch an Sannas Tür. Und immer noch ging ihm durch den Kopf, dass sie ihm nicht glaubte. Er konnte nichts anderes denken. Und erst nach sehr langer Zeit kam ihm in den Sinn, dass ihm die Polizisten womöglich auch nicht vollständig geglaubt hatten. Wie sollten sie ihm denn glauben, dass der Quälgeist bei ihm angerufen hatte? Er hatte nichts, womit er das beweisen konnte, er hatte nur den Zettel, auf den er ein paar hastige Worte gekritzelt hatte. Wenn sie aber am Abend mit ihm kämen und dann niemand auftauchte, würden sie ihm laut ins Gesicht lachen. Sie würden glauben, er hätte sich nur reinwaschen wollen, und würden sagen: »An sich clever gedacht …« Jari führte die Hand zur Stirn und fing an sie zu massieren. Überhaupt – hatte ihn denn jemand angerufen? Oder hatte er sich das nur vorgestellt? Vielleicht war er eingeschlafen und hatte geträumt – der Mensch träumt von dem, was er sich wünscht. Er kam sich allmählich seltsam unwirklich vor, so verlassen und einsam fühlte er sich. Er zwang sich, in sein Arbeitszimmer zu gehen, und schaute auf den Zettel neben dem Telefon. Dort stand nach wie vor: »Spitze Brunnenpark. Parkplatz. Halb zwölf. Allein. Hunderttausend. Fortsetzung noch schlimmer«. Er ballte die Fäuste. »Okay. Mal sehn …«

Er bückte sich vor dem Regal und machte den Unterschrank auf, kniete sich dann hin und stöberte in den Kästen. Er brauchte mehrere Minuten, bis er fand, was er suchte. Es waren dreizehn Patronen. Acht davon waren rot, fünf grün. Er wusste nicht, worin sie sich sonst unterschieden, er war nie ein Jäger gewesen. Aber die Farbe konnte eventuell mit der Größe des Wildes zu tun haben, vielleicht gab es eigene für Hasen und eigene für Vögel. Für seinen Hasen waren beide recht. Er nahm drei Patronen in die Hand, alle grün. Die Hülsen waren aus Pappe, ein wenig verblichen schon, und die Enden aus Messing, das eine mit einem Dorn aus dem gleichen Material versehen. Dort schlug der Bolzen dagegen.

Jari ging in die Eingangshalle. Ohne sich auf die Zehen stellen zu müssen, erreichte er das Gewehr. Es war viel leichter, als er geglaubt hatte, als er es in Erinnerung hatte. Es lag gut in der Hand, kam ihm aber zu lang vor, zu umständlich zu handhaben. Es war das Gewehr von Sannas Großvater – oder war es der Urgroßvater? Das Metall ähnelte nachgedunkeltem Silber, die Läufe waren mit Gravuren versehen, sodass es wie Birkenrinde aussah. Zwischen den Hähnen war ein im Lauf innehaltender, hinter sich blickender Fuchs eingraviert, außerdem waren noch Vögel zu erkennen und Hasen und überall kleine Ornamente.

Er stand da und lauschte – fast so, als erwartete er Sannas Rückkehr, aber es war nichts zu hören, nicht aus dem Garten und auch nicht von der Straße. Er klemmte die Waffe unter den Arm, ging auf die eiserne Feuerschutztür zu und öffnete sie. Dahinter führte eine Treppe nach unten. Er machte Licht und ging hinunter, in der Luft lag der Geruch von alten Sachen und Werkzeug. Zwei Räume befanden sich unten, der linke hatte eine Tür nach außen. Das hätte seine Werkstatt werden sollen, wo er allerhand kleine Sachen hätte basteln können, aber er hatte sich nie wirklich dafür begeistern können, er war noch nicht einmal so weit gekommen, den Schrank mit dem Werkzeug an der Wand zu befestigen. Ansonsten war der Raum in dem gleichen Zustand wie der andere, voll mit Stapeln alter Unterlagen, Sannas Kleidern und ausrangierten Möbeln, von denen einige noch von Sannas Eltern stammten.

Wieder lauschte Jari einen Moment, dicht an die Außentür gedrückt, aber er hörte immer noch nichts. Dann sah er sich um, und sein Blick blieb an einem alten Sessel hängen. Es war ein massiver Klotz, bezogen mit rissigem Leder, dicker als die Haut eines Menschen: der Lieblingssessel von Sannas Vater. Jetzt war es eine Reliquie. Er legte den Daumen auf einen Hahn und spannte ihn, dann den zweiten, und beide knackten auf dieselbe Weise. Er tastete eine Weile an der Waffe herum, bis er sich wieder erinnerte: Er legte die Finger auf den

Hebel vor dem Abzug, drehte ihn zur Seite, und die Läufe klappten nach unten und starrten ihn mit leeren Augen an. Nur in einen Lauf steckte er eine Patrone, mit dem Dorn nach oben, dann klappte er die Waffe zu und richtete sie auf den Sessel.

»Oh, Gott!«

Der Schuss war wie ein betäubender Schlag, eine Explosion, die den Raum zerbersten ließ. Er ging in die Ohren, in die Augen, drang unter die Haut, überallhin, und die Waffe wäre ihm fast entglitten, sie verbog ihm schmerzhaft die Finger. Und plötzlich war nur noch die im Rauschen der Ohren ertrinkende Stille da und der stechende Rauch in der Luft. Der Rauch verwandelte sich in Zungen, und die Zungen saugten sich an der Tür entlang nach oben und die Treppe hinauf. Jari schluckte. In der Rückenlehne des Sessels war ein klaffendes Loch mit zerfetzten Rändern. Versengtes Seegras und Stücke von zerbrochenen Leisten standen heraus, und hinter dem Sessel hatte sich auf einer Fläche von fast einem Quadratmeter der Putz von der Wand gelöst. Er schluckte erneut. Er hatte nicht geglaubt, dass so viel Energie in einer Patrone steckte. Er musste aufpassen, dachte er, die beiden Läufe durften auf keinen Fall gleichzeitig losgehen.

Jari wischte sich über die Stirn und hatte nach langer Zeit zum ersten Mal wieder ein Lächeln auf den Lippen. Aber es war nicht das Lächeln, das er sonst gehabt hatte, es war vielmehr ein Zucken und glich eher einer Grimasse. Er stellte die an der Wand lehnende Holzkiste auf den Boden und legte das Gewehr darauf. Dann holte er die Eisensäge aus dem Werkzeugschrank. Sie war ganz neu, nein, eigentlich alt, aber unbenutzt, ihr rotes Sägeblatt hatte keine einzige Schramme. Mit dem Daumen prüfte er die Zahnung, dann trat er vor die Kiste hin und maß das Gewehr mit dem Blick ab. Er wusste nicht, um wie viel er die Waffe kürzen sollte, wie die abgesägten Schrotflinten von Verbrechern aussahen, kam aber zu dem Schluss, dass es das Wichtigste war, sie kurz genug zu machen, um sie bequem mit sich führen zu können. Er stellte einen Fuß auf die Waffe, drückte sie fest auf die Kiste, ergriff mit der linken Hand die Läufe und fing an, in einen eingravierten Ast hineinzusägen. Zunächst lief die Säge schlecht, rutschte ab, aber dann biss sie, und helles silbernes Pulver rieselte zu Boden.

KAPITEL 20

Kurze Beine

Harjunpää saß schweigend auf dem Stuhl und starrte hinaus. Die Wand des Hauses gegenüber war gelb vom Nachmittagslicht, es musste also schon nach drei Uhr sein. Am Morgen hatte er auf demselben Stuhl gesessen, nur in einer anderen Haltung, oder in mehreren Haltungen, und er hatte auf Norri geblickt und zu ihm gesprochen, und am schlimmsten dabei war gewesen, dass er vor Norri nicht schauspielern konnte wie vor seinen Klienten, noch schlimmer vielleicht, dass er es nicht mal versucht hatte. Und von Anfang an hatte er gespürt, wie Norri seine Lüge durchschaute. Aber Norri kannte ihn und hatte ihn nicht unter Druck gesetzt, auch wenn ihm klar war, dass es nicht um eine überraschende Zahnarztrechnung von Elisa gegangen war.

»Schon gut«, hatte ihn Norri unterbrochen. »Ich muss allerdings zur Bank gehen.«

Und obwohl Harjunpää jetzt nach draußen blickte, sah er Norri mit dem Portemonnaie in der Hand, dem großen, abgewetzten, das er schon immer gehabt hatte. Er zählte die Scheine auf den Tisch, klappte das Portemonnaie wieder zusammen und ließ es in die Innentasche seiner Jacke verschwinden. Das Geld schob er näher zum Tischrand.

»Bitte.«

»Danke ...«

Harjunpää streckte die Hand aus und legte sie auf die

Scheine, dann faltete er sie ohne nachzuzählen zusammen und steckte sie in die Brusttasche seines Hemdes. Er sah Norri in die Augen und wusste, er hätte alles erzählen können, schon am Morgen, Norri würde es keinem weitersagen, nicht einmal Onerva selbst. Aber Norri machte eine rasche Handbewegung und hatte etwas im Blick, das einem Verbot ähnelte.

»Ich weiß allerdings nicht, wann ich ...«

»Dann, wenn du kannst. Von mir aus immer ein bisschen auf einmal, falls dir das lieber ist ... Wie sieht's denn mit den Wachfirmen aus?«

»Den ganzen Tag haben wir uns mit denen abgerackert. Mit der Überprüfung der Autos haben wir zuerst telefonisch angefangen, aber das dauerte hoffnungslos lange, von einem zum andern ging das Gespräch, bis endlich jemand die entsprechenden Papiere herausgekramt hatte ... Wir kamen dann zu dem Schluss, dass es besser ist, hinzufahren, notfalls alle abzuklappern. Da konnten wir ihnen auch gleich das Band vorspielen. Mindestens zwanzig Leute haben es sich heute angehört, aber es kam nichts dabei heraus. Es gibt wahnsinnig viele solcher Firmen. Für zwei Leute ist das eine Nummer zu groß...«

»Sieht so aus. Aber ich musste Kandolin einfach zu diesem Fall von heute Morgen abziehen ... Das ist eine außergewöhnlich brutale Sache. Außer der Mutter auch noch das einjährige Kind, beide mit dem Messer durchs Auge ins Gehirn ... Und zu allem Überfluss tappen wir bis jetzt absolut im Dunkeln. An sich beschränkte sich Kandolins Anteil ohnehin auf die Todesursache von Kilpua, und die ist klar. Hat er euch gegenüber seine Erpresseridee geäußert?«

»Ja, hat er. Aber erst nachdem ich Jari freigelassen hatte. Onerva ruft ihn gerade an ... Wir haben Sanna schon am Abend Fotos gezeigt, aber sie hat keinen Passenden gefunden. Mit dem Kennzeichenregister ist es dasselbe, der Computer bietet für beide fast hundert Kandidaten an.«

Sie schwiegen. Eine Meise flog aufs Fensterbrett, machte ein paar schnelle Klopfgeräusche und flog gleich wieder davon.

»Mit welchen Firmen habt ihr angefangen?«, fragte Norri.

»Wir haben uns zuerst die beiden vorgenommen, die in Marjaniemi sind. Danach haben wir einfach nach dem Telefonbuch eine Liste gemacht und mit den Größten angefangen. Weil die am meisten Autos und Leute haben.«

»Vielleicht würde es sich lohnen, es umgekehrt zu machen. Mit den Kleinsten anzufangen, die unter dem größten Druck stehen. Die können es sich kaum leisten, in die Ausstattung zu investieren.«

»Das ist wahr …«

Harjunpää blickte auf Norri und begriff nicht, warum er selbst nicht darauf gekommen war, obwohl er den Datsun zweimal gesehen hatte. Dann dachte er, dass seit dem Gespräch über Geld genug Zeit verstrichen war und er seine und Onervas gemeinsame Idee vortragen konnte. Norri würde sie sicher im richtigen Licht sehen und nicht für einen Vorwand zum Überstundenmachen halten.

»Wir dachten, wir fahren nach Marjaniemi und observieren … Wenn wir die Erlaubnis bekommen. Wenn man bedenkt … Während einer einzigen Woche sind dort dreimal Leute rumgeschlichen, die dort nichts verloren hatten. Und jetzt ist auch noch Freitag, das Wochenende beginnt … Wir haben nicht an die ganze Nacht gedacht, sondern vielleicht von neun bis zwei oder drei. In der Zeit ist es immer passiert.«

Norri verzog nachdenklich den Mund, Harjunpää rutschte unruhig hin und her. Dann sagte Norri:

»An sich keine schlechte Idee. Vielleicht hätte man da schon früher draufkommen sollen … Warum nicht, wenn ihr noch genug Stunden habt. Aber wir sollten das vielleicht nicht zu einem längerfristigen System machen.«

»Nein … Unsere Stunden sind okay. Dann dachten wir noch,

dass wir auch morgen kommen und mit den Wachdiensten weitermachen …«

»Morgen ist Samstag.«

»Bei denen wechselt die Schicht …«

Onerva klopfte an die offen stehende Tür und trat ein. Schnell legte Harjunpää die Hand auf die durchschimmernde Brusttasche. Onerva war leicht aufgeregt, als wäre sie sich einer Sache sicher, befürchtete aber, die anderen könnten Zweifel haben oder sogar lachen.

»Kandolin dürfte das Richtige getroffen haben, zumindest die richtige Richtung«, sagte sie. »Ich habe Jari erreicht … Er war sehr kurz angebunden, angespannt, als argwöhnte er, ich wollte es mit einem Trick versuchen. Und als ich ihn direkt gefragt habe, ob ihn irgendwann einmal jemand in erpresserischer Absicht angerufen hat … Da war er lange still, holte Atem, als wollte er etwas sagen, und hat dann nur angefangen zu lachen … Und dieses Lachen war irgendwie künstlich.«

»Na ja …«

»Vergesst nicht, unter welchem Druck er steht«, sagte Norri. »Eingesperrt zu sein, ist selbst für Leute mit Erfahrung hart. Und dann hat er eine Klage vor sich. Oder sogar zwei, mit dem Unfall.«

»Dennoch«, insistierte Onerva. »Wir sollten gleich hinfahren. Hat Timo mit dir gesprochen?«

Norri nickte. Harjunpää schaute auf die Uhr. Es war erst kurz nach halb vier. Er hatte sich ausgerechnet gehabt, kurz zu Hause vorbeizuschauen.

»Für dich hat es sich wirklich alarmierend angehört?«, fragte Norri.

»Absolut. Und dann noch dieses Lachen … Es veränderte sich zum Ende hin, da klang es fast krankhaft. Und als ich Sanna ans Telefon bat, sagte er so komisch, Sanna sei weg, ohne etwas zu erklären.«

»Glaubst du, wir können zwei Wagen kriegen?«, seufzte Harjunpää. »Dann können wir das Haus von zwei Seiten im

Auge behalten, und einer könnte zwischendurch mal Pause machen.«

»Lasst uns sofort Tuhkanen anrufen. Und ob ihr es glaubt oder nicht … Da stimmt was nicht.«

KAPITEL 21

Nacht

Das Haus war dunkel. Aber die Dunkelheit war nicht vollkommen: Durch die Fenster zur Straße sickerte der Phosphorschimmer der Laternen, durch das Glasdach und den Wintergarten schienen die von den Wolken reflektierten Lichter von Vousaari und Puotila, und im Wohnzimmer leuchtete die grüne Uhr des Videorekorders. Man konnte etwas sehen. Und die Dunkelheit war nicht auf einen Schlag gekommen. Jari hatte sie beobachtet. Sie hatte sich zuerst rund um die Möbel und in den Ecken eingenistet und erst dann die Räume ganz ausgefüllt. Und es war keine böse Dunkelheit. Sie war beschützend, fast lebendig, wie eine Verbündete, die zu helfen versuchte, wenn es sonst niemand mehr wollte oder konnte. Darum hatte er kein Licht gemacht, obwohl ihm etwas sagte, dass alles normal wirken sollte, damit der möglicherweise draußen auf der Lauer liegende Quälgeist den Eindruck bekam, er würde den Anweisungen folgen und sich zum Aufbruch bereit machen.

Und das tat er ja auch. Aber vorläufig saß er noch auf den Stufen zum Wohnzimmer, die Taschenlampe neben sich, wie schon einmal. Regungslos saß er dort, mit angespannten Muskeln. Er hatte beschlossen, sich nicht zu rühren, bevor die Wanduhr elf schlug. Er konnte nicht anders. Er musste den Kreis durchbrechen. Die letzten Stunden war er durch das Haus getrottet wie ein eingesperrter Wolf, er war von einem Fenster zum anderen gegangen und hatte hinausgespäht, ob jemand in Sicht war. Und immer, wenn er eine Runde gemacht hatte, war er in die Eingangshalle zurückgekehrt, hatte die Tasche genommen und sich vorgenommen zu gehen. Und erst dann hatte er begriffen, dass es zu früh war, dass er warten musste, dass der Quälgeist noch einmal anrufen und den Treffpunkt ändern konnte. Er glaubte nicht mehr, sich den Anruf nur eingebildet zu haben, auch nicht, dass es ein Scherz war, denn den ganzen Tag war nichts passiert. Kein einziges Auto war gekommen, um auf dem Grundstück seine Last abzuladen, niemand hatte an der Tür geläutet oder ans Fenster geklopft. Nach dem Anruf der Polizistin am Nachmittag hatte das Telefon nur zweimal geklingelt. Der erste Anrufer war ein Betrunkener, der erklärt hatte, Sanna ficken zu wollen, der zweite einer von Sannas Freunden, der aufgeregt erzählt hatte, ihre Telefonnummer an der Wand einer Telefonzelle gesehen zu haben. Aber Jari hatte seine Ruhe nicht genießen können, es war die falsche Ruhe, bedrohlich, wie ein Köder, der weggezogen wird, sobald man ihn schnappen will.

Die Wanduhr rasselte, und Jari zuckte zusammen. Aber er stand noch nicht auf, denn die Uhr hatte noch nicht geschlagen, sie rasselt immer so, wenn es wenige Minuten vor der vollen Stunde war. Eine Weile lauschte er auf das Haus. Dann horchte er in sich hinein, fragte sich, in welchem von zwei möglichen Gemütszuständen er sich befand. Er war sich noch nicht im Klaren darüber gewesen, welcher von beiden stärker, richtiger war, welchem er folgen sollte.

Und jetzt erwischte er den, der ihn in knappen Zügen atmen und die Fäuste ballen ließ. Er begriff auch, dass er die einzig richtige Lösung gewählt hatte, dass er nicht nur das Recht, sondern auch die Pflicht hatte, sich zu verteidigen. Und er wusste, dass er dazu im Stande war. Die Starken sind das immer. Nur die Schwachen lassen sich zu Opfern und Schuldigen machen. Und er sah, wie auf einem Bildschirm, wie alles geschah: Der Quälgeist schlich an seinen Wagen heran und streckte die Hand aus, um ihm eine Nachricht zu übergeben, erstarrte aber auf der Stelle, als er, Jari, ihm das Gewehr auf die Brust hielt und sagte: »So, du Ratte. Das Spiel ist aus …« Als Nächstes marschierte er bereits ins Polizeipräsidium, lenkte den heulenden Quälgeist zur Theke des Diensthabenden und sagte dem verblüfften Polizisten: »Dieser Mann ist ein Verbrecher, ein Erpresser. Ich empfehle Ihnen, ihn zu verhaften …« Und dann sah er noch die Überschriften der Zeitungen, wo davon die Rede war, dass der Unschuldige selbst das Verbrechen aufgeklärt hatte, und schließlich sah er noch vor sich, wie er geradezu angefleht wurde, Laines Stelle zu übernehmen, aber er lehnte ab und ließ alles hinter sich, auch Sanna.

Die Uhr fing an zu schlagen. Jari sprang auf. Er war beinahe froh, dass er sich nicht in dem anderen Gemütszustand befand, der von ihm verlangt hätte, aufzugeben, die Polizei anzurufen oder zu fliehen, ins Auto zu springen und irgendwohin zu fahren. Auf dem Nährboden dieses Zustands nämlich wucherten all die schlimmen Dinge: dass er den Jungen überfahren hatte, keuchend den toten Mann weggeschleppt hatte, dass er vor Gericht kommen würde und alles an die Öffentlichkeit käme, dass seine Karriere ruiniert war, dass das Leben keinen Sinn mehr hatte, dass Sanna ihre Meinung nicht ändern würde, selbst wenn er angekrochen käme. Und schließlich fühlte er sich vollkommen gescheitert, ein Nichtsnutz, einer von denen, um die er immer einen Bogen gemacht hatte, die keine Bedeutung auf der Welt hatten, deren Berechtigung zu leben ein großes Rätsel war.

Er wischte sich über die Stirn und ging in die Eingangshalle, knipste die Taschenlampe an und ging noch einmal neben der Tasche in die Hocke. Es lag nur das Gewehr darin, und das war jetzt nur noch ein verkrüppelter Torso. Von seinen Läufen waren noch knapp dreißig Zentimeter übrig, und die Mündungen dieser Stücke waren durch die Säge rau geworden und voller scharfer Unebenheiten. Die Waffe war aufgeklappt, die Patronen waren an ihrem Platz bereit und die

Hähne aufrecht wie die Ohren eines Tieres. Es sah eigentlich gar nicht wie ein Gewehr aus, wenn man es eine Weile betrachtete, kam es einem geradezu lebendig vor, als hätte es einen eigenen Willen. Die Lampe in Jaris Hand zuckte. Er musste die Augen schließen. Und jetzt sah er plötzlich ein ganz neues Bild: Er schob die Läufe der Waffe durch das offene Wagenfenster und drückte sie dem Quälgeist mitten ins Gesicht, und dessen Mund öffnete sich zum Schrei, aber er gab ihm nicht die Gelegenheit, seinen Schrei zu Ende zu bringen, er drückte beide Abzüge gleichzeitig, und alles wurde von einer Stichflamme und von Rauch verdeckt. Und dann war der Rauch weg; der Kopf des Quälgeistes allerdings auch. Von seinem kranken Gehirn waren nur noch graue Spritzer auf dem ebenso grauen Asphalt übrig.

»Großer Gott! Nicht so etwas … Nur zur Polizei.«

Er machte den Reißverschluss der Tasche zu und stand auf, seine Beine zuckten, als nehme der Wille eines anderen auf sie Einfluss. Er klopfte kurz auf seine Jackentasche, stellte fest, dass er die Hausschlüssel bei sich hatte. Und er war bereit zu gehen. Schon vor Stunden hatte er sich angezogen, er trug Tennisschuhe und einen bequemen Jogginganzug, der spannte nie, darin konnte man gut schnelle Bewegungen machen. Er nahm die Tasche und löschte die Lampe.

Er öffnete die Tür einen Spalt weit und spähte hinaus. Der Garten war dunkel, er hatte nirgendwo Licht gemacht. Richtig leblos sah der Garten aus, nur eine Heuschrecke zirpte träge irgendwo, und bei den Nachbarn kläffte ein Köter. Es roch nach Herbst, nach dem Tod des Sommers, nach dem Dunst über dem Meer.

»Dann also los, hinein in die Nacht …«

KAPITEL 22

Observation

Die Bretter des Zauns fühlten sich rau an. Sie verströmten den Geruch von Imprägniermittel, ansonsten roch es nach zertrampelten Pflanzen, nach Meer und nach Nebel. Harjunpää drückte sich noch einmal dicht an den Zaun, justierte sein Auge genau auf dem Spalt zwischen zwei Brettern. Bei den Lehikoinens war alles wie zuvor. Das Haus war dunkel, wie schlafend. Oder wie ausgestorben. Er verstand nicht, was Onerva mit »leichten, beweglichen Lichtreflexen« meinte. Allerdings sah sie das Haus auch von der anderen Seite. Sie saß im Auto am Rand der Grünanlage in der Marjaniementie und hatte außerdem das Fernglas zur Hilfe. Aber dennoch.

Harjunpää musste sein Handgelenk unmittelbar vors Gesicht halten, um die Uhrzeit lesen zu können. Es war eine Minute nach elf. Er kauerte jetzt genau eine Stunde auf dem leeren Grundstück, alles in allem dauerte die Observation bereits sechs Stunden. Den ganzen Abend war nichts geschehen, es hatte nicht einmal jemand versucht, in den Garten der Lehikoinens einzudringen. Der Dodge stand auf seinem Platz, der BMW war fort. Seltsam war nur, dass das Haus dunkel war, aber auch das hätte sich erklären lassen: Jari hatte in der Zelle nicht schlafen können und holte nun sein Defizit nach – wenn Onerva nicht steif und fest behauptete, ab und zu Licht gesehen zu haben, Licht, wie es aus einer abgeschirmten Taschenlampe kommt. Und Harjunpää musste zugeben, dass dies der einzige Grund war, warum er noch nicht vorgeschlagen hatte, das Ganze bleiben zu lassen und wegzufahren.

Er bog die Erlenzweige zur Seite und watete durch die Weidenröschen zu dem Pfad, den die Mopeds gezogen hatten. Das Licht der Straßenlaternen schien bis dorthin, und er blieb stehen und zog das Funkgerät heraus.

»Onerva!«

»Ja?«

Die Antwort kam sofort und laut, denn Onerva benutzte den Autosender.

»Von dieser Seite aus sieht man überhaupt nichts. Nicht den kleinsten Lichtstrahl ... Könnte es sein, dass es die Widerspiegelungen von den Autos auf der Straße waren?«

»Aber hier sind keine Autos vorbeigefahren, außer dem Taxi gerade eben. Außerdem habe ich sie jetzt auch eine Zeit lang nicht mehr gesehen. Aber es sah so aus, als wäre jemand mit der Taschenlampe herumgeschlichen. Andererseits observieren wir ja nicht Jari, sondern warten auf jemand, der eventuell von außen kommt ...«

Harjunpää begnügte sich damit, den Schalter knacken zu lassen. Fast im selben Augenblick sagte Onerva:

»Im Garten ist jemand! Er geht auf den Carport zu, schleicht geduckt über den Rasen ... Es ist Jari! Er hat einen blauen Jogginganzug an, eine hellrote Tasche in der Hand, eine Sporttasche ...«

»Verstanden ...«

Harjunpää ging in die Hocke und suchte Deckung hinter den Weiden, denn der Carport befand sich ganz in seiner Nähe. Nur der Zaun war dazwischen. Jari konnte nicht mehr als fünf Meter entfernt sein. Vorsichtig hob Harjunpää den Kopf, und er sah Jari oder eigentlich nur eine unbestimmte Bewegung hinter den Zaunritzen. Jari schien gerade den Wagen aufzuschließen, aber das tat er seltsam vorsichtig, geradezu verstohlen. Und das war widersprüchlich, ja idiotisch, denn beim Anlassen würde der Motor hunderte von Metern weit zu hören sein. Aber es konnte natürlich sein, dass er nur etwas aus dem Wagen holen wollte oder etwas hineinlegen. Harjunpää biss die Kiefer zusammen; schlagartig kam ihm der Gedanke, Jari könnte Sanna etwas angetan haben und sei jetzt dabei, die Spuren zu beseitigen. Immerhin war er dazu schon einmal im Stande gewesen. Er machte eine Bewegung auf den Zaun zu, hielt dann aber inne, kam sich lächerlich vor: Es gab auch andere Möglichkeiten, und die waren wesentlich wahrscheinlicher.

»Timo«, rief Onerva über Funk. »Was machen wir, wenn er losfährt?«

»Moment ...«

Harjunpää langte sich ratlos ans Kinn. Sie waren darauf eingestellt, das Haus und eventuelle Eindringlinge im Auge zu behalten, und nicht, den Bewohnern zu folgen. Aber andererseits – sie hatten zwei Autos, Onerva den Lada, er den Saab von der Transportabteilung. Einer konnte also das Haus überwachen und einer Jari hinterherfahren. Aber was, wenn es überraschend zu einer Gefahrensituation käme? Dann wäre jeder allein. Da knurrte auch schon der Anlasser des Dodge, und gleich darauf sprang der Motor an, die Lichter flammten auf, durch den Zaun fielen sie in Streifen auf Harjunpää, und er warf sich geblendet zu Boden.

»Mist.«

»Also, was machen wir?«

»Wir fahren hinterher«, sagte Harjunpää. Er dachte jetzt nur noch an Jaris Benehmen und seinen auf Sanna bezogenen Gedanken von eben. »Jeder mit seinem Wagen ... Der eine bleibt ihm auf den Fersen, der andere hält Abstand. Falls er misstrauisch wird, können wir wechseln ...«

Jari hatte die Straße erreicht, er ließ den Motor in hoher Umdrehung aufheulen, und durch den Lärm hindurch hörte man die Räder auf dem Schotter knirschen. Harjunpää stand auf, rannte zur Straße, wo der Dodge an ihm vorbeirauschte. Weiter weg hörte er Onerva den Lada starten.

Jari bog in die Koivuniementie ein. Harjunpää rannte mit hämmernden Schritten über die Straße, sein Saab stand hinter dem Bogen, keine fünfzig Meter entfernt, er zog bereits den Schlüssel aus der Hosentasche. Keuchend erreichte er das Auto, fasste an den Türgriff, aber das Funkgerät war im Weg und die Lampe und seine eigenen Finger, es schienen zu viele zu sein und gleichzeitig zu wenige, die Lampe fiel zu Boden und das Glas zersprang.

»Verdammter Mist. Macht es mir nur alle schwer ...«

Er schnappte sich die Überreste der Lampe und warf sie im Wagen auf den Boden, schwang sich hinters Lenkrad und suchte nach dem Zündschloss. Nach quälend vielen Sekunden sprang der Motor an, und der Wagen schoss los. Harjunpää schaltete den Funk ein, und da tauchte schon die Kreuzung vor ihm auf. Er sah Onerva aus der anderen Richtung kommen. Harjunpää war eher da. In weiter Entfernung leuchteten die Rücklichter des Dodge am anderen Ende der Koivuniementie als sich entfernende Punkte, so wie die Lichter des Datsun am Abend zuvor. Harjunpää presste den Fuß energisch aufs Gaspedal.

»Onerva!«

»Ja?«

»Ich häng mich als Erster dran. Dieses Auto hier kennt er mit Sicherheit nicht. Halt ordentlich Abstand, ich sag dir dann, wo es hingeht.«

»Verstanden. Sollen wir für alle Fälle eine Mitteilung an die Zentrale machen?«

»Wenn du willst. Aber so, dass er nicht aus Versehen gestoppt wird.«

»Zentrale, die Acht-Drei-Sieben hier. Sag bitte den Streifenwagen, sie sollen nach einem blauen Dodge Ausschau halten, Berta-Nordpol-Richard-Neun-Acht. Er befindet sich zurzeit in Marjaniemi und ist möglicherweise unterwegs in die Stadtmitte. Er darf unter keinen Umständen aufgehalten werden und auf keinen Fall merken, dass wir uns für ihn interessieren. Die bloße Mitteilung, wo er gesehen worden ist, reicht.«

»Zentrale hat verstanden. Mitteilung an alle Streifenwagen …«

Harjunpää ließ eine große Lücke zwischen sich und dem Dodge, eine zu große, er wusste es, aber es half nichts, denn kein anderer Wagen setzte sich vor ihn. Er erhöhte sofort die Geschwindigkeit, wenn die Rücklichter wie große Augen hinter einer Kurve oder einer Ecke verschwanden, und wenn sie wieder auftauchten, verlangsamte er sie wieder.

»Mitteilung an Onerva … Wir biegen in die Tulisuontie ab, es geht in Richtung Roihuvuori.«

»Onerva hat verstanden.«

Harjunpää ließ das Mikrofon in den Schoß fallen, aber das Kabel ließ es zurückschnellen und riss es zu Boden.

»Ich werde noch wahnsinnig …«

Am Straßenrand setzte sich ein alter Chevrolet in Bewegung. Harjunpää ließ ihn bereitwillig vor, damit Jari im Rückspiegel andere Lichter sah. Harjunpää selbst sah in seinem Rückspiegel ab und zu die Lichter von Onervas Lada aufscheinen, immer häufiger auch andere Scheinwerfer, denn es war Freitagabend, die Leute machten sich auf den Weg in die Stadt. Nun näherten sie sich Roihuvuori. Der Chevrolet war voller Jungen, er war womöglich zu dicht dran, einer hielt den ausgestreckten Mittelfinger an die Heckscheibe. Jari war weiter vorn gut zu sehen. Harjunpää ließ sich etwas zurückfallen. Er dachte in einem fort an Jari und dessen Ausrüstung – Jogginganzug und Tasche –, er konnte nicht einmal raten, wohin er unterwegs war.

Jetzt hatten sie Roihuvuori erreicht. Jari bog links ab, fuhr ohne zu zögern weiter, er schien genau zu wissen, wohin es ging. Der Chevrolet war verschwunden. Menschen waren auf der Straße, einer lag auf der Erde.

»Wir fahren auf die Abraham Wetterintie zu … Jari setzt

den rechten Blinker. Es geht nach Herttoniemi. Hörst du mich, Onerva?«

»Ich höre dich … Ich sehe auch eure Lichter. Sollen wir schon wechseln?«

»Noch nicht. Ich glaube, er hat nichts gemerkt. Noch nicht …«

»Sag mir rechtzeitig Bescheid.«

»Ich werde es versuchen. Wie hat die Tasche gewirkt? Leicht? Schwer?«

»Nicht besonders schwer … Aber er hat sie auf komische Art gehalten, weit weg von sich. Als hätte er Angst, etwas zu verschütten.«

Die finsteren Gebäude des Industriegebietes von Herttoniemi huschten vorbei. Dünner Nebel lag in der Luft, weiter vorne nahm der Himmel einen rötlichen Farbton an, also konnte der Ostzubringer nicht mehr weit sein.

»Wir sind zum Kreisel hochgefahren, Onerva. Jari blinkt links, er fährt in die Stadt …«

»Verstanden. Soll ich näher kommen?«

»Noch nicht …«

Sie fuhren zu dem Ostzubringer hinunter und gelangten ohne Schwierigkeiten zwischen die spärlich vorbeijagenden Autos. Das Tempo erhöhte sich. Harjunpää bemerkte, dass er zu nah an den Dodge herangekommen war, er versuchte, den Abstand zu vergrößern, dem von hinten kommenden Taxi eine Lücke anzubieten. Aber das gelang nicht. Er hatte das Gefühl, als wäre Jari langsamer geworden, gleichmäßig, als hätte er einen Verdacht und wollte sich vergewissern. Harjunpääs Handflächen waren plötzlich feucht, er wischte sie an den Schenkeln ab. Und nun zog das Taxi an ihnen beiden vorbei. Das Tempo wurde noch geringer, es betrug kaum noch fünfzig. Harjunpää konnte kaum noch auf den Dodge blicken, denn er hatte das unerklärliche Gefühl, dann Jaris Blick zu treffen. Er schwenkte auf die linke Spur, trat aufs Gas und griff zum Mikrofon.

»Jetzt, Onerva, häng dich dran. Aber bleib weit genug hinter ihm … Er macht absichtlich langsam, ist wahrscheinlich schon misstrauisch geworden. Ich muss an ihm vorbeifahren.«

»Verstanden. Wo seid ihr?«

»Auf der Brücke von Kulosaari, bald in der Mitte …«

»Ich bin erst auf Höhe der U-Bahn-Station.«

»Gib Gas!«

Harjunpää war auf der Höhe des Dodge. Er drückte sich an die Seitenscheibe und versuchte das Gesicht abzuwenden, rechnete aus, dass der Dodge höher war als der Saab, dass Jari ihn gar nicht richtig sehen konnte, nicht so, dass er ihn erkannte. Und dann leuchteten die Lichter des Dodge bereits im Rückspiegel, aber dahinter waren immer noch keine anderen Lichter zu sehen. Sie fuhren immer weiter, bald hatten sie die Brücke überquert, und die Uferstraße von Sörnäinen mit ihren Seitenstraßen war kaum noch eine Minute entfernt.

KAPITEL 23

Der Beutemacher

Dödö hielt sich noch stärker am Felsen fest. Wie ein scharf konturierter Block lag er vor ihm, wie von Gott eigens als Deckung erdacht, und er spähte darüber hinweg durch die schwarzen Bäume hindurch die Anhöhe hinunter auf den Parkplatz.

»Fahrt zur Hölle! Fahrt, fahrt, fahrt …«

Er konzentrierte seinen ganzen Willen in seinem Blick. Aber auch das half nicht, der Opel blieb, wo er war. Nur ab und zu schaukelte er; die Scheiben waren beschlagen, die trieben es darin, das hatte er gleich gemerkt. Daran war an sich nichts auszusetzen, aber sie waren einfach am falschen Ort und trieben es zu lange.

Dödö spuckte nervös auf den Boden. Er konnte einfach nicht begreifen, dass er nicht auf den Gedanken gekommen war, freitags abends eventuell eine andere Situation vorzufinden als unter der Woche. Der Opel war eine Art Vorspiel, ein Vorspiel des Misslingens. Er atmete tief, spürte, wie die Niedergeschlagenheit schon lauerte, sie schwebte irgendwo wie der Nebel. Er schlug seine Jacke hoch, holte die Flasche hervor, nahm einen Schluck und stöhnte. Dann blickte er auf die Uhr. Es war schon Viertel nach elf. Er zuckte, als hätte er etwas Heißes angefasst. Lehikoinen konnte jeden Augenblick kommen. Und wenn man seine Lage in Betracht zog, war klar, dass er eher früher kam als zu spät.

Dödö schaute wieder hinunter. Der Opel stand auf seinem Platz, wie im Asphalt fest gewachsen. Er biss die Zähne zusammen, drehte sich um, beschloss, eine Weile nicht hinabzuschauen, dann würde das Auto fahren, es musste wegfahren, wenn es sich frei dazu fühlte. Er blickte nach beiden Seiten. Links gabelte sich der Weg und schlängelte sich zur Ehrenströmintie hinab, rechts machte er einen Bogen und verschwand hinter den Sträuchern. In keiner Richtung war jemand zu sehen. Vom Tanzlokal »Kaivohuone« drang stampfende Musik herüber, ab und zu hörte man auch Türen zuschlagen, wenn Taxis kamen oder wegfuhren, und links, im undurchdringlichen Nebel auf dem Meer, ertönte eine Schiffssirene.

Dödö blickte gerade hinter sich. Dort stand eine Mauer, keine zehn Meter entfernt. Sie war aus grauem Beton und so flach, dass man sich mühelos hinüberschwingen konnte. Dahinter befand sich irgendein Botschaftsgebäude, inmitten eines Gartens. Er hatte nicht vor, sich dorthin zu verziehen, nur in einer Notsituation, falls etwas schief ging, wenn Lehikoinen die Polizei dabei hätte. Die würden nicht so ohne weiteres mit der Knarre in der Hand auf dem Hoheitsgebiet eines anderen Staates herumtrampeln, zuvor müsste die Amtsmühle die eine oder andere Umdrehung hinter sich bringen.

Ob er mit der Polizei gesprochen haben konnte? Dödö führte den Daumen zum Mund und kaute an dem schon rissigen Fingernagel. Nein. Er hatte nicht mit ihnen gesprochen. So dumm war er nicht. Er musste kapiert haben, dass er dann den Kontakt zu ihm, Dödö, endgültig verloren hätte, und die Pein damit bis in alle Ewigkeit weiterging. Außerdem, wenn er es gemeldet hätte, gäbe es in der Umgebung irgendeinen Hinterhalt. Und den gab es nicht. Er war durch den ganzen Brunnenpark gelaufen und ihm war nichts aufgefallen, nicht einmal in den Nebenstraßen hatten Autos gestanden, die wie Polizeifahrzeuge aussahen.

Dödö drehte sich wieder um. Er hielt es einfach nicht

länger aus, obwohl er noch keinen Motor anspringen gehört hatte. Und da stand der Opel und schaukelte wie bisher.

»Verdammte Scheiße!«

Er wollte noch einmal ausspucken, brachte aber nicht mehr den kleinsten Tropfen zu Stande, so trocken war sein Mund. Er biss sich schmerzhaft auf die Lippen. Und seine Unruhe nahm überhand, fast schon ergriff ihn Panik. Er hätte die Wartezeit darauf verwenden sollen, über letzte Einzelheiten nachzudenken, aber er hatte sie damit vergeudet, das Liebespaar im Auto zu verfluchen. Was sollte er tun? Sollte er Lehikoinen nur beobachten, sich versichern, dass er niemand bei sich hatte, ihn woandershin lotsen? Das war nicht möglich. Er hätte das schon in Betracht ziehen müssen, als er ihn anrief.

»Herr im Himmel …«

Er presste eine Hand mit aller Gewalt gegen den Felsen und spürte, wie kühl er war. Allmählich ließ das Zittern nach. Und dann wusste er es: Er musste einfach wie ein Unbeteiligter an dem Auto vorbeigehen, um sicherzugehen, dass keine weiteren Personen darin saßen, und wenn Lehikoinen nicht mehr damit rechnete, dass er derjenige war, auf den er wartete, musste er schnell kehrtmachen. Aber dann würde er sein Gesicht sehen, denn diesen Trick konnte er nicht mit über die Augen gezogener Mütze machen. Mütze? Hatte er die überhaupt bei sich? Hektisch wühlte er in den Taschen, dann seufzte er erleichtert auf: Die Mütze war da. Sie gehörte Sinikka und war aus brauner Wolle. Er schlug die Ränder herunter, dadurch wurde sie länger. Für die Augen hatte er Löcher hineingeschnitten, dort löste sich bereits der Faden auf. Mit der Mütze würde später nicht mehr viel anzufangen sein. Aber das machte nichts. Sinikka würde eine Pelzmütze bekommen.

Dödö legte die Hände auf die Augen, er wusste, das war nicht wahr. Sinikka würde keine Pelzmütze bekommen und er kein Geld, es würde alles nichts werden, denn scheitern würde er auf jeden Fall, auf welche Art auch immer. Er ließ die Arme sinken und machte einen müden Schritt in Richtung »Kaivohuone«, einen zweiten, und da hörte er den Motor des Opel anspringen. Rasch kehrte er in den Schutz des Felsblocks zurück und spähte darüber hinweg. Aus dem Auspuff des Wagens kam eine blaue Abgaswolke. Die Scheiben wurden gewischt. Dann gingen die Lichter an, und er fuhr los, tuckerte vom Parkplatz und bog in Richtung Hafen ab.

Dödö keuchte mit offenem Mund, er zitterte vor Aufregung und neu aufkeimender Hoffnung. Jetzt stand ihm plötzlich alles klar vor Augen. Er musste einfach zum Rand des Parkplatzes schleichen und dabei die Bäume nutzen, von Stamm zu Stamm huschen, und er musste sich dem Auto von hinten nähern, geduckt, damit er nicht im Spiegel zu bemerken war. Und danach war alles ganz leicht. Er musste sich nur an der Flanke des Wagens entlang zur Fahrertür pirschen und sie aufreißen, Lehikoinen den Revolver auf die Brust drücken, sich die Tasche schnappen und verschwinden.

Aber einen Moment noch – er musste unbedingt daran denken, zu überprüfen, ob in der Tasche wirklich Geld war und nichts anderes. Und der Zündschlüssel – sollte er ihn an sich nehmen, damit Lehikoinen keine Hilfe holen konnte? Andererseits, warum sollte er das zu diesem Zeitpunkt noch tun? Außerdem war die nächste Telefonzelle direkt gegenüber. Er hätte daran denken müssen, etwas mit dem Telefon zu machen, es zu zerstören.

Von links war nun das Brummen eines näher kommenden Autos zu hören, das Geräusch eines starken Motors. Mit gerecktem Hals spähte Dödö auf die Ehrenströmintie hinunter. Da kam der Geländewagen, der blaue Dodge! Jetzt setzte er den Blinker rechts und wurde langsamer. Es war nur eine Person im Auto, der Fahrer, das war gut zu erkennen, und man sah auch die längliche Tasche auf dem Beifahrersitz.

Dödö duckte sich, blickte hinter sich, zur Seite und weit nach vorn auf die Straße, als befürchte er, es könnte jemand auftauchen, der seinen Hund zum Pinkeln führt, aber er sah niemanden, er hörte in diesem Augenblick nicht einmal Geräusche aus der Richtung des Lokals. Er nahm die Mütze und zog sie über den Kopf, bis hinunter zum Hals, rückte sie zurecht, bis er gut sah, roch das starke Mottengift. Dann zog er den Revolver aus dem Anorak. Er hatte ihn schon einmal auf einen Menschen gerichtet, vor einem Jahr, als er den Einbrecher gestellt hatte. Damals hatte die Waffe stabil in seiner Hand gelegen, aber jetzt zitterte der Lauf, obwohl er den Griff umklammerte, dass es wehtat.

Der Dodge hatte angehalten. Er stand mitten auf dem Parkplatz, um ihn herum war nichts als Leere. Das gefiel Dödö nicht. Es hatte etwas Besorgniserregendes. Oder Unheil Verkündendes. Oder doch nicht unbedingt. Wenn man sich vorstellte, es würde etwas Gutes ankündigen, dann tat es das auch. Und jetzt schaltete Lehikoinen die Scheinwerfer aus. Den Motor ließ er laufen. Warum tat er das? Er hatte ihm befohlen, den Motor auszuschalten, oder vielleicht doch nicht, von dem Motor hatte er wohl gar nichts gesagt. Er wusste kein Wort mehr von dem, was er gesagt hatte.

»Verflucht …«

Er duckte sich noch mehr und bewegte sich auf den Fußballen auf das Ende des Felsens zu. Er wusste jetzt, was er nach seiner Rückkehr zu Hause tun würde. Er würde Sinikka wecken und sie bitten, sich auf den Bettrand zu setzen und die Augen zu schließen. Dann würde er die Tasche aufmachen und die Scheine über sie herabregnen lassen.

»Was … Was soll das denn jetzt sein?«, würde sie fragen.

»Geld«, würde er antworten. »Geld.«

KAPITEL 24

Fünfzehn-Anton

Der Asphalt hörte auf, und Pflastersteine dröhnten unter den Rädern. Das ganze Auto zitterte. Vorne war das Hafenbecken mit seinem glänzenden Wasser. Die Neunziggradbiegung war zu viel, und die Geschwindigkeit war absolut zu hoch, Harjunpää spürte das, wusste es. Er bremste und schaltete rasch herunter. Der Bug des Saabs senkte sich, Harjunpää kurbelte am Lenkrad, denn die Motorhaube näherte sich bedrohlich einem Mäuerchen. Wieder trat er auf die Bremse, gab gleich darauf Gas, und jetzt gehorchte der Wagen, er bog mit aufkreischenden Rädern auf die Esplanade ein und sauste am Präsidentenpalast vorbei, ganz kurz sah er, wie der Wachsoldat zum Straßenrand stürzte und dem Wagen hinterherglotzte.

Dann huschte bereits die Helenankatu vorbei und die Katariinankatu, und die Fahnenstangen am Rathaus waren nichts als eine Reihe heller Blitze. Jetzt kam die Unioninkatu näher. Harjunpää setzte den linken Blinker, machte eine hastige Bewegung, um das zu Boden gefallene Mikrofon zu packen, ließ es aber bleiben, denn er traute sich nicht, das Lenkrad loszulassen. In ihm kochte die Wut, er mahlte mit den Kiefern, und sein Zorn richtete sich nicht allein gegen Onerva, was ihn vielleicht am rasendsten machte, er bezog sich in gleichem Maße, wenn nicht mehr, auch auf ihn selbst. Er hätte kapieren müssen, dass man in der Stadt die Abstände spürbar verringern musste, weil der Verfolgte jederzeit überraschend die Geschwindigkeit erhöhen konnte, so wie es Jari getan hatte. Aber sich darüber zu ärgern, half jetzt auch nicht mehr.

Er bremste, ließ wieder los, fuhr den Bogen am Restaurant »Kappeli« – da sah er Onervas Lada. Er stand nahe bei der Kreuzung von Unioninkatu und Makasiinikatu. Und Onerva trat mehrmals auf die Bremse, sodass es am Heck des Wagens rot blinkte: Harjunpää sollte auf sie aufmerksam werden und nicht vorbeifahren. Er hielt hinter dem Lada an, zog die Handbremse und stieg aus. Er roch den heißen Motor.

»Wo hast du ihn zuletzt gesehen?«

»Hier«, sagte Onerva. Sie konnte nichts gegen ihren unglücklichen Gesichtsausdruck tun.

»Aber da war ich selbst erst am Rand des Marktplatzes ... Von rechts kam ein Taxi, da konnte ich nichts machen. Wenn ich ihm reingefahren wäre, dann wäre erst was los gewesen ...«

»Okay, okay. Ich wollte nicht ... Du hast nicht sehen können, in welche Richtung er abgebogen ist?«

»Dann würde ich doch jetzt nicht hier stehen, Mann! Außerdem wird es nicht besser, wenn wir uns streiten ...«

»Nein ... Fahr du runter zum Südufer, ich fahr dort lang.«

Onerva schlug die Tür zu und ließ die Kupplung kommen, sodass der Lada lossprang wie ein wütender Hund. Harjunpää lief zu seinem Saab und bog nach rechts ab. Vor dem »Keller« drängten sich noch Leute, auf der anderen Straßenseite versuchte ein betrunkener Junge die Regenrinne hinaufzuklettern. An der Kreuzung blickte Harjunpää in beide Richtungen, sah aber keinen Schimmer vom blauen Dodge. Jetzt kam er bereits in die Kasarminkatu und fuhr die Steigung hinauf. Plötzlich griff er abrupt zum Funkgerät und drehte es lauter. Einer von den Streifenpolizisten fragte gerade:

»... gerade eben. Ist die Fahndung noch in Kraft?«

»Kleinen Moment«, antwortete der Diensthabende in der

Zentrale, dann erkundigte er sich: »Hört mich die Acht-Drei-Sieben?«

»Ich höre«, meldete sich Onerva. »Was gibt's?«

»Die Eins-Fünf-Fünf meldet, dass der Geländewagen, den ihr sucht, vor ein, zwei Minuten auf dem Parkplatz vom Café Ursula in der Ehrenströmintie gestanden hat. Die Lichter waren aus. Sie konnten nicht sehen, ob drinnen jemand saß. Falls euch das noch interessiert …«

»Und ob! Danke. Hat Harjunpää mitgehört?«

»Ich hab's gehört. Und bin schon unterwegs in die Richtung.«

Harjunpää korrigierte aufgeregt seine Sitzhaltung. Er kannte den Platz gut, dort am Ufer war der Steg, von dem die Boote nach Ullanlinna abfuhren, und nachdem im Frühjahr das Eis geschmolzen war, hatte er in zwei Nachtschichten nacheinander dort unten eine Leiche herausangeln müssen.

Jetzt hatte er das Mikrofon wieder erwischt.

»Onerva, fahr du vorbei und schau, ob er noch dort ist. Ich kürze ab und fahre direkt zu dem Parkabschnitt vor dem ›Kaivohuone‹.«

»Verstanden. Ich sag Bescheid. Ich bin schon am Friedensdenkmal …«

Harjunpää bog rasant in die Tehtaankatu ein, rauschte an der russischen Botschaft vorbei, hier hatte vor Jahren seine Polizeilaufbahn begonnen, er war genauso hin- und hergetrottet, wie es jetzt gerade ein junger Kollege tat. Dann befand er sich bereits weiter unten zwischen dicken Baumstämmen, und er sah die Lichter des Lokals. Vor der Tür stand ein Taxi, jemand stieg aus, der Türsteher machte eine Verneigung, stampfende Musik drang aus dem Café. Als er das Lokal passiert hatte, machte Harjunpää die Scheinwerfer aus und ließ den Wagen im Leerlauf weiterrollen. Die Bäume erhoben sich immer riesiger, sie bildeten einen Tunnel, und am entfernten anderen Ende des Tunnels blinkten die Lichter der Uferstraße.

»Er ist noch da«, meldete Onerva nun deutlich erleichtert. »Der Motor läuft, andere Autos sind nicht in Sicht. Jari sitzt allein drin. Ich kann nicht anhalten, ich muss vorbeifahren.«

»Verstanden. Jetzt sehe ich ihn auch schon. Fahr über die Puistonkatu zu mir, aber mach die Lichter aus.«

Harjunpää hielt an und beugte sich weiter zur Windschutzscheibe vor. Er sah den Dodge, aber die Entfernung war zu groß, um Jari erkennen zu können. Er überlegte einen Moment, verzog die Lippen. Dann schaltete er den Motor ab und stieg aus. Die Musik aus dem Lokal war stärker zu hören als zuvor. Man hörte auch das Rauschen der Stadt und dazwischen nur ganz leicht das Brummen des Dodge. Harjunpää stand unbeweglich da und ließ den Blick über den Park schweifen. An den Wegrändern standen in regelmäßigen Abständen Laternen, aber in den Lichtkreisen um sie herum war niemand, in keinem einzigen, nichts, was Aufmerksamkeit erregte. Von hinten kam ein Motorengeräusch näher, und Harjunpää drehte sich um. Der Lada glitt mit dunklen Scheinwerfern heran, wie ein Schatten, und als Onerva auch den Motor ausmachte und die letzten Meter rollte, hörte man nur das Geräusch der Reifen auf dem Asphalt. Onerva stieg aus. Sie hatte ein Fernglas um den Hals.

»Auf was wartet der da?«

Harjunpää hob die Schultern, er hatte nicht mal einen Vorschlag.

»Vielleicht haben die Quälgeister doch Kontakt mit ihm aufgenommen«, sagte Onerva, aber es klang eher so, als glaubte sie selbst nicht ganz an ihre Worte. Sie stützte den Ellbogen am Dach des Saabs auf, hielt sich das Fernglas vor die Augen und drehte an der Schärfeneinstellung. Eine Weile schaute sie, ohne ein Wort zu sagen, dann ließ sie mit klammen Händen das Fernglas sinken.

»Mein Gott, Timo… Er hat ein Gewehr. Eine abgesägte Schrotflinte…«

Sie starrten einander an. Und Harjunpää sah, dass sich Onerva ihrer Beobachtung sicher war. Ihm lief ein Schauer über den Rücken. Mit einer mechanischen Bewegung nahm er das Fernglas, das ihm Onerva hinhielt, und hob es vors Gesicht. Für einen Moment sah er nur schwankende Äste, dann eine hell aufscheinende Laterne, dann Asphalt und zuletzt den Dodge. Die Straße hinter ihm war hell, sodass man gut ins Wageninnere schauen konnte. Jari saß auf dem Fahrersitz. Am Kragen seines Pullis war ein weißer Streifen. Er bewegte sich unruhig, sah sich fortwährend um, spähte vor allem nach links, als hätte er dort etwas gesehen. Das Gewehr konnte Harjunpää nicht erkennen. Aber er sah Jaris rechte Hand, sie war zum Beifahrersitz ausgestreckt, und sie war ganz steif. Offensichtlich hielt sie etwas.

»Verdammter Mist …«

»Hast du es gesehen?«

»Nein … aber er hält was in der Hand.«

»Es ist das Gewehr. Es war nur für den Bruchteil einer Sekunde zu sehen, er hat es umgedreht und neben sich gelegt. Es sah aus, als hätte er es irgendwo rausgeholt – na, aus der Tasche natürlich.«

»Hast du dich auch nicht geirrt? …«

»Nein, das weißt du. Ob er sich umbringen will?«

»Warum hat er sich dann die Mühe gemacht, hierher zu fahren?«

»Vielleicht bedeutet ihm die Stelle etwas, irgendwelche Erinnerungen …«

»Nein. Ich glaube, du hast Recht«, sagte Harjunpää, und seine Lippen fühlten sich auf einmal kalt und unbeweglich an. »Er wartet auf seine Quälgeister. Oder auf Sanna … Und er ist durchgedreht und will sie umnieten … Sogar den Motor lässt er laufen, damit er schnell fliehen kann.«

»Timo, was … wie können wir …«

Harjunpää blieb einen Augenblick still. Dann sagte er mit rauer Stimme:

»Wir müssen was unternehmen, ihm die Waffe abnehmen …«

Er drehte sich um, machte einen Schritt, als wüsste er nicht, wohin, wandte sich wieder um, spürte, wie schnell sein Herz schlug. Dann nahm er die Wagenschlüssel aus der Tasche, ging ohne weiter zu zögern an den Kofferraum des Saab und machte ihn auf. Dort befanden sich die Akkus für das Funkgerät, der Erste-Hilfe-Kasten und ein Brecheisen, außerdem zwei Schutzwesten und zwei Helme. Er zog die Jacke aus und griff zur obersten Weste. Sie rutschte ihm beinahe aus der Hand, denn sie war überraschend schwer. Er zog sie an, machte die Verschlussbänder zu.

»Timo! Zu zweit gehen wir da nicht hin! Wir fangen nicht an, hier die Helden zu spielen!«

»Nein, nein … Aber hingehen müssen wir. Und zwar sofort. Vor allem, wenn er doch über Selbstmord nachdenkt … Bitte die Zentrale um Hilfe, sag, hier ist die Fünfzehn-Anton, polizeiliche Notlage. Aber erklär ihnen auf jeden Fall, dass keine unmittelbare Gefahr besteht, damit nicht alle mit heulenden Sirenen angeschossen kommen …«

Onerva rannte zum Lada, beugte sich hinein und schnappte das Mikrofon. Sie zog die Schnur in die Länge, sodass sie bis nach draußen reichte und sich in der Luft ringelte wie eine Schlange.

»Zentrale! Die Acht-Drei-Sieben ruft!«

Harjunpää stülpte sich den Helm auf, dadurch bekamen Onervas Worte einen anderen, metallischen Klang in seinen Ohren, und er vernahm auch ein feines Rauschen, wie wenn man an einer Muschel horcht. In Natura hatte er noch nicht gesehen, welche Spuren eine abgesägte Schrotflinte hinterließ, aber auf Fotos. Daran mochte er jetzt nicht denken, er rückte die Weste noch einmal zurecht und griff nach seinem Revolver, aber die Weste saß immer noch nicht gut, etwas drückte in der Herzgegend, und er schob einen Finger dazwischen. Das war das Geld von Norri. Die Scheine wurden in der Brusttasche zusammengeknüllt. Er hatte nicht daran gedacht, sie Onerva zu geben, es war nicht die passende Gelegenheit dafür da gewesen.

»... und er steht auf dem Parkplatz vom Ursula«, tönte es bereits aus dem Funk. »Drinnen sitzt eine männliche Person namens Jari Lehikoinen mit einer abgesägten Schrotflinte. Nykänen und Harjunpää von der Gewalt sind zu zweit vor Ort. Welche Streife ist in der Nähe? Ring eins?«

»Die Sechs-Zwei-Zwei am Bahnhof.«

»Die Hundertfünfundfünfzig in der Kasarmikatu ...«

»Die Acht-Fünf-Sechs kommt von Nokka ...«

»Onerva ...«

Harjunpää machte einen Schritt auf sie zu, nahm ihre Hand und schloss ihre Finger um das Geldknäuel. Er hatte nicht vorgehabt zu sagen, woher das Geld stammte, hatte aber plötzlich das starke Gefühl, dass es Onerva besser wissen sollte.

»Das ist von Norri. Aber ich hab ihm nichts erzählt. Er glaubt, es ist für Elisas Zahnarztrechnung ...«

Er hörte nicht, was Onerva sagte, denn er lief bereits den Weg zwischen den Bäumen entlang. Er fror jetzt am ganzen Leib und spürte zugleich den Schweiß an seinem Oberkörper herabrinnen. Der Parkplatz und der Dodge waren bereits nahe, mit jedem Schritt kamen sie näher, und er sah die verchromten Teile des Wagens blinken und die Abgase in der Luft schweben, in der gleichen Farbe wie der Nebel.

»Timo!«

Harjunpää blieb keuchend stehen. Onerva rannte ihm nach, die Schutzweste in der Hand, mit gezogenem Revolver, den sie im Takt des Laufens in der Luft schwenkte.

»Warte, Timo ...«

»Zieh die richtig an! Es ist Unsinn, wenn wir beide hingehen! Einer muss den Jungs Anweisungen geben ... Bleib da drüben, hinter dem letzten Baum. Und pass auf ... Ich schleiche mich von hinten an den Wagen und halte mich bereit, falls ...«

Er brach seinen Satz ab, hob den Kopf – irgendwo von hinten hörte man das Heulen von Sirenen. Jetzt auch von links und von rechts – sie heulten zusammen wie ein schmerzlicher Chor, und sie kamen immer näher, und zwar sehr schnell.

»So ein Mist! Lauf zum Auto und warne sie! Der nietet uns alle um ...«

Er rannte wieder los und begriff, dass er jetzt rasch handeln musste, dass er es alleine tun musste. Und er wusste, dass es keine andere Möglichkeit gab, als zu versuchen, an die Fahrertür heranzukommen, sie mit einem Ruck aufzumachen und Jari die Flinte zu entreißen, sie wenigstens nach unten zu drücken. Er kam an den Rand des Parkplatzes und ging weiter, befand sich bereits mitten in der Abgaswolke, der Motor des Wagens klopfte, und sein Herz klopfte, und er konnte nicht unterscheiden, welches Klopfen stärker war.

KAPITEL 25

Das Gesetz und die Falle

Dödö schloss die Augen. Wieder sah er den Mann und das Auto und die Explosion vor sich.

Der Mann war geduckt hinter den Bäumen hervorgerannt, genauso, wie er es selbst vorgehabt hatte, und hatte sich dicht an den Wagen gedrückt. Dann war er weitergeschlichen, unerträglich langsam, ein mühsamer Schritt nach dem anderen. Er hatte die Tür erreicht, hatte sie aufgerissen – und dann hatte ein Blitz das Auto erfüllt, ein einziger Donner die ganze Nacht, und der Mann war auf die Knie gefallen. Die Windschutzscheibe des Wagens war herausgesprungen, das heißt, zu dem Zeitpunkt war es keine Windschutzscheibe mehr, sondern nur noch eine funkelnde weiße Wolke, wie in der Luft versprühte Milch, und das Echo war von einem Baumstamm zum nächsten gesprungen und gegen die Mauer geklatscht, und dann hatte man das Knirschen von Glassplittern gehört und ohrenbetäubendes Heulen, und der Parkplatz war voller Polizeiautos gewesen, die die ganze Welt blau flackern ließen.

Dödö rappelte sich auf, im Sitzen keuchte er mit offenem Mund, er war zu betrunken, um liegen zu können, der Fußboden unter ihm fing an, sich zu drehen, und diese Bewegung ging auf seinen Magen über, und ihm wurde schlecht. Er hielt sich am Rahmen der Dachbodentür fest, und allmählich kam der Dielenboden wieder zur Ruhe. Er war keinen Moment länger dort geblieben, er war losgerannt, an der Mauer entlang, und die Zweige hatten ihm ins Gesicht geschlagen, die

Mütze war irgendwo hängen geblieben, die Luft in seiner Kehle hatte gepfiffen, immer mehr Sirenen hatten die Nacht zerschnitten.

»Oh, Gott…«

Dödö wischte sich über die Stirn. Sie war nicht feucht, sondern von einem Film überzogen. Er begriff immer noch nicht vollständig, was passiert war und warum. Offensichtlich hatte es sich um eine Falle gehandelt, eine Falle, die ihm gestellt worden war. Die Polizeiautos waren so schnell an Ort und Stelle gewesen, das bedeutete, dass alles vorab vereinbart gewesen sein musste. Und der Mann, der zu dem Dodge gerannt war, hatte einen Helm aufgehabt. Das konnte ein Polizist gewesen sein. Hatte er geglaubt, er, Dödö, sei zu Lehikoinen in den Wagen gestiegen? Vielleicht hatten sie irgendwelche Zeichen ausgemacht, sie dann aber verwechselt und zu früh zugeschlagen. Aber was war das dann für eine Explosion gewesen? Das war kein Schreckschuss gewesen, es hatte eindeutig tödliche Kraft darin gelegen.

Er legte die Hände auf den Bauch und war einen Moment regungslos, dabei spürte er die Nerven in seinen Wangen zucken. Jetzt wusste er es: Die Explosion war für ihn vorgesehen gewesen. Lehikoinen hatte sich das selber ausgedacht. Er war zu sehr in die Enge gedrängt worden.

»Aber töten… Obwohl, warum nicht… So ein… Das ist bloß…«

Er ließ sich wieder in die Horizontale sinken, versuchte aber, nicht die Augen zu schließen. Die Bretter drückten ihm hart in die Seite, denn er hatte die Matratze nicht holen können, weil er Sinikka nicht wecken wollte, es war immer noch Nacht, nicht einmal eine Stunde nach dem Vorfall. Wieder roch er die Fäulnis, aber jetzt hatte er das Gefühl, als ginge sie von ihm selbst aus, als sei das sein eigener Geruch, sozusagen der Geruch seines Lebens. Das heißt, ein Gesetz kann eigentlich nicht riechen. Sein Leben war ein Gesetz. Kein richtiges Gesetz, sondern jenes, das ein Witz war, zumindest dann, wenn es andere betraf, ein Gesetz, das so einen feinen ausländischen Namen hatte und in dem es hieß, dass immer alles schief geht. Den Erfinder dieses Gesetzes hätte er gern kennen gelernt.

»Hier sehen Sie Ihr Gesetz leibhaftig vor sich«, würde er sagen. »Aber jetzt steht der Moment bevor, in dem man bei der Rückseite des Gesetzesbuches angelangt ist.«

»Sinikka. Sinikka ...«

Dödö rappelte sich wieder hoch, stützte sich an der Wand ab, blickte sich vergeblich im Dunkeln um, er sah nirgendwo Licht. Und er ertrug es nicht mehr, allein zu sein, er spürte, dass etwas endgültig am Kaputtgehen war, oder schon gegangen war, dass es sinnlos war, noch etwas zu verheimlichen, dass alles egal war. Er tastete sich die Treppe hinunter, blieb aber an der Biegung stehen, weil er einen Luftzug im Gesicht wahrnahm. Das ließ ihn vor Kälte erschauern, brachte ihn aber auch auf einen plötzlichen Gedanken: Luftzug entfachte Feuer. Er stand da und sah vor sich, wie das Haus brannte, wie die Flammen das Treppenhaus hinaufloderten, die Wände erfassten, die in mehreren Lagen von der Wand hängenden Tapeten in weitere Flammen aufgehen ließen, und die Hitze wuchs an, das Feuer bekam noch mehr Kraft, der Rauch drang unter den Regenrinnen nach draußen, und am Morgen war nichts mehr übrig als der verkohlte Sockel und die Schornsteine und glühende Holzreste, aber kein Mangel mehr und keine Sorge um ein Zuhause, das es nicht gab, keine Sorge um Geld, das nicht reichte, keine Traurigkeit über Augen, die nicht sahen.

Dödö setzte sich in Bewegung und taumelte ins Erdgeschoss, er fand seinen Schlüssel und bekam die Tür auf. Drinnen roch es nach dem Schlaf der anderen, nach der Kerze auch, die Sinikka am Abend angesteckt hatte, um Strom zu sparen. Instinktiv bewegte er sich jetzt vorsichtiger, vermied es, die anderen zu wecken. Auf der Kommode neben der Tür fand er die Taschenlampe und schaltete sie an. Der Lichtkegel fiel auf die Pelargonie auf dem Fensterbrett, dann auf die kleine Pappschachtel neben dem Krug, auf ein zusammengefaltetes Blatt Papier und ein seltsames Plastikgestell. Dödö schlich weiter, aber der Fußboden knarrte trotzdem, er knarrte immer. Er ging um den Tisch herum, blieb vor dem Fenster stehen, und der Lichtfleck tanzte auf der Schachtel. »Predictor Color«, stand darauf. »Schwangerschaftstest.«

Er holte schnell Atem und ergriff den Zettel, die Gebrauchsanweisung, und versuchte ihn ohne zu rascheln auseinander zu falten. Es waren Zeichnungen darauf, von denen er nichts verstand, oder nur so viel, dass sie das Plastikgestell zeigten und ein dazugehöriges Röhrchen. Er starrte auf die Stelle, auf der mit großen Buchstaben stand: »SCHWANGER«.

»Die Farbe der Testflüssigkeit ist heller geworden«, las er lautlos, nur die Lippen bewegend. »Das bedeutet, dass Sie schwanger sind. Unter Umständen kann die Testflüssigkeit sogar die Farbe von Wasser annehmen ...«

Er ließ das Papier fallen und richtete das Licht auf das Gestell. An dessen Seite befand sich eine Farbskala. Im tiefdunklen Violett war ein Minuszeichen, in den beiden helleren ein Plus. Die Flüssigkeit in dem Röhrchen hatte die Farbe des letzten Feldes, wie Wasser.

»Raikas ...«

Dödö drehte sich um, das Licht folgte ihm. Sinikka stand auf der Schwelle.

»Das stand schon tagsüber da. Du hast es nur nicht bemerkt ... Was ist los?«

»Nichts ... Ich bin einfach so gekommen.«

»Du hast getrunken.«

Darin lag nichts Vorwurfsvolles, es war nur eine Feststellung.

»Ja ... Es war ... Es war Kontkanens Geburtstag. Das heißt, eigentlich erst heute, am Samstag. Suominen erledigt den Job ... wird hektisch, aber das geht schon mal ...«

Sinikka schaute ihn lange an. Er sah ihre Augen nicht, er konnte das Licht nicht direkt auf sie richten, das würde sie blenden. Sie kam näher, blieb vor ihm stehen und hob die Hand.

»Dir geht es nicht gut.«

»Nein … Ich bin nur betrunken … und müde.«

»Du bist voller schlechter Gedanken … Du bist wie ein Stein. Ich kenne dich nicht … Du denkst schlechte Sachen. Aber tu nichts, mach das nicht … Ulpus Augen werden operiert, sie wird Kontaktlinsen bekommen und sehen wie alle anderen auch. Tu nichts, Raikas.«

»Ich bin … Ich kann nicht mehr …«

Aus der Speisekammer hörte man ein metallisches Schnappen, gleich darauf ein schnelles, leicht klatschendes Geräusch. Dödö drehte sich um wie im Traum, ging in die Ecke und öffnete die Kammertür. Eine Maus war in die Falle gegangen. Der Bügel hatte ihr in den Nacken geschlagen und drückte ihren Kopf gegen das Blech, aber sie lebte noch, versuchte wild, herauszukommen, der ganze kleine braune Körper zuckte. Vielleicht lebte sie auch nicht mehr, und die Bewegungen waren bloße Reflexe, die rasch nachließen und schließlich ganz aufhörten. Nur die Augen der Maus starrten ihn an, sie waren klare schwarze Kugeln, aber ihre Klarheit verschwand merklich, und an ihrer Stelle trat etwas Nebelartiges. Dann bewegten sich nicht einmal mehr die Barthaare.

»Sie hat keinen Schmerz empfunden«, flüsterte Sinikka. »Sie war guter Dinge, sie hat sich gerade vorgestellt, wie sie sich den Magen mit Käse vollschlägt …«

»Hören wir uns heute Abend trotzdem die Lottozahlen an?«

KAPITEL 26

Katatonieähnlicher Zustand

Harjunpää stand mit einer Zigarette in der Hand im Flur. Er versuchte durch den Türspalt in die Zelle zu sehen, aber das gelang ihm nicht. Außer dem Arzt, der Jari untersuchte, war noch Suvanto drinnen, einer von den Wachbeamten, und der stand mit dem Rücken zu Tür und versperrte die Sicht. Harjunpää verstand nicht einmal, was in der Zelle gesprochen wurde, die Wörter klangen dumpf wie in einer Höhle, und im Präsidium war Lärm, der Wartesaal voller Leute, die wegen einer Autosache verdächtigt wurden, Ermittler kamen und gingen, hinter der Glaswand der Wachbeamten klingelte das Telefon, und aus den Vernehmungszimmern drang das Klappern von Schreibmaschinen.

Er lehnte sich an die Wand und zog an seiner Zigarette, und obwohl bereits fast zwei Stunden vergangen waren, war er innerlich noch so angespannt, dass seine Hand nicht ruhig bleiben wollte und ihm Asche auf das Hemd fiel.

»Harjunpää …«

Uusitalo, der Dienst habende Kommissar, kam mit einem Stift und einem Block in der Hand den Flur entlang, ihm auf den Fersen folgte Hellgren, der bei der Gewalt den Nachtdienst versah.

»Ja?«

Harjunpää sagte das beinahe unfreundlich, hauptsächlich auf Grund der nachlassenden Anspannung, aber auch deshalb, weil er raten konnte, was die Männer wollten. Dabei hatte er alles schon mehrfach und seiner Meinung nach ausreichend gründlich erklärt, so genau er eben konnte.

»Mir bleibt einfach nichts anderes übrig, als etwas an die Presse zu geben«, sagte Uusitalo. »Die bombardieren mich pausenlos, vor allem nach dem Mordversuch fragen sie mich aus … Und du bist dir nach wie vor sicher, dass es ein Versehen war?«

»Also, verdammt noch mal … Das hängt doch nicht nur von meiner Ansicht ab. Das Auto steht bei der Technik in der Box, die Windschutzscheibe ist absolut im Eimer. Da müsste man doch eigentlich sehen, in welche Richtung die Flinte zeigte …«

»Ja, ja, schon gut, nur nicht aufregen. Außerdem geht es nicht nur um die Zeitungen, sondern auch darum, welche weiteren Maßnahmen ich absegne. Und schließlich darum, was Lehikoinen vorgeworfen wird, warum wir ihn festhalten …«

Harjunpää holte schwer Atem. Aber dann dachte er, dass Uusitalo ein guter Mann war, einer von den brauchbarsten, immer noch ein wenig erschrocken über seinen Aufstieg zum Kommissar und die damit verbundene Verantwortung, und womöglich hatte er auch ein bisschen Angst vor den Journalisten, so wie alle Polizisten.

»Ich kam zum Auto, und es kann sein, dass mein Revolver leicht gegen das Blech schlug … Jedenfalls bemerkte er mich, unmittelbar bevor ich den Türgriff in der Hand hatte. Er beugte sich zum Beifahrersitz hinüber, ergriff die Flinte, hob sie hoch … In der Phase war die Tür bereits offen, und ich schrie, keine Bewegung, Polizei. Er erstarrte auf der Stelle. Er hat nicht einmal versucht, die Flinte weiter herüberzuschwenken, geschweige denn, dass er sie auf mich gerichtet hätte … Die Läufe zeigten schräg nach oben auf die Windschutzscheibe. Und sein Gesicht war auf einmal ganz leer, und er sagte mit so einem verwunderten Unterton: Sie? Und im selben Moment knallte es. Beide Läufe gleichzeitig. Aber meiner Meinung nach machte er das aus dem bloßen Schrecken heraus …«

»Okay. In die Richtung geht auch Onervas Version. Und er kam ja auch ohne Widerstand zu leisten raus. Danke …«

Uusitalo winkte mit seinem Block und lief, die Arme schlenkernd, zu den Aufzügen.

»Sorry«, meinte Hellgren. »Ich wollte nur schon mal deine Forderungen hören, auch wenn dafür beim Verhör noch Zeit wäre. Die Details kannst du mir auch später sagen.«

»Was für verdammte Forderungen soll ich denn …«

»Na, zumindest …«

Hellgren nickte in Richtung Harjunpääs Beine. Dieser beugte sich vor und wischte mit der Handfläche übers Knie.

»Das lohnt nicht. Die sind nicht kaputt, das ist nur Schmutz. Elisa steckt sie in die Waschmaschine, das war's …«

»Du hast immerhin versucht, in Deckung zu gehen …«

»Da war keine Zeit, an so was zu denken. Ich glaube, ich war einfach wahnsinnig erschrocken.«

»Für die Flinte wird er sich auf jeden Fall verantworten müssen. Und wegen Waffengebrauchs im Stadtgebiet. Vielleicht auch wegen Gefährdung der öffentlichen Sicherheit … Hat er schon geredet? Wäre nicht schlecht, jetzt bald mal eine kleine Erklärung zu kriegen.«

»Ich kann dir übrigens versichern, dass das auch Onerva und mich interessieren würde …«

Suvanto stieß die Tür auf, und der Arzt trat auf den Flur. Er war jung, hatte einen dunklen Schnurrbart und eine beginnende Glatze, und in seinen Gebärden war nicht mehr die gleiche Forschheit und Sicherheit wie bei seiner Ankunft. Er machte nur noch einen müden und eher zögerlichen Eindruck.

»Also, äh«, äußerte er und blickte sie beide an. »Ich habe ihm eine Überweisung in die Hesperia-Klinik geschrieben.«

»Und mit welcher Begründung?«, wollte Hellgren wissen.

»Ja, also, äh …«

Der Arzt machte eine Handbewegung, als suche er nach einem auch für Laien verständlichen Begriff. Er stellte seine

Tasche auf dem Boden ab und drehte sich wieder zur Zelle um.

»Schauen Sie mal …«

Suvanto machte die Tür ganz auf, und der Arzt marschierte hinein, Harjunpää und Hellgren blieben auf der Schwelle stehen. Jari stand neben der von der Wand abgehenden Betonpritsche und schaute sie direkt an. Sein Gesicht war unter der Bräune blass, und es war nicht einfach ausdruckslos, sondern auf eine seltsame Art ruhig und verträumt.

»Herr Lehikoinen, heben Sie doch mal Ihre rechte Hand.«

Jari gehorchte nicht, er schien nicht einmal gehört, verstanden zu haben. Der Arzt trat zu ihm, ergriff seine Hand und hob sie hoch. Dann ließ er los, aber Jaris Hand blieb exakt in der Position, in die sie der andere gebracht hatte. Sie zitterte nicht einmal. Der Arzt drückte die Hand wieder nach unten, drehte Jari um und brachte ihn mit leichtem Nachdruck zum Sitzen.

»Er befindet sich in einer Art katatonischem Zustand, jedenfalls erinnert es daran«, sagte der Arzt gedämpft. »Aber ich bin kein Experte auf diesem Gebiet, ich kann es nicht mit Sicherheit sagen. Kann sein, dass sein Zustand durch bloße Medikation nachlässt, genauso gut kann das auch nicht der Fall sein. Das kann mehrere Tage dauern, sogar Wochen …«

»Aber er wird doch genesen?«

»Wie gesagt, ich bin kein Experte.«

Die anderen traten auf den Gang, aber Harjunpää ging noch einmal in die Zelle zurück, beugte sich zu Jari hinunter und schaute ihm direkt in die Augen.

»Es ist nichts Unwiderrufliches geschehen. Ich lebe, du lebst …«

Jaris Miene veränderte sich nicht. Aus dieser Nähe sah Harjunpää noch besser, wie nackt Jaris Gesicht jetzt war, es war keine Spur mehr von dem gefallsüchtigen Lächeln darin zu erkennen, keinerlei Selbstsicherheit, keine Härte, die von einstudierten Mienen verdeckt wurde. Es war bloß ein Gesicht, ein menschliches Gesicht, das Gesicht des Menschen, wie es unter der Schale die ganze Zeit gewesen war. Und jetzt war es so nackt und schutzlos, weil er, Harjunpää, bei seiner Arbeit gescheitert war. Er ächzte, stand auf und dachte an Sanna, wo man sie wohl finden konnte, was sie sagen würde, und er fragte sich, was für eine elende Gedankenkette wohl im Kopf des anderen ablief.

KAPITEL 27

Geburtstag

Es war Viertel vor zwei, als Anttu auf den Hof kam. Der Himmel hatte die Farbe der Nacht, die Luft den Geschmack der Nacht – sofort fing er an zu zittern. Unter seiner Armyjacke trug er nur ein Sommerhemd, dazu Jeans und Turnschuhe und in den Schuhen die von der abendlichen Wäsche noch feuchten Strümpfe. Er besaß momentan nur ein Paar Strümpfe, er hatte nicht daran gedacht, neue zu kaufen, und nun musste er sie jeden Tag waschen, denn sonst fing Frau Käyhkö demonstrativ an zu schnuppern, wenn sie an seinem Alkoven vorbeiging. Aber er zitterte auch, weil ihn der Schlaf noch nicht losgelassen hatte. Und schließlich auch deswegen, weil er Kummer hatte.

Er trauerte um Dödö. Er trauerte um ihn wie um einen Toten. Es war der einzige Mensch gewesen, vor dem er keine Angst gehabt hatte. Seine Angst vor anderen war nicht vergleichbar mit etwa jener vor bösen Hunden oder vor Gewitter, aber es war ihm immer so vorgekommen, als wären sie viel klüger als er. Und da sie klüger waren, waren sie auch besser, und die Besseren wussten auf merkwürdige Weise, was in den anderen vorging. Und dafür schämte er sich. Er schämte sich so, dass er es nicht wagte, sie anzuschauen, damit er nicht sah, wie sie ihn auslachten, und für das verstohlene Schielen schämte er sich noch mehr, denn daran konnten die Menschen merken, dass er um seine Dummheit wusste. Bei Dödö war das nicht so. Und darum trauerte er um ihn wie um einen Toten. Er hatte das Gefühl, eine große Grube in sich zu haben, voller Leere und voller Grau, und bisweilen kam es ihm komischerweise auch so vor, als säße er selbst in der Grube, und dann bekam er einen Geschmack in den Mund, der wie der Geschmack von Erde war.

Anttu blieb vor der türlosen Halle stehen. Es war eine alte Remise, einst voller Karriole und Schlitten und Kutschen, aber jetzt waren nur noch Fahrräder darin, eines hübscher und bunter als das andere. Normalerweise betrachtete er sie eine Weile und kämpfte gegen sein Verlangen an. Ganz besonders achtete er darauf, was für ein Rad neben seinem eigenen stand. War es ein Damenrad, fingen seine Augen an zu glänzen, dann dachte er, dass sein Fahrrad die Situation genutzt hatte und mit dem anderen Rad Liebe gemacht hatte. Aber jetzt zog er nur kurz die Nase hoch, packte sein Rad bei den Hörnern und zog es ruckartig heraus. Es war eines der Marke Jaguar, für die vor zwanzig Jahren geworben wurde. »Flott kommt jeder Mann voran, wenn er Jaguar fahren kann.« Mittlerweile war es schwierig, flott voranzukommen, denn Kette und Räder waren im Lauf der Jahre schäbig und rostig geworden, das Pedal schleifte am Kettenschutz, vom Sattelleder fehlte fast die Hälfte, und selbst von den Katzenaugen war nur noch die Einfassung übrig. Aber es fuhr. Anttu zog noch einmal die Nase hoch und schob sein Jaguar auf die Hofausfahrt zu.

Er trauerte um Dödö auch wegen des Syndikats. Damit war es nun auch vorbei. Er hatte es am Abend versucht, aber alleine konnte er es nicht. Mit dem leicht stinkenden Heringspaket auf dem Schoß hatte er drei Stunden auf der Kiste gesessen, zwischendurch hatte er sogar auf dem Sessel Platz genommen, sich hingelümmelt wie Dödö, aber es war ihm nichts eingefallen. Nicht, was er mit den Heringen machen sollte, nicht einmal, wen er anfangen sollte zu terrorisieren. Und das Hauptquartier war auch nicht mehr dasselbe. Es war nur noch ein Lagerraum, wo muffige alte Kleider und ein verrostetes Moped aufbewahrt wurden. Das Syndikat gab es einfach nicht mehr. Und damit gab es auch keine nervenkitzelnden Gründe mehr, abends aus dem Haus zu gehen, keine nackte, weinende Frau, an die man vor dem Einschlafen denken konnte, und nie mehr dieses wärmende Gefühl, wenn Dödö sagte: »Mensch, Anttu, du bist wirklich von Kopf bis Fuß ein Kerl. Wir werden ihnen einen Partyservice nach dem anderen bestellen …«

Anttu schob das Rad auf die Straße und schnupperte: Es roch, als hätte es Nebel gegeben. Jetzt aber blies der Wind, einer, der Erde und Himmel gleichermaßen fegte und womöglich sogar herbstliches Wetter mitbrachte. Er schwang das Bein über die Stange, setzte den Fuß auf die Pedale, und sein Jaguar gehorchte, setzte sich klappernd in Bewegung, und es ging Tritt für Tritt dorthin, wo die Austräger die Zeitungen abholen mussten. Und Anttu konnte sich gar nicht mehr vorstellen, im geheimen Auftrag des Syndikats unterwegs zu sein und sich in der Furcht vor Agenten der Gegenseite verstohlen umzublicken.

Am allermeisten trauerte er um Dödö, weil der es nicht geschafft hatte, ihm eine Frau zu besorgen. Er war sich schon so sicher gewesen, dass danach alles besser geworden wäre. Dann hätte er gewusst, dass er ein Mann war wie alle anderen auch. Und vielleicht hätte er dann auch nicht mehr so ununterbrochen an das eine denken müssen.

Und irgendwie hatte er auch geahnt, dass sich zwischen ihm und der Frau etwas hätte entwickeln können. Sie hätte seine Frau werden können. Und keine auf der ganzen Welt wäre besser gewesen als sie. Sie wäre keine boshafte Frau gewesen wie die Käyhkö, eine, die einem ins Gesicht sagt, dass seine Füße stinken und er ein Kadavermaul ist. Sie hätte ihm angenehme Sachen gesagt, schöne Worte. Und sie hätten ganz nackt unter der Decke gelegen, und er hätte ihre Haut und ihre Wärme gespürt, und sie hätte ihm erlaubt, sie an den Brüsten zu streicheln und anderswo, und sie hätte ihn gestreichelt.

»Oh, Mann…«

Anttu löste eine Hand von der Lenkstange und wischte sich den Augenwinkel. Dann biss er die Zähne zusammen und ließ das Fahrrad schneller klappern.

Der Kranwagen kroch die Korkeavuorenkatu hinauf, quälend langsam, denn der Anstieg war steil und das Fahrzeug groß. Es hatte eine Länge von sechzehn Metern und war drei Meter breit, sein Gewicht betrug neunzig Tonnen, es hatte sechs Räderpaare, und jeder Reifen war so groß wie der eines Traktors, nicht von ungefähr, denn wenn der Kran im Einsatz war, mussten die Reifen eine Belastung von mehreren hundert Tonnen aushalten. Auf dem massiven Ausleger stand »GROVE«. Im Innern des Fahrzeugs dröhnte ein Dieselmotor, der bei Bedarf bis zu vierhundert PS bieten konnte, und auch jetzt entwickelte er Kraft und stieß blaue Abgaswolken in die blaue Nacht. In den Häusern zitterten die Fensterscheiben bis zu den obersten Stockwerken hinauf.

Das Fahrerhaus war klein, gemessen an den Ausmaßen des Fahrzeugs. Darin saß ein Mann namens Esko Kivelä. Obwohl er es eilig hatte, passte er auf: Die Straße war schmal, auf beiden Seiten standen geparkte Autos. Er war überhaupt ein achtsamer Mensch, von Natur aus, darum war er auch ein guter Fahrer und schaffte es, seinen gigantischen Grove auch durch Stadtteile zu lavieren, in die sich andere nicht einmal mit einem normalen LKW hineinwagten.

Eilig hatte er es, weil der Auftrag in der Vourimiehenkatu vier Stunden länger gedauert hatte als geplant, was allerdings nicht sein Fehler gewesen war. Er hatte ein Klimaanlagensystem auf das Dach eines sanierten Hauses heben sollen und hatte den Grove auch zur vereinbarten Zeit fertig gehabt. Aber das Aggregat, das er zu heben hatte, war da noch auf einem LKW und der LKW wiederum erst auf dem Weg nach Helsinki. Und als die Last endlich hoch in der Luft schwebte und nur noch herabgelassen werden musste, stellte sich heraus, dass es bei den Maßen eine Verwechslung gegeben hatte und die Öffnung im Dach vierzig Zentimeter zu schmal war. Es hatte mehr als eine Zigarettenlänge gedauert, bis der Bauherr die richtigen Männer herbeigeholt hatte und diese dann die Öffnung vergrößert hatten. Und jetzt musste Esko den Grove in die Halle am Ring 3 bringen. Von dort konnte er dann endlich nach Hyvinkää fahren, wo er wohnte – musste aber, obwohl es Samstag war, am nächsten Morgen um sieben wieder hellwach bei der Arbeit sein. Am Hafen musste die Walze für eine Papiermaschine auf ein kanadisches Schiff geladen werden.

Esko hatte mit seinem Grove den höchsten Punkt der Steigung erreicht und spürte, wie das Gefälle die schwere Masse hinabzog. Er schaltete einen Gang zurück. Und noch einen, achtete aber darauf, dass die Bremskraft ausreichte. Vor ihm lagen keine engen Stellen mehr, keine einzige scharfe Abbiegung, er wusste, nur noch zwei Minuten, und er würde auf der breiten Mannerheimintie nach Norden brummen. Links sah man schon die Johanneskirche, dann den Park und den Fußballplatz, und das Fahrzeug dröhnte vorwärts, mit donnernden Reifen, sodass die Erde leicht bebte.

»Was ist das, verflucht?!«

Links huschte etwas heran, ein Schatten, undefinierbar. Esko riss das Lenkrad nach rechts und trat auf die Bremse. Die Pressluft zischte, der Grove schwankte und machte einen Knicks, dann fuhr er weiter, und die Kreuzung lag bereits weit zurück, die nächste kam näher, und Esko bremste erneut und spürte den Schrecken in seiner Brust pochen. Ein Fahrradfahrer war es gewesen. Völlig dunkel, ohne Licht. Aber was war passiert? War er rechtzeitig ausgewichen? Ein Zusammenprall war jedenfalls nicht zu hören gewesen, auch nicht zu spüren, aber das war natürlich kein Wunder. Er blickte in den Spiegel und sah zunächst nichts. Dann aber doch: Das Fahrrad lag auf der Straße. Und jetzt blieb der Grove stehen. Esko schaltete in den Leerlauf und legte die Bremssperre ein. Dann stieg er aus und lief auf das Fahrrad zu.

»Und ihr habt sie bestimmt genau untersucht?«, fragte Lundström. Koponen schaute ihn lange an und spürte eine unverschämte Antwort in sich aufsteigen. Lundström war einer der schwierigsten Inspektoren, immer unzufrieden, immer am Meckern, dass etwas nicht gemacht oder schlecht gemacht worden war. Natürlich konnte das alles damit zu tun haben, dass er so oft am Rücken operiert worden war und eigentlich schon in Rente sein müsste. Zumindest sollte er allmählich mit den Nachtdiensten aufhören. Aber Koponen war selbst müde, es war schon vier Uhr vorbei, und er hatte zusammen mit Keihänen über zwei Stunden lang mit dem Verkehrsunfall zu tun gehabt. Dabei war Keihänen keine große Hilfe gewesen, er war zu unerfahren, sodass er selbst fast alles allein machen musste, sogar den Bericht an Lundström.

»Natürlich haben wir die Kleider sorgfältig untersucht, verdammt«, sagte er. »Aber du kannst ja selbst noch mal hingehen und nachschauen, wenn du willst, er hat sie sogar noch an.«

»Schon gut. Ich meine ja nur, weil eben keine... Könnte es sein, dass die Brieftasche vielleicht am Unfallort herausgefallen ist...«

»Das haben wir auch untersucht«, sagte Keihänen. »Da war nichts. Der hatte einfach keine Papiere, das hier ist alles, was wir haben...«

Er versetzte der Plastiktüte, die auf dem Tisch lag, einen Schubs. Sie enthielt ein Schlüsselbund mit zwei Abloy-Schlüsseln und einem altmodischen Eisenschlüssel sowie ein zerknülltes Papiertaschentuch und einen abgebrochenen Kamm mit ein paar Haaren, mehr nicht.

»Habt ihr ihn wenigstens fotografiert? Damit man ihn identifizieren kann.«

»Klar haben wir Fotos gemacht...«

Koponen brach plötzlich in ein müdes Lachen aus. Er erinnerte sich gerade an die Szene, als der Tote von der Straße genommen und auf die Bahre des Leichenwagens gelegt worden war.

»Aber diese Fotos werden uns keine große Hilfe sein. Sämtliche Hinterräder sind über seinen Kopf hinweg gerollt … Da war nur noch ein Quadratmeter platt gequetschte Masse, die genauso gut sämtliche Gedanken seines Lebens wie sein Kopf sein konnte.«

»Ein Ohr war noch zu erkennen.«

»Die Bestatter mussten ihn sozusagen vom Asphalt kratzen. Trotzdem blieb für die Möwen noch ein Frühstück übrig. Das Einzige, was du machen kannst, ist, ihm Fingerabdrücke abnehmen zu lassen und eine Mitteilung an die Presse zu geben … Das Fahrrad haben wir auch untersucht. Es steht draußen, du kannst es weiter unter die Lupe nehmen, falls du das für notwendig erachtest. Aber so ein altes Schrottding hat keine Versicherungsnummer. Und die Rahmennummer haben wir erst gefunden, nachdem wir mit einem Meißel den Rost abgekratzt hatten.«

»Jaa …«

»Jo. Und jetzt gehn wir. Falls Fragen auftauchen, weißt du, wo du uns findest. Gute Nacht …«

Die Männer traten auf die Roobertinkatu hinaus. Die eigentliche Dämmerung war noch nicht angebrochen, aber die Welt schien schon etwas heller zu sein. Sie gingen zu ihrem Wagen, und Keihänen hätte noch über die Sache reden mögen, vor allem über den Kopf des Radfahrers. Am Unfallort hatte er Schwäche gezeigt, aber jetzt war er schon wieder okay. Allerdings sah er an Koponens Gesichtsausdruck, dass es besser war zu schweigen, weil der andere längst mehr als genug von der Sache hatte. »Ein Quadratmeter platt gequetschte Masse, die genauso gut sämtliche Gedanken seines Lebens wie sein Kopf sein konnte.« Das war gut gesagt. Das würde er am Morgen seiner Frau erzählen.

KAPITEL 28

Die Flaschen

Dödö lag im Bett auf dem Bauch, das Gesicht lag schwer auf dem Kissen.

Er hatte Jörri, den Hund seiner Mutter, getötet. Es war ein karelischer Bärenhund gewesen, so alt schon, dass er Grau im Fell hatte und sein Bellen nur noch ein heiseres Kläffen war. Jörri hatte sich beim Nachbarn nicht wohl gefühlt, er hatte nicht gefressen, sondern nur gewimmert und war ein ums andere Mal abgehauen, um am Häuschen der Mutter zu schnuppern. Er war unglücklich gewesen, und sein Leben nichts als eine Qual. Und dann war Dödö aus der Stadt gekommen und hatte ihn erschossen. Aber er hatte es auf eine schöne Art gemacht. Er hatte ihn hinter das Häuschen geführt, dort, wo er sich als Kind unter der Fichte eine Hütte eingerichtet hatte, und hatte ihm eine Wurst gegeben, die er selbst vorgekaut hatte, und der Hund hatte sie gefressen und sich streicheln lassen, und da hatte ihm Dödö mit der anderen Hand den Revolver an den Kopf gehalten. Das Tier hatte keine Gelegenheit gehabt, etwas zu begreifen. Und nun hatte es nie mehr Hunger oder Sehnsucht.

Dödö bewegte die Hände und fing an, schwer zu atmen, so wie die meisten, wenn sie mehrere Tage getrunken haben.

Es fing an zu regnen. Allmählich und so verhalten, dass eine Stunde vergehen konnte, bis es unter den Regenrinnen plätscherte. Aber die Pappe wurde sofort nass, sie sog das Wasser geradezu auf, und die Kartons verloren schnell ihre Form und gingen aus den Nähten. All ihre Sachen waren darin. Er schaute den Hausverwalter an und bemühte sich einen eindringlichen Blick anzunehmen, er flehte ihn beinah an.

»Bedaure«, sagte der Verwalter und schüttelte den Kopf. »Die neuen Bewohner kommen heute schon. Aber versucht doch, die Sachen bei Bekannten unterzubringen und geht dann selbst in ein Asylheim. Die Kinder werden sicher so lang in einem Kinderheim aufgenommen. Ihr müsst jetzt einfach was unternehmen …«

Dödö stöhnte mühsam und rappelte sich auf. Einen Moment lang erfasste er nicht, wo er war, warum es so still war, aber dann wusste er es wieder, holte mit bebenden Lippen Luft und massierte sich die Schläfen. Sinikka war mit den Kindern draußen. Sie ging durch die Straßen von Punavuori, Eira und Ullanlinna, schob Ulpus Kinderwagen, und Ilmari stand bestimmt auf dem Brett, das quer an dem Wagen befestigt war. An den Hauseingängen blieb sie stehen und probierte, ob die Tür offen war. Die meisten waren natürlich schon zu, weil Samstag war und es auf den Abend zuging, aber falls eine offen war, ging sie hinein und hängte einen Zettel an die Wand: »Platz bei einer Tagesmutter sofort frei. Familie mit zwei eigenen Kindern. Kontakt: Sinikka Vuo, Merimiehenkatu 14 H (im Hof, an der Tür steht Poikolainen). Langjährige Erfahrung. Anregende Umgebung.« Sie hatte dutzende solcher Zettel geschrieben, sie hatte irgendwie verstanden, was los war, obwohl er es ihr nicht erzählt hatte.

Dödö stand auf und torkelte in die Küche. Er lauschte einen Moment, aber die Stimmen von Sinikka und den Kindern waren noch nicht zu hören. Unter dem Fußboden und in den Wänden raschelten die Mäuse, und das Radio war angeblieben, es gab das gemächliche Dröhnen der Abendmahlsglocken von sich. Dödö drehte es aus und zog den Lottoschein darunter hervor. Jetzt spürte er keinen inneren Impuls dabei, wie sonst, wenn er das tat, er erhoffte sich auch nichts, nicht einmal einen Kleingewinn, stattdessen kam ihm der seltsame

Gedanke, dass der Schein eine andere Bedeutung hatte, dass er eine Grenze markierte, eine Deadline. Er ging zum Eckschrank und öffnete ihn, legte die Hand auf die Weißweinflasche. Sie war warm. Natürlich war sie warm, sie hatte Zimmertemperatur. Aber das machte nichts. Sinikka verstand nichts von diesen Dingen. Und überhaupt, sie trank so selten Alkohol, dass es einerlei war, wie man ihn servierte. Weißwein war das Einzige, was sie mochte. Sie wurde davon angenehmträumerisch betrunken. Und das war gut.

Dödö wandte sich um. Eine ganze Weile starrte er auf den anderen Schrank neben der Tür, seine Miene bekam etwas Angespanntes, fast Ängstliches, und dann schlich er durch das Dämmerlicht, blieb vor dem Schrank stehen und hob die Hand, als befürchtete er, es könnte jemand oder etwas herausspringen. Er schnupperte, roch aber nichts, nichts Verräterisches. Er öffnete die Tür einen Spalt und bückte sich. Die Flaschen standen hinter den Schuhen. Es waren fünf Bierflaschen, verschlossen mit den erstbesten Kronkorken. Mehr Benzin war aus dem Tank des Datsun nicht herauszuholen gewesen.

KAPITEL 29

Tot oder verrückt

Ulin hielt den Wagen am Rand des Gehsteigs an, halb vor der Toreinfahrt, aber die war außergewöhnlich breit, doppelt so breit wie eine normale, weshalb er davon ausging, dass man noch gut in den Hof fahren konnte, falls das jemand vorhaben sollte während der wenigen Minuten, die sie weg waren. Sicherheitshalber klappte er die Sonnenblende herunter, damit das P-Zeichen sichtbar wurde, dann schaute er Lampinen an.

»Und?«

»Was und?«

»Wir sind da.«

»Ach so …«

Lampinen wachte auf und ergriff das Mikrofon. Er war nicht dumm, sondern nur noch so neu, erst seit ein paar Monaten im Betrugsdezernat und jetzt zum ersten Mal im Streifendienst. Ulin selbst war bereits seit einem Jahr im Haus, im Gewaltdezernat, und war zum dritten Mal auf Streife, aber zum ersten Mal war er dabei der Ältere, also praktisch der Vorgesetzte oder der Anführer.

»Zentrale. Die Acht-Vier-Neun ist vor Ort.«

»Sag auch, wo«, zischte Ulin.

»Zentrale. Die Acht-Vier-Neun ist vor Ort in der Punavuorenkatu.«

»Zentrale hat verstanden. Im Zusammenhang mit eurer Aufgabe noch folgende Information: Diese Frau Käyhkö hat den ganzen Nachmittag immer wieder hier angerufen, und was sie gesagt hat, klang ein bisschen so, als könnte es sich um die Dreizehn handeln. Auf jeden Fall ist ihr Untermieter schon seit einem Tag verschollen, und sie argwöhnt, dass er die Vierzehn sein könnte, in irgend so einer Pferdebox. Überprüft das mal, damit wir wenigstens die Dame beruhigen können.«

»Machen wir. Die Acht-Vier-Neun überprüft.«

»Das bedeutet, dass diese Käyhkö vermutet, ihr Untermieter könnte tot sein«, erklärte Ulin. »Und die Zentrale wiederum vermutet, die Käyhkö könnte ein bisschen bekloppt sein …«

»Das da ist sie bestimmt … Linst durchs Tor.«

»Genau. Gehn wir.«

Sie stiegen aus. Hinter irgendeiner Ecke lachten Betrunkene, ansonsten war es still. Es war noch nicht einmal halb acht, der Großteil der Menschen machte sich erst für den Aufbruch zu den Samstagabendvergnügungen bereit. Die Frau, die hinter dem Tor wartete, war alt, über siebzig. Und dick war sie, und ihre grauen Haare standen ab wie die Flügel eines Vogels. Sie trug eine dicke Winterjacke und darunter einen rosa Unterrock, und an den bloßen Füßen trug sie karierte Pantoffeln von der Art, wie sie nur alte Leute hatten. Ulin warf einen Blick auf Lampinen, er sah, dass dieser verstand.

»Guten Abend«, sagte er mit lauter Stimme. »Wir sind von der Kriminalpolizei. Und Sie sind Frau Käyhkö und haben ein Problem?«

»Guten Abend … Ja, das hab ich. Kommen Sie um Gottes willen herein und sehen Sie, was dem Antero passiert ist …«

Sie traten ein, und Ulin fragte: »Wer ist denn dieser Antero?«

»Mein Untermieter … Ein netter Junge, so unauffällig. Wäscht sogar selbst seine Kleider … Antero Nyyssönen heißt er.«

»Was glauben Sie denn, was mit Antero Nyyssönen passiert ist?«

»Tot ist er … Ich hab sogar meinen Stock vergessen, so habe

ich mich erschrocken. Es riecht. Leichengeruch … Daran hab ich's erkannt.«

»Es riecht? Wann ist er denn verschwunden?«

»In der Nacht. Ist zur Arbeit, Zeitungen austragen. Das hör ich immer. Alte Menschen haben einen leichten Schlaf … Aber Antero ist nicht zur normalen Zeit zurückgekommen, den ganzen Tag nicht. Und dann war tagsüber eine Frau da und hat nach ihm gefragt, eine Arbeitskollegin, hat sie gesagt … Aber das war gelogen. Hab ich sofort gesehn. So wie die ausgesehen hat, war das eine schlechte Frau, und mit solchen treibt sich Antero nicht rum. Die wollte nur spionieren …«

»Moment mal …«

Sie blieben auf dem Hof stehen. Ulin fand, es sei das Beste, wenn die Käyhkö einen Moment durchatmete. Ihr Atem pfiff bereits, und eine Hand tastete nach dem Herzen.

»Ich glaube, es gibt allen Grund, sich erst mal zu beruhigen. Wenn er in der Nacht noch am Leben war, dann kann er zumindest noch nicht … Dann dürfte man noch nichts riechen. Und kann sich ein Junggeselle nicht auch mal in einem Mädchen irren? Bleiben wir also ganz ruhig. Und jetzt schaun wir uns mal diese Pferdebox an.«

Frau Käyhkö tippelte auf ein sonderbares Gebäude am Ende des Hofes zu und sperrte die Tür auf – dahinter begann ein ziemlich steil ansteigender Gang. Stufen gab es keine, aber Querhölzer immerhin. Deren Ränder waren abgerundet, als wäre jahrelang etwas Schweres über sie hinweggegangen. Es roch nach Staub und auch leicht nach Moder, aber für Ulin wies nichts auf eine Leiche hin. Andererseits konnte die Käyhkö schon Recht haben, denn der Ort war einer von der Sorte, die Selbstmörder anzogen, und sie konnten unter Umständen jemand anderen als den gesuchten Antero finden.

Sie erreichten den ersten Stock. Unter der Decke verlief ringsum eine Galerie, deren Zweck unmöglich zu erraten war.

Die Käyhkö wackelte noch zwanzig Meter weiter und blieb vor einer breiten Brettertür stehen.

»Das gehört mir … Aber den Schlüssel habe ich nicht. Den hatte Antero. Der arme Junge hat da drin sein Moped in Ordnung gebracht …«

Ulin ging dicht an die Tür heran. Mittlerweile hatte er schon ein gutes Auge entwickelt, er sah sofort, dass der Spalt groß war, man konnte die Schlossfalle sehen – die Tür war leicht zu öffnen. Er steckt die Nase in den Spalt und schnupperte. Die Käyhkö hatte Recht, da war eindeutig Verwesungsgeruch in der Luft. Er warf einen raschen Blick auf Lampinen, überlegte kurz, ihn zum Wagen zu schicken, damit er das Stemmeisen holte, entschloss sich aber dann doch, es mit dem Dorn zu versuchen, obwohl er den Umgang damit noch nicht so gut beherrschte.

»Mal sehen …«

Er zog das Kunststoffetui aus der Brusttasche und entnahm ihm den Dorn. Es war ein gewöhnlicher Hohldorn, nur deutlich schmäler geschliffen. Er schob ihn in den Spalt, legte die Spitze auf das Metall und drückte – das Schloss sprang auf, und die Tür war offen. Er warf erneut einen Blick auf Lampinen, diesmal einen deutlich längeren, und dann zog er die Tür ganz auf und tastete an der Wand nach einem Lichtschalter. Wie von selbst suchte seine andere Hand dabei nach dem Gürtel und dem Revolver.

In dem Raum hatte sich niemand aufgehängt. Auf den ersten Blick gab es auch sonst keine Toten. Vor der Tür stand auf Zeitungen ein verrostetes Mopedwrack, dahinter ein schrecklicher Veloursessel und eine Holzkiste und schließlich ein unordentlicher Stapel Kartons. Aber der Geruch war immer noch da, und zwar viel stärker als zuvor. Ulin sah rasch unter dem Sessel nach, fand aber nichts, die Kiste und die Kartons schätzte er mit einem Blick ab und stellte fest, dass nirgendwo eine Leiche hineinpasste.

»Ihr Antero ist nicht hier«, rief er in den Gang hinaus. Er

hörte die Käyhkö leise jammern und Lampinen unbeholfen etwas sagen. »Aber heben Sie hier vielleicht Lebensmittel auf? Hier stinkt nämlich irgendwas …«

Ulin verstand von der Antwort immerhin so viel, dass sie verneinend war. Er ergriff den Deckel der Kiste und machte ihn auf.

»Pfui, Teufel …«

Der Geruch kam aus der Kiste. Auf ihrem Boden lag Hafer, wer weiß wie alt, ein Exemplar der Gelben Seiten, ein Block und ein Heft. Außerdem war da noch ein in Zeitungspapier eingeschlagenes pralles Bündel. Es war unten nass. Er streckte die Hand aus, zögerte einen Moment – in ihm blitzte der Gedanke auf, dass die Leiche eines kleinen Babys dort hineingepasst hätte – stocherte aber dann doch mit dem Fingernagel an dem Bündel herum. Die feuchte Zeitung riss leicht und lautlos.

»Heringe … Jede Menge verdorbener Heringe …«

Er nahm den Block und das Heft in die Hand. »KRIEGSTAGEBUCH DES SYNDIKATS«, stand auf dem Heftumschlag, und auf Ulins Lippen erschien ein schmales Lächeln. Das letzte Wort war eindeutig erst später hinzugefügt worden, es war mit einem anderen Stift geschrieben. Er schlug das Heft auf. Es war voller Aufzeichnungen, jede Seite war wie eine Liste.

»*Jallu, Kalle, Erotica, Apu, Seura … Dreißig Rosen …* Alles Schund- und Schmutzblätter. Was für ein verrückter Kerl ist dieser Antero eigentlich?«

Lampinen antwortete nicht, offenbar kapierte er nichts. Aber Ulin verstand ebenso wenig.

KAPITEL 30

Notizblock und Hängeschloss

Das Telefon fing sofort an zu läuten, als Harjunpää die Tür abgeschlossen hatte. Zuerst dachte er, es wäre Elisa, verwarf den Gedanken aber im gleichen Moment, denn er hatte selbst gerade zu Hause angerufen, erst vor ein, zwei Minuten, und gesagt, er nehme den Zug um kurz vor halb neun. Das Telefon läutete erneut. Aber Harjunpää machte keine Anstalten, die Schlüssel noch einmal aus der Tasche zu holen. Er blickte auf den Gang, und der war wie eine Ader, die ihn einsog, fort von dem Läuten, das er hörte, und Onerva war bereits an der Tür zum Treppenhaus und hielt sie offen, wobei sie die Schultern hob. Und das Telefon läutete immer noch.

»Ja, ja, ruft nur an, wie es euch gerade passt …«

Harjunpää schloss auf und lief zu seinem Schreibtisch im Halbdunkel zu. Es roch nach dutzenden von Zigaretten, die in dem Zimmer geraucht worden waren, und nach sinnlos vertanen Arbeitsstunden.

»Was gibt's?«, brummte er in den Hörer und drehte sich so, dass er die leuchtende Silhouette der Stadt sehen konnte. Der Horizont war noch rot vom Sonnenuntergang, er loderte, als sei irgendwo ein enormer Brand. Plötzlich wurde Harjunpää aufmerksam und drückte den Hörer fester ans Ohr.

»Okay«, sagte er. »Sag ihnen, sie sollen warten. Wir kommen sofort …«

Er legte auf und schaltete die Schreibtischlampe an. »Onerva!«, rief er in Richtung Gang, schloss den Schreibtisch auf, zog die unterste Schublade heraus und griff nach seinem Revolver, den er gerade erst dort hineingelegt hatte. Onerva erschien an der Tür. Sie sah, was Harjunpää tat, begriff, was das bedeutete, und sagte voller Überdruss: »Sag bloß nicht, dass Jari aus der Klinik entkommen ist, Sanna erwürgt und sich anschließend aufgehängt hat …«

»Nein. Wir schnappen uns jetzt die Quälgeister. Es gibt eine heiße Spur.«

Onervas Gesichtsausdruck veränderte sich kein bisschen, es war klar, dass sie nur noch nach Hause wollte. Sie hatten mittags angefangen, zuerst hatten sie versucht, Jari zum Reden zu bringen, aber der Arzt hatte es verboten, danach hatten sie Lehikoinens Sachen untersucht, aber nicht gefunden, was sie befürchtet hatten, und den Rest des Abends hatten sie ohne Erfolg die Wachfirmen durchtelefoniert.

»Ulin ist unten«, sagte Harjunpää . »Sie haben ein Heft gefunden, ein ›Kriegstagebuch‹, so steht es jedenfalls drauf. Und Kugelblitz hat gesagt, da steht Lehikoinens Name drin und Adresse und eine gigantisch lange Liste, mit Datum, mit den Namen von Firmen …«

»Ehrlich wahr?«

»Und das Beste ist, dass sogar die Namen der Quälgeister drin sind. Bei dem einen sogar die Telefonnummer …«

»Na, ja …«

Onerva schaute auf die Uhr, dann wieder auf Harjunpää.

»Aber meinst du, wir müssen wirklich heute noch … Ich habe versprochen, wenigstens einmal pünktlich zu sein. Wir müssen die Sache mit dem Fahrrad endgültig durchsprechen, damit der Fall erledigt ist.«

»Ja …«

Harjunpää starrte auf seine Waffe. Er dachte an Elisa, die versprochen hatte, die Sauna noch mal einzuheizen. Die Mädchen waren schon drin gewesen und saßen jetzt mit roten Bäckchen und nassen Haaren am Küchentisch, aßen Kartoffelchips, schlürften Limonade und warteten darauf, dass sie draußen Schritte hörten. Und er dachte auch, dass es sie wenigstens drei Stunden Arbeit kosten würde, wenn sie auch nur einen der Quälgeister erwischten. Sie müssten den Mann verhören, alle Formalitäten erledigen, ihn in die Zelle bringen, sich um die Benachrichtigung der Angehörigen kümmern.

»Es sind ja keine Mörder«, sagte er schließlich und spürte, wie sein Eifer erlosch. »Morgen ist auch noch ein Tag. Aber lass uns trotzdem schauen, was die Patrouille da wirklich gefunden hat ...«

In der Zentrale war Trubel, wie immer, wenn Kugelblitz Dienst hatte. Jetzt stand er gerade und telefonierte, auf dem Tisch, in Reichweite war eine zweite Leitung offen, und vor ihm an der Theke standen ein Taxifahrer und ein anderer Mann, ein Betrunkener, und Kugelblitz sagte zwischendurch etwas zu ihnen, zischte ein »Momentchen« in den wartenden Hörer und setzte sein Gespräch mit demjenigen in seiner Hand fort. Das Nachrichtenlicht des Computers flackerte rot auf der Wand, und der andere Diensthabende, Luukko, versuchte vergeblich herauszubekommen, wer am anderen Ende der Expressleitung war, er drohte dem Ermittler vom Autodiebstahl mit der Faust, dieser wiederum zupfte ihn am Ärmel, und die Streifenbeamten Ulin und Lampinen standen auf der anderen Seite der Theke vor der Karte und rauchten.

»Wartet mal einen Moment«, zischte Kugelblitz Onerva und Harjunpää zu, und ins Telefon hinein versicherte er: »Doch, doch. Das ist mit Sicherheit derselbe Kerl. Gib's ruhig hoch zu Lundström, dass er Nyyssönen heißt, Antero Kari Olavi. Und sorg dafür, dass er unsereinem einen Kaffee spendiert, wenn er mal hier vorbeikommt ... Okay, tschüss!«

Er knallte den Hörer auf und fuhr den Betrunkenen an: »Jetzt wühl gefälligst mal in deinen Taschen! Irgendwas wirst du schon finden, wenn du vorher Geld zum Saufen gehabt hast und dir dann auch noch ein Taxi bestellst ...«

Zu Harjunpää und Onerva sagte er: »Einer von euren Quälgeistern ist dem Arm des Gesetzes allerdings schon entkommen, der übt jetzt Harfespielen. Ist letzte Nacht unter einen Kranwagen geraten. Ich habe gerade die Eins-T angerufen, es ist Lindströms Fall. Die Jungs haben von der Alten die Kennzeichen von diesem Antero bekommen, und Lampinen hat geschnallt, dass heute in der Zeitung dieselben stehen ... Als Vermisstenmeldung. Ein Zeitungsausträger, um diese Zeit unterwegs.«

»Hier ist noch ein zweiter Name«, sagte Ulin aufgeregt und drehte das vor ihm liegende Heft um, damit die anderen es sahen. »Bezirkskommandant Dödö Poikolainen. Plus Telefonnummer. Wir haben natürlich angerufen, aber es hat niemand abgehoben. Der Auskunft nach ist es die Nummer einer Firma namens Kontka-Wachdienst GmbH. Das Büro ist in Kolmas Linja.«

»Unser Spitznamenregister kennt keinen einzigen Dödö. Geschweige denn das Telefonbuch. Auch das elektronische Gehirn nicht und das Einwohnerverzeichnis ebenfalls nicht.«

»Von was könnte das kommen? Von Daavid?«

»Von Donald. Ronald ...«

»Von mir aus von Reagan. Aber was zerbrecht ihr euch den Kopf ... Holt euch aus dem Schrank da drüben die Schlüssel und seht zu, dass ihr nach Kallio kommt und euch den Bezirkskommandanten in seinem Bezirk schnappt. Es läuft nämlich schon der Sonntagstarif für euch ... Da geht keiner ans Telefon, weil sie gerade ihre Runde drehen, aber wenn ihr nur ein bisschen wartet, dann tauchen sie zur Pause auf ...«

»Zuerst hab ich gar nicht kapiert, was dieses Heft soll, Mensch. Wir wollten es schon dort lassen, bis mir die Mistladung aufgefallen ist, die ganz vorne steht ... Das kam mir bekannt vor ... Irgendwann im Juni, in der Cafeteria, da hat einer gefragt, wo man wohl Mist für den Gemüsegarten herbekommt, und du hast gesagt, du wüsstest da was und hast von den Quälgeistern und ihrem Terror erzählt ...«

»Ein paar Kilo Tote waren auch da – tote Heringe. Leichenwagen haben wir aber keinen bestellt, sondern die Beerdigung selbst erledigt, in der Mülltonne.«

Harjunpää nahm das Heft in die Hand. Er blätterte es durch, und das Verzeichnis kam ihm bekannt vor, es war lediglich vollständiger als das in seiner Schreibtischschublade. Er spürte den Eifer von vorhin wieder erwachen und blickte auf Onerva. Sie nickte.

»Kommt mal hier rüber, Jungs«, sagte Harjunpää. »Wir trinken jetzt einen Kaffee und gehen dabei das Ganze noch mal genau durch.«

»Überredet …«

»Ich muss daheim anrufen«, sagte Onerva.

Onerva schaltete nicht einmal den Motor ab, sie nahm nur den Gang heraus und zog die Handbremse an.

»Sieht nicht gut aus …«

»Nein …«

An der Tür hing ein schweres Vorhängeschloss. Drinnen war nicht der geringste Lichtschein zu erkennen, das Fenster glänzte nur schwarz. Das Büro war ausgestorben. Aber der Aufkleber an der Glastür hatte eine bekannte Form. Harjunpää schnappte sich die Handlampe und stieg aus. Aus der Nähe sah er, dass jemand anderes als ein Profi den Aufkleber gestaltet und dabei nahezu sämtliche Symbole der anderen Wachunternehmen miteinander verschmolzen hatte: Adler und scharfes Auge, Schlüssel und Hundekopf. Am unteren Rand stand der Name des Unternehmens sowie dieselbe Telefonnummer wie im »Kriegstagebuch des Syndikats«.

Harjunpää berührte das Schloss. Es war ein großes von Abloy, es hing in einer stabilen Halterung, und es wäre sinnlos gewesen, es aufbrechen zu wollen. Außerdem hatte die Tür noch ein normales Sicherheitsschloss. Er schaltete die Lampe an und drückte sie und gleichzeitig sein Gesicht an die Scheibe. Er sah einen kleinen Raum, eine Schusterwerkstatt oder etwas Ähnliches hätte das sein können, jetzt enthielt er aber ein primitives Büro mit einigen Holzstühlen und einem Schreibtisch als Mobiliar. Auf dem Tisch befanden sich eine Lampe, ein Telefon und eine Schreibmaschine. Harjunpää kniff die Augen zusammen und bewegte den Lichtkegel der Lampe: Es war eine Reiseschreibmaschine mit grauem Gehäuse. Sie stand so, dass er den Markennamen nicht erkennen konnte, aber das machte nichts, er wusste auch so, dass es eine Adler war.

Er leuchtete weiter nach oben. An der Wand hing eine Karte mit zerfledderten Rändern. Dort waren Stecknadeln befestigt worden, rote und schwarze, aber viele waren es nicht, bestenfalls zehn insgesamt. Auf dem Boden lag ein Blatt Papier, ein anderes war zusammengeknüllt. Es sah alles in allem verlassen aus, so, als wäre etwas weggenommen worden, das alles menschlicher und gemütlicher gemacht hatte.

»Schade ...«

»Wieso?«

»Der Ort ist der Richtige. Aber man kommt nicht rein. Und außerdem sieht es so aus, als hätten sie schon vor einiger Zeit dichtgemacht.«

Harjunpää setzt sich wieder auf seinen Autositz und schlug die Tür zu.

»Kümmern wir uns also am Montag darum?«, fragte Onerva.

»Wir können ja von der Gewerbeaufsicht erfahren, wem der Laden gehört und wer dort arbeitet. Sogar diesen Dödö werden sie in ihrer Kartei innerhalb von ein paar Minuten finden. So viele Poikolainens gibt es auch wieder nicht.«

»Stimmt ...«

Harjunpää zog den Ärmel seiner Jacke ein Stück nach oben. Es war bereits sieben nach neun.

»Andererseits ... Der Abend ist sowieso schon im Eimer. Wie wäre es, wenn wir es noch mal mit dem Hausmeister versuchen? Kann gut sein, dass er den Besitzer kennt. Vielleicht wohnt er sogar im selben Haus ...«

»Okay. Aber dann nichts mehr. Danach hauen wir ab.«

Harjunpää nahm das Mikrofon.

»Zentrale, die Acht-Vier-Fünf ruft. Wir bräuchten den Hausmeister für die Adresse Kolmas Linja …«

»Warte einen Moment. Ich hab ein bisschen Stress hier. Versuch's in ein paar Minuten noch mal …«

»In Ordnung.«

Harjunpää ließ die Hand sinken. Sie saßen schweigend da und verfolgten, wie im Funk Aufträge verteilt wurden, wie versucht wurde, einen Streifenwagen für die Kimmontie aufzutreiben, wo sich ein Vater mit seinem kleinen Sohn und einer Axt in der Küche verbarrikadiert hatte. Und die Stadt um sie herum rauschte, sie war voller bunter Lichter und Passanten, und Harjunpää spürte in sich den Wunsch, auch der Hausmeister möge feiern gegangen sein.

KAPITEL 31

Die Stunde der Finsternis

»Und es gibt dort einen Kühlschrank«, flüsterte Sinikka leise, sie hauchte die Wörter nur, war schon irgendwo weit weg, glitt in einen Traum, in eine bessere Welt.

»Ja«, flüsterte Dödö ebenso leise. »Und es kann sein, dass wir uns bald auch eine Waschmaschine anschaffen können…«

Er wusste nicht, ob ihn Sinikka noch hörte. Er spürte nur, wie sie atmete, jetzt schon vollkommen ruhig, die Schwere hatte sich in ihre Glieder geschlichen und gewonnen. Er war noch halb auf ihr, auf ihren Schenkeln, und mit den Fingern fühlte er ihren Hals und die pulsierende Ader, und auch die pochte nun langsamer, nicht mehr so wild wie das Herz eines Vogels, der fliehen möchte. Sie fühlte sich wohl. Der Wein hatte ihr gut getan, und er, und all die guten Dinge, an die sie gedacht hatte.

Dödö hob den Kopf und lauschte in die Finsternis. Aus Ulpus Kinderwagen war nichts zu hören, sie schlief ganz lautlos, aber Ilmari drehte sich im Bett um und gab einen Ton von sich, der einem Jammern ähnelte. Jenseits der Wände war alles still, es war noch nicht spät, die Leute waren noch nicht zurückgekehrt, Leppänen war sogar das ganze Wochenende weg. In der Küche lief eine Maus. Dödö wischte sich über die Wange und löste sich vorsichtig von Sinikka. Er blieb eine Weile reglos auf seiner Bettseite liegen, als horchte er in sich hinein. Dann ließ er seine Hand zu einer Ecke der Matratze gleiten, ergriff sie und hob sie an und schob die andere Hand darunter. Das Holz war hart und rau, er ließ die Finger weiterwandern und stieß auf den Revolver. Das Metall fühlte sich noch härter an und auch viel kälter.

»Was ist?« Sinikkas Stimme war voller Schlaf und kam aus tiefster Tiefe.

»Ich kann nicht, ich bring es nicht fertig ...«

»Das ist ... nur ein böser Traum. Trink den Wein aus ...«

Sinikka drehte sich wieder um und zog die Decke besser über sich. Dann ging ihr Atem wieder gleichmäßig und ruhig. Dödö umklammerte den Griff des Revolvers und stand auf. Mit der linken Hand nahm er die Taschenlampe. Ihre Batterien waren fast leer, sie gab fast kein Licht mehr, nur noch ein rötliches Glühen, wie bei Kohle, und nur mit Mühe erreichte er die Küche, ohne irgendwo anzustoßen. Die Weinflasche stand auf dem Tisch. Daneben waren die Kerze und die Streichhölzer. Und der Lottoschein. Er war zusammengeknüllt, nur noch ein gelber Punkt.

Er legte Lampe und Waffe auf den Tisch und nahm die Flasche. Er trank, was noch übrig war, das war nicht viel, und auch dieses bisschen war schal und fast geschmacklos, so wie das ganze Leben gewesen war, und es war nur so lange im Mund, dass man es gerade schmecken konnte, und dann war es schon weg. Er ließ die Flasche los. Mit der einen Hand nahm er die Lampe und die Streichhölzer, mit der anderen den Revolver. Einen Augenblick zögerte er noch, dann fing sein Kopf an zu zittern, der ganze Körper, und Tränen traten ihm in die Augen und rollten die Wangen hinab bis zum Kinn.

»Ach, ihr Lieben«, klagte er. »Ach, ihr Freunde, ihr Lieben, ihr Menschen ...«

KAPITEL 32

Ein Stoßdämpfer und großes Ausrücken

»Du riechst nach Schnaps.«

»Donnerwetter, ich rieche nach Schnaps, weil meine Jacke durch und durch nass davon war …«

Harjunpää warf sich auf den Sitz, sodass der ganze Wagen schaukelte. Und die Tür schlug er dermaßen fest zu, dass er seinem Schöpfer dankbar sein konnte, nichts dazwischen gelassen zu haben.

»Aha …«

»Ja, ja. Fast ein ganzes Wasserglas purer Korn … Da war eine kleine Fete, oder eigentlich nur ein Mädchen voll in Fahrt, die hat mich angebettelt und mitgezerrt, als sie gehört hat, wo ich herkomme. Angeblich hatte sie selbst zur Polizei gewollt, sich dann aber für die Handelsschule entschieden. Ich habe ihr gesagt, das sei die richtige Wahl gewesen.«

»Absolut. Übrigens hast du Lippenstift auf der Wange … Ich dachte schon, wie kannst du nur eine halbe Stunde für so was vergeuden.«

»Oh Gott, was wird Elisa … Der Hausmeister selbst war echt in Ordnung, fast nüchtern sogar. Und er hatte die Nummer des Besitzers. Kontkanen heißt er. Daher kommt natürlich der Firmenname, aber da muss man erst mal draufkommen … Fahr in die Merimiehenkatu, Nummer vierzehn!«

Onerva ließ den Wagen an und tauchte in den Verkehr ein.

»Es wäre wahrscheinlich klug, auch da gleich einen Hausmeister hinzubestellen …«

»Hab ich schon versucht, aber es hat sich niemand gemeldet. Lass uns erst mal nachschauen. Um diese Zeit sind noch Leute unterwegs, wenigstens ein paar, die ihre Hunde ausführen … Dödös richtiger Vorname ist übrigens Raikas. Kontkanen war selbst auch ein bisschen angeheitert. Außerdem ist er ein Schwätzer. Wollte mir einfach nicht glauben, dass ich Polizist bin. Höllischer Lärm im Hintergrund, und dann hing mir dieses Huhn am Arm …«

»Das dürfte ja wohl eine angenehme Qual gewesen sein …«

»Quatsch. Er kam jedenfalls erst in Fahrt, als ich durchblicken ließ, dass mich auch seine eigenen Angelegenheiten interessieren könnten. Im Nu ging's ihm besser, und die Angaben zu Poikolainen fanden sich wie von allein in seinem Kalender. Da würde man eine ganze Menge finden, wenn man richtig stöbern würde.«

Sie schwiegen. Onerva fuhr zur Uferstraße von Sörnäinen hinunter und über die Hakaniemibrücke nach Kruununhaaka, dann ging es am Nordufer entlang zum Zentrum. Als sie sich der Korkeavuorenkatu näherten, sagte Onerva:

»Hör mal … Wenn wir da reingehen, dann dürfen wir nicht vergessen, dass er Wachmann ist und darum eine Waffe haben muss.«

»Darüber denke ich schon die ganze Zeit nach. Ich will nicht noch mal … Aber wir müssen es irgendwie freundlich hinkriegen. Kontkanen hat gesagt, dass sie zwei kleine Kinder haben. Vor allem wegen denen hat er ihnen auch die Wohnung besorgt.«

»Dann hilft nichts, als … Was ist denn das?«

Auch Harjunpää hörte das Geräusch. Es war ein metallisches Klappern, das nur ab und zu ertönte. Aber es kam aus dem Motor.«

»Gottverdammter Mist … Halt an. Und mach vorne auf.«

Onerva fuhr noch über die Kreuzung und dann an den Straßenrand. Harjunpää nahm die Lampe und presste den Mund zu einem Strich zusammen, er stieg aus und machte die Haube auf. Der Geruch von Motor und Straße wehte ihm entgegen. Er ließ das Licht von einem Teil zum nächsten hüpfen, fuhr damit an Schläuchen und Kabeln entlang, fand nichts, was sich gelöst hatte, nichts, was das Klappern hätte erzeugen können.

»Lass ihn noch mal an.«

Der Motor brauste schön auf. Jetzt gab es nicht das geringste fremde Geräusch mehr. Harjunpää packte den Kotflügel und brachte das Auto zum Schaukeln – und da war es. Auf der einen Seite war eindeutig der Kopf des Stoßdämpfers zu erkennen, der Punkt, an dem er befestigt war, wie eine Stupsnase, aber auf Harjunpääs Seite war da nur ein rundes Loch und eine träge herausguckende Metallstange.

»Wie viele Kilometer hat der drauf?«, fragte Harjunpää mühsam, fast verzweifelt.

»Viertausendzweihundert stehen auf dem Kilometerzähler. Was ist los?«

»Ob du es glaubst oder nicht … Der Stoßdämpfer hat seinen Geist aufgegeben. Wir lassen die ganze Scheiße hier stehen und gehen jetzt heim. Am Montag rufen wir Tuhkanen an, er soll sie abholen, falls er Lust hat.«

»Hör auf … Deswegen kann er noch nicht Schrott sein. Ich versuche einen Termin in der Werkstatt zu machen.«

»Hörst du das …«

Harjunpää drehte sich zur Kreuzung um. An der Brandwache war die Alarmsirene losgegangen, jetzt hörte man, wie per Lautsprecher die Einheiten durchgesagt wurden, es schienen viele zu sein, aus der Ferne waren die Worte nicht zu verstehen, es hallte zu stark, und zuletzt wurde eine Adresse genannt, aber auch davon waren nur wenige Silben verständlich.

»Großes Ausrücken«, sagte Harjunpää leise, und dann hörte man von oben schon das Dröhnen starker Motoren, und das erste Martinshorn setzte ein: »Ou-ou-ou!« Ein zweites stimmte ein, und ein drittes, bald war nicht mehr zu unterscheiden, wie viele es insgesamt waren. Die Wand des Eckhauses flammte blau auf, flackerte wie in kaltem Feuer, und die Erde bebte, als das erste Fahrzeug vorbeirollte, ein schweres Einsatzfahrzeug, voller Klappen und blinkender Metallteile, im Fahrerhaus saßen Männer in orangefarbenen Anzügen, einer setzte sich gerade den Helm auf. Dann war das Auto verschwunden, das Nächste erschien an der Kreuzung, und der ganze Abendhimmel war erfüllt von Flackern und Heulen, es folgten zwei weitere Fahrzeuge und danach ein Krankenwagen und zuletzt ein riesig anmutendes Fahrzeug mit Hebebühne. Harjunpää machte eine Bewegung, als wollte er zur Ecke eilen, um zu sehen, wohin die Autos fuhren, ließ es aber bleiben. Ihr Heulen war bereits gedämpft, weil sie es schon bis hinter die neueren Häuser geschafft hatten. Er ließ die Motorhaube zufallen und setzte sich auf seinen Platz.

»Hast du zufällig gehört, ob die Zentrale jemandem die Eins gegeben hat?«

»Zufällig?«, entgegnete Onerva. »Ich hab mir Mühe gegeben, aber rate mal, ob ich was verstanden habe …«

»Soll ich fragen? Es muss nämlich was Schlimmeres sein, wenn sie mit ganzer Stärke ausrücken.«

»Lass es bleiben. Du weißt, was das für Folgen hat. Wir werden voller Ruß und Rauch sein, bevor wir uns erinnern, dass wir gar nicht deswegen hier sind.«

»Ja, klar …«

Onerva fuhr weiter, nun beinahe schleichend, aber das Klappern hörte man dennoch ab und zu. Weiter weg war das Heulen einer Sirene zu vernehmen – das konnte ein Polizeiauto sein.

»Willst du durch die Fußgängerzone fahren?«

»Ach so …«

Onerva bog in die Yrjönkatu ein, fuhr die Ratakatu entlang und überquerte die Straßenbahnschienen. Still und verschlafen lag jetzt die Merimiehenkatu vor ihnen. Das Licht der Straßenlaternen glänzte auf dem Blech der parkenden Autos.

»Vierzehn ... In dem braunen da vorne war einer der ersten schlimmen Fälle, bei denen ich dabei war.«

»Sag der Zentrale, dass wir aussteigen. Damit sie wissen, wo sie uns suchen müssen, falls etwas ...«

»Zentrale, die Acht-Vier-Fünf verlässt den Wagten in der Merimiehenkatu vierzehn, Eingang H, bei Poikolainen. Eine Festnahme. Nykänen und Harjunpää ... Weißt du was von einem Brand in der Gegend?«

»Verstanden. Wir haben hier eine Information ... Der Feuermelder im Krankenhaus Eira ist losgegangen, war aber ein technischer Fehler.«

»Danke.«

Routinemäßig kontrollierten sie, ob sie alles bei sich hatten, dann überquerten sie zügig die Straße und blieben vor dem Tor stehen.

»Es muss im Hof sein. Man sieht da auch so eine Bruchbude ...«

Harjunpää griff an das Gitter des Durchgangs und rüttelte leicht. Das Tor gab nach, aber am Schloss war ein Sicherheitsblech angebracht, mit dem Haken brauchte man es gar nicht erst zu probieren. Er packte erneut das Gitter, genau dort, wo es am Rahmen befestigt war, und bog es ein Stück auf.

»Versuch mal, ob deine Hand da durchpasst.«

Onerva trat neben ihn und zog den Ärmel hoch. Dann schob sie die Hand in den Spalt, korrigierte ihre Position, ächzte leise, ging auf die Zehenspitzen – da rasselte das Schloss und sprang auf. Harjunpää öffnete die Durchgangstür, und Onerva befreite ihre Hand. Sie hatte vier Schrammen, aus denen Blut sickerte.

»Da machen wir im Präsidium was drauf ...«

Sie schlichen ans andere Ende der Toreinfahrt und hielten dort inne. Eine einzige schwache Laterne beleuchtete den Hof. Ganz hinten stand ein Holzhaus, das auch im Halbdunkel verfallen wirkte. Nur in einem Fenster im Erdgeschoss brannte Licht, aber das Fenster war zu weit links, um den Poikolainens zu gehören. Der Eingang H befand sich am äußersten Ende des Gebäudes. Sie gingen weiter. Neben der Tür war eine verrostete Feuerleiter. Es gab zwei Stufen. Harjunpää stieg sie hinauf und legte die Hand auf die Klinke. Die Tür war nicht abgeschlossen. Der Geruch von altem Holz und von Feuchtigkeit wehte ihnen entgegen. Im Gang war es dunkel, nur die untersten Treppenstufen waren schwach zu erkennen.

»Wir haben die Lampe nicht dabei …«

»Natürlich nicht. Aber irgendeine Funzel wird hier schon sein.« Harjunpää trat ein und tastete mit der Hand an der Wand entlang, traf auf die zerrissene Tapete, dann auf ein Stromkabel, an deren Ende er den Schalter fand. An der Decke über dem obersten Treppenabsatz ging ein Licht an. Sie stiegen die Treppe hinauf, wobei sie ihre Dienstmarken und ihre Waffen zurechtrückten. Die Stufen und das Knarren endeten, und sie blieben stehen. Harjunpää deutete auf die Tür ganz außen. »Poikolainen« war da per Hand auf ein Stück Pappe geschrieben worden.

»Was riecht hier so?«, flüsterte Onerva.

»Schimmel … oder Fäulnis.«

»Das ist noch was anderes. Riechst du das nicht?«

Harjunpää holte tiefer Luft. Und jetzt wurde ihm klar, was Onerva meinte.

»Rauch.«

»Pulverrauch.«

»Stimmt. Und außerdem …«

Onerva nickte. Der andere Geruch war leicht metallisch, ähnlich dem Geschmack, den man spürte, wenn man sich auf die Zunge biss. Plötzlich hatten sie es eilig. Harjunpää zog seinen Revolver, schob Onerva hinter sich, drückte sich neben der Tür an die Wand und klopfte kräftig an. Drinnen blieb es still. Er klopfte erneut, noch fester, er hämmerte fast, und jetzt hörte man etwas, wie das Weinen eines kleinen Kindes, dann das Knarren des Fußbodens, als käme jemand auf die Tür zu. Harjunpää schob die Dienstmarke so hin, dass sie noch besser zu sehen war, und legte den Daumen auf den Hahn. Die Schritte kamen näher.

»Timo.«

Onerva packte Harjunpää an der Schulter.

»Da oben ist jemand. Es raschelt, jemand keucht …«

Harjunpää warf einen Blick nach oben, sah nicht bis ans Ende, die Treppe machte eine Biegung. Da knackte die Tür vor ihm, als hätte jemand das Schloss berührt.

»Ich kann nicht … Hier ist jemand! Geh du nachsehen! Sonst haben wir ihn noch im Nacken …«

Die Stufen knarrten unter Onervas Füßen, es knackte, als sie die Waffe spannte. In diesem Augenblick ging die Tür auf.

»Kriminalpolizei!«

An der Tür stand eine Frau. Sie trug nur ein Nachthemd. Ihre Haare waren struppig vom Schlafen, ihr Gesicht war erstaunt, dann auf einmal bestürzt.

»Wo ist Raikas?«, fragte die Frau. Harjunpää hielt es für einen Bluff, für den uralten Trick. Aber da begriff er auch schon, dass es das nicht war, dass die Frau ehrlich erschrocken war, man sah es an ihrem Gesicht, an den Augen, die unbändig grün leuchteten.

»Timo!«, sagte Onerva schrill. »Timo!«

»Warten Sie hier!«, zischte Harjunpää der Frau zu, er schnellte herum und rannte die Treppe hinauf. Onerva kam ihm mit bleichem Gesicht entgegengestürzt, die Hände rot befleckt.

»Einen Krankenwagen, Timo! Einen Notarzt … Er lebt noch. Er ist sogar bei Bewusstsein, versucht, sich aufzusetzen … Er wollte sich erschießen.«

Sie polterten die Treppe hinunter. Die Frau kam ihnen entgegen.

»Raikas! Raikas!«

»Gehen Sie nicht hin … Kommen Sie! Er ist verletzt, er braucht Hilfe. Haben Sie ein Telefon?«

»Nein. Nein! Raikas … Lieber …«

Harjunpää schlang den Arm um die Frau und führte sie nach unten zu ihrer Wohnung. Onerva war schon fast an der Haustür.

»Wohin?«, rief ihr Harjunpää nach, und Onerva hob die Hand und streifte mit dem Zeigefinger die Stirn, dann verschwand sie im Hof. Die Frau wandte sich um und drückte sich an Harjunpääs Brust, sie fing an, seinen Rücken zu streicheln.

»Tu nichts Böses«, flüsterte sie leise. »Teurer Freund, tu nichts Böses …«

KAPITEL 33

Die Jeans

»Jetzt zeig mal«, sagte Harjunpää. Er saß auf einem Hocker neben der Umkleidekabine. Pauliina war hinter dem Vorhang.

»Wart noch ein bisschen. Aber doch, die sind …«

Und dann zog Pauliina den Vorhang mit einem Ruck zur Seite, energisch, wie auf der Bühne. Sie hatte ein Lächeln im Gesicht, auch in den Augen, aber es war auch etwas Zögerliches an ihr, als ob sie mit einer Ablehnung rechnete, wegen des Preises, oder auch so.

»Oh, Mann! Die sind echt geil …«

Harjunpää schüttelte den Kopf. Seiner Meinung nach waren die Jeans exakt wie die vorigen. Er bemühte sich um den bestimmten Blick, den Väter und Mütter brauchen, um zu sehen, ob die Hosen nicht zu eng oder zu weit sind, damit Elisa später nicht sagte: »Wie hast du das nur übersehen können …«

»Krieg ich die?«

»Jawohl. Wenn sie dir gefallen.«

»Echt wahr?«

»Jetzt hör schon auf. Nimm sie mit, dann gehen wir.«

Pauliina zog den Vorhang zu. Harjunpää blickte wieder zu Boden. In dem Geschäft herrschte Trubel, einschläferndes Stimmengewirr umgab ihn. Es war Montagabend, die Leute erfüllten sich die übers Wochenende geweckten Bedürfnisse.

»Aber du findest sie ja doch zu teuer«, sagte Pauliina mit bebender Stimme. Sie sah ihren Vater durch den Vorhangschlitz an, schon wer weiß wie lange schaute sie so.

»Nein. Wir haben ausgemacht, dass du genau die bekommst, die du willst.«

»Warum … Warum bist du dann so böse auf mich?«

»Ich bin böse? Was redest du denn da?«

»Du machst so ein Gesicht. Und gerade haben sich deine Lippen bewegt, als hättest du geflucht …«

Harjunpää stand auf, beugte sich zu Pauliina herab, sodass sein Gesicht auf der Höhe ihres Gesichtes war, und schaute seiner Tochter in die Augen. Es lag etwas Schuldbewusstes in seinem Blick, etwas von dem, das er selbst in sich trug, immer, Tag und Nacht.

»Hör zu. Ich schimpfe nicht und bin auch nicht böse«, sagte er so nachdrücklich, wie er konnte. »Es muss im Leben auch was geben, was Spaß macht, Jeans und so … Ich habe nur an die Arbeit gedacht. An eine bestimmte Familie.«

»Ach, an die, wo der Vater sich erschießen wollte?«

»Wie … Woher weißt du das?«

»Ich hab letzte Nacht zugehört, als du mit Mama gesprochen hast. Ich hab mindestens eine Stunde auf der Treppe gesessen, und ihr habt nichts gemerkt.«

Harjunpää schwieg eine Weile, dann sagte er:

»Na, dann verstehst du mich ja. Gehen wir nach Hause.«

Sie gingen an die Kasse und bezahlten die Hose, und Pauliina trug die Tüte mit vor Freude erhobenem Kopf, mit der anderen Hand hielt sie die Hand ihres Vaters.

»Wird er überleben?«, fragte sie auf dem Parkplatz plötzlich.

»Wer?«

»Der Mann. Ihr Vater.«

»Irgendwie schon … Ich hab ihn heute sogar besucht. Aber er hat nicht so richtig verstanden, was ich ihn gefragt habe. Er hat nur immer einen Schlager gesummt.«

»Was von Dingo oder von Pave?«

»Nein, einen alten. Da heißt es im Text, ›kann je ein schönerer Tag beginnen, gibt es einen schöneren Tag als heut, neben meiner Geliebten, ganz leise nah bei ihr‹… Ich glaube, er hat an seine Frau gedacht. Er scheint sie wirklich zu lieben.«

»Aber… warum wollte er sich dann erschießen?«

»Na ja. Das hatte alle möglichen Gründe. Im normalen Zustand macht ein Mensch so was nicht, er war gewissermaßen krank.«

Sie gingen weiter. Pauliina fing an, unruhig die Hand zu bewegen und drückte Harjunpääs Finger fester. Kurz bevor sie das Auto erreicht hatten, sagte sie schnell: »Papi. Ach, Papi…«

Sie blieben stehen.

»Ich hab manchmal solche Angst… Dass du auch einmal so krank wirst.«

»He, jetzt hör aber mal…«

Harjunpää drückte Pauliina an sich und spürte, wie sie zitterte.

»Nun komm schon… Wie kommst du nur auf so etwas?«

»Du hast vor dich hin geredet…«

»Da täuschst du dich. Und… Und manchmal ist man eben müde, aber das ist etwas ganz anderes.«

»Die ist irgendwie so krank, die ganze Welt.«

»Das stimmt…«

»Aber zum Glück kann sie sich nicht erschießen.«

Harjunpää sah Pauliina an, sagte aber nicht, was ihm auf der Zunge lag. Pauliinas Hand war so klein in seiner Hand, sie musste noch wachsen, musste von der Welt noch Zeit bekommen, um zu wachsen. Und nicht allein wegen Pauliinas, sondern auch wegen so vieler Millionen anderer kleiner Hände hatte die Welt kein Recht, zu tun, was Dödö getan hatte. Etwas anderes war es, ob die Welt jemals begriff, wozu sie ein Recht hatte und wozu nicht. Was richtig war und was falsch.